ソポスのひそかごと

崎谷はるひ

幻冬舎ルチル文庫

CONTENTS ✦目次✦

アイソポスのひそかごと

✦カバーデザイン=齊藤陽子(CoCo.design)
✦ブックデザイン=まるか工房

イラスト・穂波ゆきね✦

アイソポスのひそかごと

目のまえに、突然、天使があらわれた。

えらくメルヘンな比喩《ひゆ》を使うものだと言われそうだが、突然自分の腕を摑《つか》んできたのは、その腕に赤ん坊を抱いた外国人女性。金色に光る巻き毛に翡翠《ひすい》の目をした美女をまえにして、ほかにどうたとえればいいのだろう。

「Yuuma! Che ci fai qui?《なにしてるの》」

「……へ？」

四宮真次《しのみやまつぐ》はファンタジーの国のひとでもなければ夢見がちなオタクでもない、ごく一般的な日本の大学生だ。

そしてここは東京、渋谷駅からすこし歩いた、有名な劇場まえ。ほんの一瞬、なにか芝居のパフォーマンスかと思ったけれど、外にでている看板で確認した演目は、日本の劇団の、ごくふつうの芝居らしい。

となれば、これは現実か。真次は何度か目をしばたたかせ、きらきらした髪の天使たちを眺めた。

「ええっと、なに？」

「Oh mio Dio! Dove sei stato⁉《なんてことどこにいってたの》」

なにやら自分にはまったく聞きとれない言語で懸命に話す相手をまえに、たじろぐほかにない。英語ならば多少なりと理解できるが、巻き舌のきつい発音はまったく聞きとれない。どこの国のものか判別つかないほどのスピードでまくしたてられては、なおのことだ。

「ごめんなさい。ぼくはそちらの言葉話せなくて……あー、Do you speak English?」

ひきつりながら、どうにか日常英会話を絞りだすと、彼女は一瞬きょとんとした顔になった。そして、ぶわっと大きな翠《みどり》の目に涙をため、またもや意味のわからない言葉をまくしたててくる。胸をたたいて訴えてくるけれど、悲鳴じみたそれは、真次には言語として聞きとることすらできなかった。

「ま、待って待って。あの、どうしたんですか？　なに？」

とにかく、必死になって摑んでいる腕を離してほしいと身じろぐが、彼女は「Aspetta!《待って》」と叫んで涙声ですがってくる。腕のなかの赤ん坊まで、つられて大声で泣きだした。

「いや、ほんと離して、あの……ていうか、赤ちゃん泣いてるし」

狂気じみた執拗《しつよう》さと大きな泣き声に、真次は本気でうろたえた。周囲を行き交うひとびとは、いったいなにごとかとじろじろ眺めてくる。そして非難がましい目で見てくる通行人女性の視線で、はっと気づいた。

（え、これひょっとして、おれがこのひと孕《はら》ませて、捨てたふうに見える⁉）

それだけはないのに、と真次は青ざめる。彼女が肩にかけた、バッグのようなスリングにおさまっている赤ん坊。見た感じ、まだかなりちいさく、歯も生えそろっていない。

（生まれて一年足らずってとこか？）

逆算するまでもなく、まったく身に覚えがない。そもそも真次は女性との経験がいっさいないのだから、赤ん坊ができようはずもない。

（あれ、でも待って……一年？）

ほんの一瞬、頭になにかがよぎった。しかしそこで考えをまとめるよりはやく、また彼女が大声で泣きわめき、すがりついてくる。ヒステリーを起こしているというより、本当に哀《かな》しげで、聞いているほうの胸が痛くなるような声だ。

外国人の年齢などとっさに判断できないが、よく見ると、彼女は頰《ほお》のラインがまだまるく、一児の母にしては、ずいぶんと若そうな雰囲気がある。パニックを起こしているのかもしれないと、真次は必死で自分を立て直した。

「とにかく落ちついて！　えっと、Calm down……通じないか？　Relax. ね？」

プリーズ、と何度か呼びかけ、しゃくりあげている美女の肩をそっと撫《な》でるようにたたく。

落ちつけのボディランゲージはこのひとの国で通じるものだろうかと迷ったが、くすんと鼻をならした彼女は、とりあえずわめくのをやめ、真っ赤に潤《うる》んだ目で真次をじっと見た。

（通じた、のかな）

ほっと息をつき、胸にしがみつく彼女の手をどうにか離させようとした真次は、いきなりあらわれた黒服の大柄な男に腕をとられた。

「えっ……？」

あっけにとられているうちに腕をひねりあげられ、がつんと大きな拳《こぶし》に殴り飛ばされる。目のまえに星が散った。痛みを覚える余裕すらないまま、ぐん、とGを感じるくらいの勢いで身体《からだ》が反転する。

（え、え、え）

運の悪いことに、よろけたさきは車道だった。信号は青。見開いた真次の目に、自分めがけて走ってくる車の様子がスローモーションのように映った。

（あ、これ死ぬ）

まぬけなことを考えた直後、襲ってきたのは全身に走ったどおんという衝撃。数秒間空を飛び、視界がぐるぐる回転して、奇妙なかたちに着地した。

悲鳴とクラクションの音、怒声が飛び交うなか、変なかたちによじれた、自分の腕の異様な感触に気づいた。アスファルトにこすれた顔が熱い。鼻の奥がつんとする。鉄のにおいがするのは、血が流れているかららしい。

「Yuuma! Aiuto!《たすけて》 Chiamate un'ambulanza!《救急車呼んで》 Yuuma!」

赤ん坊を抱えた天使は、高級そうなスカートが汚れるのもかまわず地面にへたりこみ、相変わらず真次にはわからない言葉で泣きながら必死に叫んでいる。そのなかで、ひとつだけわかった単語があった。

（ああ、そっか。Yuumaは……裕真《ゆうま》か）

いささか不思議な発音のおかげで、彼女が繰りかえしていた「Yuuma」が人名だということに気づくのにだいぶかかった。呼ばれた名が自分の兄のものであることに思いいたるまでに、さらにかかった。

（一年、そうか。そういうことか）

そして天使——おそらくこの外国人の若い女性と、真次の兄が関係を持ち、その末に生まれたのが腕のなかできょとんとした顔をしているきれいなプチ天使であることを察するころには、救急車のサイレンが聞こえはじめていた。

どくどく、こめかみが脈を打つ。顔の半分が濡《ぬ》れて熱い。そしてなぜか寒い。

「あのね、裕真はね、しんだんだよ」

かすれた声で口にした言葉が、彼女にはたして届いたかどうか。それすらわからないうちに、真次の意識は途絶えた。

＊　＊　＊

目がさめると、全身がみしみしと軋《きし》む苦しさに襲われていた。痛いというより、痺《しび》れと熱に近い。顔中が腫《は》れぼったいような気がして、息をするのも苦しかった。

全身が重たいが、左腕にはまったギプス以外、動きを制限されてはいないようだ。顔の右側ががさがさするのは、おそらく大判の絆創膏《ばんそうこう》のせいだろう。

かすむ目をこらすと、白っぽい天井が見えた。それと、独特のにおい。消毒液のアルコールや、そのほか、とにかく薬剤のにおいだと気づく。

真次は「病院か」とちいさくつぶやいた。そして意識が途切れる寸前、自分が巻きこまれたトラブルをも思いだし、べつの意味で頭が痛くなった。

（ほんとに、あいつは……）

死んでもなお、面倒をかけてくれる。内心ぼやいていた真次の思考を遮るように、低く鋭い声が聞こえた。

「四宮裕真。目がさめたならパオラのことについて、説明をいただきたい」

「……え？」

剣呑《けんのん》なそれは、責めるような響きがあった。驚いた真次は、わずかに動くだけでみしみし軋む身体に鞭《むち》打って、声のしたほうに首をめぐらせた。そこで目にした光景に、ちいさく息を呑《の》むしかなかった。

（また、天使が増えた）

さきほど青山劇場まえででくわした天使のまえに、剛剣をかまえた守護天使が立っていた。

つくづくファンタジーな——それも陳腐な表現になってしまうけれども、真次のすくない語彙《ごい》では、彼らの姿はそうとしか言い表しようがなかった。

くるくるした巻き毛の金髪美女は、白っぽいドレスを着て、細い腕にかわいらしい赤ん坊を抱いている。非の打ち所のない美貌《びぼう》にすこしだけ翳《かげ》りをさすのは、赤く腫れて泣きはらした目元だけだ。

そしてロセッティかミレイの絵にでもでてきそうな美女のまえに腕を組んでたたずむのは、堂々たる長身を黒っぽいスーツに包み、苦虫を噛《か》みつぶしたような顔でベッドのうえの真次を睨《ね》めつけてくる、これまた金髪の美丈夫。

天使たちはよく見ると、くっきりした目鼻立ちがとても似ている。兄妹だろうか。赤ん坊の髪の毛だけは茶色がかっているけれど、顔の系統は彼らに連なるものだと一目でわかった。

三人はまるで内側から発光でもしているかのようにきらきらしていて、大変目の保養ではあるけれど。

(現実感、ないなあ)

状況についていけず、頭がまだぼうっとしている。視点のあわない真次に焦《じ》れたのか、守護天使のほうがいらだたしげに口をひらいた。

「四宮裕真?　目はさめているんでしょう?　聞こえていますか?」

「あ、ええ、はい」

どこからどう見ても外国人の貴族的な唇から発せられる、クリアな日本語。これもまた現実感を失わせる一因だ。発音もまったく怪しげなところがないだけに、吹き替えの洋画でも見ている気分になる。

「はい、ではなく、わたしは質問に答えていただきたい、と申しあげているのですが」

しかし、丁寧語のチョイスと威圧的な声がまったく嚙みあっていない。それとフルネーム連呼というのも、なんだか奇妙な感じだった。

「えと……すみません、あの、ぼくは四宮裕真じゃない。ひと違いです」

それとパオラって誰でしょう。真次がかすれた声で告げると、彼はぴくっと眉《まゆ》を動かした。

「へたなごまかしは無意味です。逃げまわっても意味がないのだから、きちんと説明を」

「あの、だから、ぼくはなにからも、逃げていませんが」

「――嘘《うそ》をつくのはよせ！」

不似合いな丁寧さを捨てた彼に大喝され、ひやりとなる。けれどなんらやましいことがない以上、脅しには乗らないと真次は彼から目を逸《そ》らさず、まっすぐに見つめた。

「怒鳴られる覚えはありません。だいたい、ぼくはなんでこんな目に遭ってるんですか」

「もとはといえばきみがパオラを振り捨てようとするからだろう。彼は目にあまるきみの態度をいさめようとしただけの話だ。……結果として、やりすぎは否めないが」

なるほどあれは、彼女――パオラというらしい――のボディガードか。それはともかく、絡まれた腕をほどこうとしただけでこれはやりすぎだろう。

「いきなりひとを殴って車道に突き飛ばすのを、いさめるって言うんですか？　それで、こんな目に遭わせるのが？」

目線で左腕を固定しているギプスを示してやりこめると、冷ややかな目を伏せて男は沈黙した。どうやら反論するには不利だと思ったらしい。重苦しい沈黙に疲労を覚え、真次はため息をついて口をひらいた。

「とにかく、ちゃんと聞いてください。ぼくは、裕真じゃない」

「嘘をつかれても意味はない」

「嘘なんかじゃ、……っ」

枕から顔を起こし、抗弁しようとした真次はびくりと肩をすくめた。言葉は、金色の長い睫毛《まつげ》に縁取られたグリーンの目に遮られる。ひと睨《にら》みされるだけで、喉《のど》が急激な圧迫感に狭まり、胃の奥に氷を押しこめられたかのような感覚に息を呑むしかできなくなった。

（なんだこのひと、怖い）

無意識に身がまえ、顎《あご》を引く。警戒するように身を縮める真次を見おろし、彼は言った。

「わたしは日本にくるまえから四宮裕真の調査をさせていた。住んでいる場所もつきとめたし、きみがその家から今朝でてきたことも知っている」

断定的な口調にはぜったいの自信がうかがえた。だが違うものは違うとしか言いようがない。真次はいささかあきれつつ、痛む頬にぎこちない笑いを浮かべた。

「その調査っていうのは、いつ結果報告をされたんです？」

男は怪訝《けげん》そうな顔をして「先月だ」と答えた。真次はこっそり息をつく。

（先月か……ちょうど片づけをはじめたころだな）

おそらく故人の家に出入りする人間を裕真と決めつけたのだろう。たしかに顔は双子かと言われるくらい似ているけれど、弟の存在くらいはつきとめておくべきだ。外国からの依頼で手違いが起きた可能性もあるが、いずれにせよ適当な調査会社もあったものだ。

「どうして、四宮裕真の調査をしていたんですか」

「あれを見て、わからないのか」

顎をしゃくると、さきほどの美女が不安そうな顔で赤ん坊を抱いている。

「旅さきでのアバンチュールを楽しんだあげく、いつかきっと迎えにくる、そう言って一年以上、音沙汰《おとさた》なし。いくらなんでも無責任すぎるだろう」

彼女は裕真が帰国したあとになって妊娠《にんしん》していることがわかり、遠い国にいる恋人になんども連絡をいれたそうだ。しかし、電話をしても通じない。手紙を書いても、返事がない。どうしたものかと悩むうちに、周囲にも妊娠が知れてしまった。

「子どもが生まれるまで、パオラは相手の男のことをいっさい口にしなかった。おかげでわたしが相手の男の素性と、音信不通の事態を知ったのはやっと先月になってからだ」

　怒り心頭の男は、真次を軽蔑《けいべつ》したような目で見やる。

「おまえのような最低の男に会わせたくはなかった。だが血のつながった甥《おい》を父なし子にするわけにもいかないと、わざわざ調べて……」

「だからちょっと、待ってください。誤解がある」

　状況に混乱しつつも、まくしたてる男を制するため、真次は無事なほうの手をあげた。

「とにかくぼくの話を、聞いてください。お怒りはごもっともだけれど、こちらにもちゃんと事情があるんです」

「……どんな事情だ」

　疑わしげに、男は目をほそめた。けれど真次は示威的な視線に負けじと顔をあげた。

　息をするだけで肺がひどく熱かった。肋骨《ろっこつ》か、へたすると内臓もいったのかもしれない。それでも、生きている。力を振り絞って、真次は残酷な事実を口にした。

「まず、ぼくは裕真じゃない。四宮真次と言います。そして……あなたがたが探している裕真は去年の年末に、肺炎で亡くなりました」

　相手の男が、目をしばたたかせた。じっと見つめてくる視線に「嘘じゃない」と真次は力なく答える。

「まったく突然だったんです。ふつうの風邪だとばかり思って、裕真はもともと丈夫だったから。すぐに治るといって病院にもいかなくて……アルバイトさきで倒れて、そのまま救急車で運ばれて」

兄のアルバイト仲間に教えられた状況を思いだし、真次は唇を嚙みしめた。

裕真はいままでまったくの健康体だと思われていたが、入院したことでいままで家族も知らなかった心臓の疾患が見つかった。そして心臓に負担をかけない治療法を検討しているうちに、容態が急変した。

「けっきょく、肺炎からの合併症を引き起こして、助からなかったんです」

たかが風邪、たかが肺炎。そんなふうに侮っていた兄は、あまりにあっけなく亡くなってしまった。真次が淡々と述べた事実に、彼は「信じられない」とかぶりを振る。

「ばかな。なぜもっとはやく、医者にかからなかったんだ」

「ぼくもそう思った。でも……無理して働いてた理由がこれでわかりました」

「理由？」

男の荒い声に、真次は泣き笑いの表情で「彼女です」と視線で示した。

「一年半くらいまえに、裕真はイタリアに旅行にいったんです。それからずっと、もういちどあの国にいくんだっていって、いろんな仕事をかけもちして、お金を必死に貯めてました。理由は教えてくれなかったけど」

裕真はイタリア旅行から戻って以来、いままでの比ではなく懸命に働いていた。

きっと恋人に会いたかったのだろう。お調子者でいいかげんなところのある兄だったけれど、すくなくとも女性を妊娠させて捨てるような真似《まね》をする男ではない。

「だが、それなら連絡がつかなかったのはどういうことだ。教えられたところにいくら手紙を書いても返送されたと聞いている。携帯も持っていなかったから、電話もできずに」

ああ、と真次はうなずく。自由人だった裕真は携帯電話がきらいだった。

——いつでもどこでも連絡つくとか、怖いじゃん。おれの時間はおれだけのものだし、ヒモつけられてるみたいでいやだよ。

そう言って、あちこち飛びまわる間は音信不通になるのが常だった。一瞬、記憶に沈みこみそうになった真次はまばたきでそれを振り払い、問いかける。

「住所は、アルファベットで書かれてましたか？」

うなずいた彼に「やっぱり」と真次はつぶやいた。

「兄は悪筆だったので……たぶん、住所を間違えたんでしょう。それに旅行のあとすぐに引っ越していたから、郵便物の転送がうまくいかなかったのかも」

裕真はイタリアいきの資金を貯めるため、それまで住んでいたマンションから家賃の安いアパートに移った。調査会社は近隣住民にも聞きこんでまわった可能性はあるが、住んで日が浅いうえに独身者用のアパートでは近所づきあいなどない。個人情報はほとんどでてこなかったはずだ。

「寝に帰るだけの場所だったから、ぼくと裕真の見分けがつく住人はいなかったんでしょう。……というか、調査会社のひとは、兄の住所をどうやってつきとめたんです？」

「細かくは知らないが、きみが言うところの悪筆のメモを手がかりにしたようだ」

なるほど、と真次はうなずいた。

「じゃあたぶん、そのひとは住所と番地の間違いに気づいたんですね」

裕真は筆記体でアルファベットを書くと『j』と『y』の見分けがつかなかった。数字も『4』と『6』を極端に崩《くず》して書くので、見間違えることがあると説明した。

「旅行まえの兄の住所は雑司ヶ谷4丁目、アパートの名前が『ジュリス雑司ヶ谷』です。ここに『j』と『y』『4』があります」

「パオラは日本の地名をわからないし、アパート名も読み違えたため届かなかった。だが調査会社の人間はそれを理解していたから、正しく読みとった、ということか」

あとの言葉を引き取った彼に「ええ」と真次はうなずいた。

「そこまでわかれば、引っ越しさきを見つけるのは簡単でしょう。で、そこにぼくがいたため、また勘違いが起きた」

どうせ真次を調べたのなら、実家に戻るところまでつけまわしてくれれば話ははやかっただろう。皮肉に笑うが、片づけのため数日間兄の部屋に泊まりこむこともあった。

「おそらく、たまたまぼくがあの部屋にいたタイミングで調査されていたんじゃないかと」

むずかしい顔をした彼は「なるほど」とつぶやく。ようやくすこしは聞く耳を持ったらしいと、真次はほっとした。

「では、きみは四宮裕真の」

「弟です。年子……ひとつしか、変わらなくて、顔もそっくりだってよく言われました」

疑うようにこちらをじっと見ていた彼は、一応うなずいてみせた。言い張るにしても益のない嘘だと思ったのかもしれない。半信半疑の顔で、さらに問いかけてくる。

「しかし、さきほど持っていた書類には、四宮裕真の名前があった」

「ええ。それこそ、兄のものを片づけにいった帰りでしたから」

真次は免許を持っておらず、そのほかIDに該当するものも、この日は持ち歩いていなかった。事故の直前に手にしていたのは、返納するため探しだした裕真の免許と、なぜか部屋に残されていた住民票だ。兄はまた引っ越しでもする気だったのだろうかと訝《いぶか》りつつ、適当にたたんで免許といっしょに鞄にしまっておいたのだが。

(おかげで、身元が誤解されちゃってたわけか)

入院手続きの際に免許の失効を確認することもないだろうしな、と真次は納得したが、相手はむしろ怪訝に思ったようだ。

「しかし、片づけ? 亡くなったのは去年の暮れだろう。いまはもう夏だ。半年以上まえなのに?」

「それは……いろいろあって……」

思いだしたその「いろいろ」に、真次は息をつめた。相変わらず疑わしげに見つめてくる男の視線に圧倒されないよう、どうにか言葉をつなげる。

「ぼくは兄とはいっしょに住んでいなかったので、あまり時間がとれなかったんです」

「手配を、きみがぜんぶ？　ほかの家族は？」

「……いません」

こらえていた涙が、目尻《めじり》からこぼれ落ちそうになる。喉の圧迫感がひどくなり、真次は唇を噛みしめた。なんども喉を鳴らして嗚咽《おえつ》をこらえたあと、あえぐように告げる。

「両親は、三カ月まえに亡くなりました。事故で、ふたりとも」

男は眉をひそめた。冷ややかだった翠の目がわずかに揺れ、それを隠すように一瞬だけ目を閉じる。

「お気の毒に」

淡々とした短い言葉だった。けれど、高慢な態度をとっていた男がごくわずかとはいえ、頭をさげてみせている。本気で悼《いた》んでいるのを感じ、真次は胸がいっぱいになった。

そしてあらためて口にした肉親の死に、ずしんと胸が重くなった。

裕真を亡くし、失意の家族はさらなる不運に見舞われた。兄の死で落ちこんでいた父は仕事に精をだしすぎて、常に過労ぎみだった。すこしは仕事を控えろとせっついていた母と、気晴らしに、近場へ旅行にでもでかけてみるか、と言った矢先のことだ。

最近の関東にはありがちな、スコールのような大雨が突然降りだした。そして父の運転する車はカーブを曲がり損ね、海沿いの道をガードレールを突き破って落ちていった。

訃報《ふほう》を聞いた真次は、一瞬よもや後追いかと青ざめた。けれど現場検証をした警察によれば「雨で視界がふさがれ、タイヤがすべったことによる純然たる不運な事故だろう」とのことだ。いずれにせよ、両親は亡くなった。自損事故のため誰も被害者はでなかったのは幸いだったが、真次はまだ大学生の身分で天涯孤独となってしまった。

（もう、誰もいないなんて）

新聞の記事では数行の、ちいさな悲劇。だが残された真次にとっては、あまりに大きく重たすぎて、いまだに受けとめきれていない。

その後はとにかく、残されたものの義務をはたすべく葬儀をし、実家を片づけ、法的なあれこれを始末し続けていた。おかげで兄の住んでいたアパートが契約解除すらしていなかったことに気づいたのは、不動産屋が連絡をよこしてからのことだった。

「親も、いろいろ気がまわっていなかったんだと思います……いきなりすぎて、つらすぎて、遺品整理もなにもかも、あとまわしにしていたから」

真次も知らなかったが、三カ月まえ両親が亡くなるまで、アパートの家賃は払われていた。兄が住んでいた――生きていたままの痕跡《こんせき》を残したあの場所を、ぎりぎりまで引き払いたくなかったのかもしれない。父親の口座が凍結され、引き落としが不可能になってから、真次のもとへ家賃滞納の連絡がきたのだ。

「さっき言った、泊まりこんでいた時期というのが、アパートの片づけをやりはじめたころ……先月くらいです。周囲の部屋のかたたちとは交流もなかったから、ぼくと兄を取り違えていたひともいたでしょう」

気疲れをとおりこし、麻痺《まひ》しきっていた真次は、妙に淡々と一連のできごとを説明した。ひととおりを話し終えて息をつくと、男はますます苦い顔になっていた。

「知らなかったとはいえ、つらい話をさせてすまない」

いいえ、と言いかけた真次のまえで、男は、わずかに目を伏せた。扇状に拡《ひろ》がる、髪の毛より茶色がかった睫毛の長さに驚く。といっても濃すぎるほどでなく、硬質に整った面差しに抜群のあまさを添える。その隙間《すきま》から覗《のぞ》いた目の色は、透明度の高い湖を思わせる青みがかったグリーンだ。

あらためて見つめると、とにかく、とんでもなくうつくしい男だ。

(宝石が人間になったら、こんな感じかもな)

じっと見つめていると「なにか」とでも言うように彼は片方の眉をあげた。見惚《みと》れていたことにはっとなり、真次はあわてて目をしばたたかせる。

「あ、いや。ええと、ところで……あなたのお名前は?」

のっけからずいぶんと突っこんだ話をしたけれど、いまのいままで名前すら聞いてもいなかったことに気づく。彼は一瞬だけ奇妙な顔をしたのちに、ふっと息をつき、名乗った。

「わたしはグイード・ランドルフィ。あちらがパオラ、妹だ。それからパオラと裕真の息子で、アンジェロ」

「アンジェロって……あは、本当に天使ちゃんだったのか」

見たまんまの名前だと微笑《ほほえ》ましく、それ以上に嬉《うれ》しかった。真次の目に、さきほどまでとは違う意味の涙がじわじわと浮かぶ。

（そうか。あのかわいい子は、おれの、甥っこなんだ）

もう誰ひとり、自分と血のつながる人間などいないと思っていた。祖父母も亡くなり、母も父もきょうだいが誰もいない。連絡さきだけは両親の残した住所録にあったものの、遠方に住む顔を見たこともない数少ない親族は、弔電をよこしたのみ。きてくれたのは父の会社関係の人間と、母や真次の友人が数名のみという葬式は、ずいぶんとさみしいものだった。

けれどいま、自分とつながったひとがいることを知った。たとえ住む国すら違おうとも、それだけで救われた気分になる。ひさびさに味わう純粋な嬉しさに、真次が思わず笑うと、気が抜けたせいか全身に痛みが走った。

「つぅ……」

「Yuma？」

うめきをこらえ、ぐっと息をつめた真次の表情に、パオラが心配そうに呼びかけてきた。

はっとして、真次はグイードと目を見あわせる。

「パオラさんは、いまの話は」

「聞きとれていない。妹は、母国語以外は英語しか話せない」

そうか、と真次は息をついた。たしかにさきほどまでの話が理解できていたら、パオラはあの、恋人を見るような潤んだ目で自分を見つめてはいないはずだ。そしてこのあと、真実を知った彼女がどれほど落胆するのかと思うと、せつなくなった。

「……彼女に、教えてあげてください」

うなずいたグイードが、わずかに顔をこわばらせて妹を振り返る。おそらく自分が話をつけるまで黙っていろと言われていたのだろう。待ちかねたようにちらちらと真次を見ていたパオラは、グイードのなめらかで低い声で綴《つづ》られる言葉を聞くうちに、次第に青ざめていく。髪を振り乱し、過呼吸でも起こしたかのように息を乱したあと、短く鋭い声を発した。

『——嘘よ！』

真次はイタリア語などまるでわからない。けれどどうしてか、パオラがそう叫んだことがわかった。否定してほしそうに、なにごとかを真次に話しかけてくる彼女へかぶりを振り、ゆっくりとこう答えた。

「Sorry……I can't speak Italian.」

ただたどしい、日本語よりの発音を耳にした彼女の顔が衝撃に歪《ゆが》む。興奮状態だったさきほどとは違い、落ちついて聞けば、パオラにも裕真との声の違いがわかったはずだ。

裕真は英語はもちろんのこと、趣味で習っていたイタリア語も流暢《りゅうちょう》に話していた。顔はそっくりだが、裕真の声は真次より低くハスキーで、女の子たちに人気があった。

——海外でナンパするには、言葉が通じなきゃ意味ないじゃん？

笑っていた兄の言葉が、これほど残酷によみがえるとは思わなかった。

（かわいそうに）

ようやく事実を把握したのだろう彼女は、うちひしがれていた。ぱくぱくと動く唇からは、もう声すらでない。うつくしく大きな目から大粒の涙をあふれさせ、いやいやをするように青ざめた顔を振るパオラの絶望を見ていられず、真次は目を閉じる。

あかるくお調子者で、でもやさしかった彼が、こんなふうに女性を泣かせるなんて想像したこともなかった。

（兄さん。おれじゃなくて、あんたの声が彼女は聞きたかったんだよ）

パオラの悲痛な声が部屋に響きわたる。母親の嘆きに共鳴して、アンジェロの声もまた涙まじりのものになった。

どうしようもない重たさに包まれた部屋に、アンジェロごと妹を抱きしめなぐさめるグイードの低いささやきが響く。意味はやはりわからなかったけれど、やさしい音だと思った。

パオラは兄の胸に顔を埋《うず》め、ぐったりとしていた。その肩を抱いた彼は、いくつかの言葉をかけながら妹を病室から送りだす。廊下に響くすすり泣きが、胸に痛かった。

グイードはドアのそばにいた誰かにひとこと、ふたことを告げたのち、その相手にパオラをあずけると、ふたたびベッドのそばへ戻り、真次の顔を覗きこんだ。

「妹は限界のようだし、きょうは失礼して、あらためてうかがうことにする。とにかくきみは、身体を休めて」

うなずきかけたところで、真次ははっとなる。そういえば入院手続きはどうしたのだろう。自分と裕真を勘違いしていたのならば、書類上の間違いもありそうだ。

「あの、ところで、入院の手配をしてくれたのは……」

「わたしだ」

やっぱり、と真次はこっそりため息をついた。

(救急車で運ばれたら、こんな上部屋はないよな)

ここは個室だ。真次がいま横たわっているベッドも大きめだが、部屋自体が広くて新しく、ソファセットにサイドボードと、備品も高級そうな雰囲気がにじみでている。

(ここって、一泊いくらなんだ)

おそらく高級ホテル並の料金だろうと想定しただけでめまいがする。しかし自分の意思でなく入院した場合、精算はどうなるのだろう。免除はあるのだろうか。

「あの、こんないい部屋には、ぼくは」

おずおずと言いかけたことを察したように、グイードがきっぱりと言った。

「心配しなくてもいい。費用はわたしがだす。身元引き受けの手続きもした」

「でも」

「きみも親族になるのだから、遠慮はいらない」

思いがけない言葉に、真次の目に、じわっと涙がにじんだ。

ここしばらくずっと、主不在の部屋を掃除し、不動産屋に引き継いで、荷物の処分を手配して――と、家族の痕跡を消す作業ばかりが続いていた。兄や親のものを片づけるたび、なんだか心にあいた穴が拡がっていくようだった。なにより、親を亡くした真次には経済的な余裕がない。兄の滞納した家賃すら、かつかつだったのだ。

真次はまだ二十一歳で、ほんのすこしまえまでは、気楽な大学生の身分だった。それがいまや、なにもかも自分ひとりで背負わなければならない。覚悟もなにもできないまま訪れた現実は重すぎたし、そのうえこんな重症を負って、治療費や生活費をどうすればいいのかと途方にくれていた。

弱りきった真次にとって、グイードの言葉はありがたかった。

この三カ月、事務的にことを進めるため凍らせた心のどこかで、誰か助けてくれと叫んでいた。そしていざ救いの手がさしのべられたとき感じたのは、安堵よりも歯がゆさだった。

（情けない、くやしい、みっともない……でも、助かった）

もうすこし元気ならとんでもないと断ったかもしれないけど、いまはほかに方法がない。

「ありがとう、ございます」

無意識に拳を作ろうとしたところで、折れたとおぼしき腕に激痛が走り、うめく。

（頭、ぼうっとしてきた）

めまぐるしい状況のおかげで緊張し、すこしの間つらさを忘れていたが、ひととおりの話が終わったせいで気力が萎《な》えたようだ。熱っぽい息をつくと、ギプスからでた指のさきを、そっと押さえられた。グイードの長い指だった。

「力んではいけない」

「わか、って、ます」

痛みをこらえてあえぐと、彼は冷静な顔でうなずいた。

「それに、礼を言われることではない。わたしがけがをさせたも同然だ」

自分が雇ったボディガードは仕事が荒すぎたと、意外にもグイードは素直に詫《わ》びた。そして、「きみを殴りつけた男は解雇する」と言われ、真次はあわてた。

「そんな。あのひとは、仕事をしただけで――」

「さっきは厳しいことを言っていたのに、今度はかばうのか？」

不思議そうに指摘され、日和見《ひよりみ》な日本人気質をからかわれた気がした。赤くなりつつ、真次は口を尖《とが》らせる。

「そ、そっちだってさっきは、殴られて当然だみたいな感じで言ったじゃないですか」

「妹を捨てた男なら、報復されてもしかたないと思っていたからね。誤解だとわかったから、詫びようと思っている」

広い肩をすくめてあっさり認められ、逆に毒気が抜ける。謝罪しているわりには、えらそうな態度だった。けれどそれが妙におかしかった。

「すくなくとも、きみのようなきゃしゃな身体を、道路まで吹っ飛ばす必要はなかったはずだ。申し訳なかった」

「いえ……」

「けがは、骨折と打撲だけだ。頭を打ったし意識もなかったのでスキャンをとったが、軽い脳しんとう以外は問題もなかった。あとはおとなしくしていればいいそうだ」

「そうですか」

ほっとして、真次はかすかに微笑む。その顔をじっと見つめたグイードは、むくんだような真次の指さきをふたたび包み、握りしめた。

表情だけ見ると気遣っているふうにはまったく見えないけれど、手のひらのやさしいあたたかさに真次はなぐさめられる。そしてそう感じる自分に気まずさを覚えた。

「え、と。じゃあお互い謝ったわけですから、クビはなしで」

「きみがそれでいいのなら」

かまいません、と答えてほっと息をつく。反応を訝るようにグイードが目をしばたたかせ、真次は「仕事ないのは、大変だから」と告げた。

「違う国にきていきなりクビじゃ、気の毒です」

真次の言葉に、グイードは不思議そうな顔をした。やはりおひとよしだと思っているのだろうが、かまわなかった。恨んだり怒ったりという感情を持ち続けているほうが、真次にはつらい。事情も理解できたし、水に流してすむのなら、そのほうがいい。

静かな目をする真次に、グイードはふっと息をついた。苦笑に似たものがかたちよい唇に浮かんだ気がしたが、それもすぐに消えていく。

「もうすこし聞きたいこともあるが、それはまた次の機会に。かまわないだろうか？」

「わかりました」

うなずくと、力強い手が離れていく。去っていくグイードの、ぱりっとしたスーツの似合う背中を見つめ、なぜだか妙に名残惜しいような気分になった。

（あ）

視線を感じたのか、グイードがドアを閉める直前、振り向く。ばちっと音を立てるほどに目があってしまい、とっさに逸らすと、彼がふっと笑った。

「ゆっくりおやすみ、真次」

「あ、お、おやすみなさ……」

最後まで聞くまえに、グイードは部屋をでていった。真次は深く息をつき、自分がおそろしく緊張していたことを知る。

「あー……頭、ぐっちゃぐちゃだ」

あまりのことに、状況が呑みこみきれていない。やたら豪華な病室の光景と、身体中の痛み、そしてグイードのつけていた品のいい香水の残り香がなければ、まるっきり夢かと思ったことだろう。

(でも、現実だ。裕真も、父さんも母さんもいない。……甥っこは、いる)

喪失感はいまだ重たく真次の身体を締めつけるが、ふっくらしたアンジェロの頰を思いだすと、顔がほころんだ。ひとりではない。遠い国に住む相手とはいえ、たしかに真次とつながっている相手がいる。それだけで、ここ三カ月の間のしかかっていた孤独が、静かに癒《いや》されていった。

なにより、手を痛ませないようそっと握ってくれたグイードの手が嬉しかった。最初はずいぶんと高圧的だったが、誤解がとけたらすぐ態度をやわらげてくれた。

(謝ってくれたし、気も遣ってくれた。きっと、いいひとなんだ)

あんなふうに、護《まも》ってやると言わんばかりの態度をとられたのもひさびさすぎて、張りつめきっていた真次の弱った心にはあまい毒のように染《し》みた。

（赤ちゃん……アンジェロか。父さんたちには、初孫ってやつだったんだよな）

父も母も、会いたかっただろうに。裕真だって、知らないわけにはいかなかっただろうに。いまさらどうすることも、もはやできないのだ。

息をつくと、唇のうえをすべる呼気が熱くて苦しかった。けがのないほうの腕をのろのろと持ちあげて目元を覆い、ずきずきする身体に酸素を取りこむため呼吸を深くする。

そして、涙がでた。お仕着せの入院着は七分丈の袖《そで》で、残念ながら目からあふれる水滴を吸いこんではくれない。

ほたりほたりと雫《しずく》が枕に落ちる音を聞きながら、真次は嗚咽に喉を震わせた。

部屋は静かで、どうしようもなくひとりで、さみしかった。

＊　＊　＊

翌日、グイードは真次を殴りつけたボディガード――アレッシオという名の彼を伴っていた。あらためて対面すると、二メートルはあろうかという大きな男で、真次は圧倒された。

なにより驚いたのは、アレッシオが病室にはいってくるなり、深々と頭をさげたことだ。

「あ、あの？」

「きみのとりなしに礼を言いたいというので、つれてきた。アレッシオはあまり英語も得手ではないから――」

軽く顎をしゃくったグイードのうながしを受けて、アレッシオは黒いスーツの懐に手をいれる。思わずびくっとした真次のまえにさしだされたのは、黒っぽいスマートフォンだ。おそるおそる覗きこむと、翻訳アプリの画面に文字が表示されていた。

【あなたを傷つけて、わたしはすまなく思います。わたしはあなたを支持して仕事を失わずにすみます。わたしはあなたのよい考えを評価します】

「……え、と?」

前半はともかく、後半の文章はちょっと意味がわからない。グイードを見やると、彼もまた画面を覗きこみ、アレッシオが入力した原文をたしかめたのちに苦笑した。

「きみのおかげで解雇にならずにすんだ、お心遣いに感謝している、と言いたいようだ」

「あ、なるほど。……えっと、じゃあ」

真次も自分の携帯をとりだした。アプリははいっていないので、ネットを検索し、イタリア語への翻訳ツールを探す。【気にしていません、謝らないで】と入力し、変換してアレッシオに画面を向ける。今度は彼が変な顔をしたのち、困ったようにグイードを見た。低い声で真次の言いたかったことを伝えた彼は、やれやれと息をつく。

「今後、お互い顔をあわせることも多くなるだろうから、精度のいい翻訳ツールを探しておこう。いちいちわたしが通訳するわけにいかないし、有料のものなら、もうすこしマシな翻訳になるはずだ」

グイードの言葉に真次はたじろいだ。いま現在、あまり無駄に使える金はないし、有料ソフトがどの程度の課金なのかもわからない。なにより「顔をあわせることも多くなる」というのはどういう意味なのだろう。

「え……あの、それって……痛っ」

真意を問おうとして身を起こしたとたん、打撲した場所がひどく痛んだ。なぜかわからないが、ひと晩あけてからのほうが身体はつらいようだ。朝から身体中むくんでいる気がして、息をつくのも億劫《おっくう》だった。

「真次、無理をしてはいけない」

様子を察したグイードはすぐにナースコールのボタンを押し、真次の肩をそっと押さえる。

「でも……きのうは、平気だったのに」

あえぎながら言う真次に「きのうは鎮痛剤も効いていたし、興奮状態だったからだ」とグイードは言った。

「こういうけがは、翌日のほうがつらく感じる。熱もでているようだから、安静にして」

はい、とうなずいたあとに、真次ははっと気づいた。

「あの、パオラさんは？　あのあと、だいじょうぶでしたか」

問いかけると、グイードはふっと目を伏せる。「きょうは休んでいる」という短い言葉に、おそらくショックで寝こむかなにかしたのだろうと察しはついた。

「はやく元気になってくださいと、伝えてもらっていいですか」

うまい言葉も見つけられず、痛みでかすれた声でそう告げると、グイードが軽く目を瞠《みは》り、苦笑した。

「この状態のきみが言うことではない気がするけれど」

「あ……そう、ですね」

真次も眉をさげて笑ったとたん、またじくりと痛みが走って顔をしかめた。グイードはそっと真次の手を握り、額《ひたい》にかかる前髪を指で払った。

「すぐに看護師がくるから」

なだめる言葉をかけられているうちに、看護師がやってきた。真次の状態を告げ「とにかく痛みがないように」と念を押す彼の声には、ひとを従わせる響きがある。

緊張した面持ちの看護師が電動リクライニングのベッドを起こし、念のためにと血圧を測りはじめてもグイードは手を離さず、なんだか居心地が悪かった。

「あまり長居しても疲れるだろう。きょうは謝罪にうかがっただけだ。これで失礼する」

「え、あ、はい」

むくんだ手の甲を、グイードの長い指がいたわるようにそっと撫でた。どきっとしたせいで血圧があがったらしい。「熱もあがってきたのかしら」と看護師に言われて、体温計を腋《わき》にはさまれた真次は妙な気恥ずかしさを感じた。

「ゆっくり休みなさい」

ねぎらう言葉もどこか、命令じみて聞こえる。けれど気遣ってくれたのは間違いなく、あまり反感は持たなかった。

「あの、あなたも、あと……アレッシオさんも、お気をつけて」

部屋から去るふたりに声をかけると、グイードは軽く微笑んで会釈し、アレッシオも目礼する。長身の外国人ふたりが去ったあと、ため息をついたのは看護師と同時だった。

「……あ、ごめんなさい。なんか圧迫感すごくて」

ベテランふうの看護師が苦笑いする。真次は、気持ちはわかるからと同じような表情を返した。

「大きいですしね、ふたりとも」

「それもあるけど、四宮さんにはくれぐれも気を遣って、最高の治療を受けさせろって言われてるからね。ポカやるんじゃないかって、ひやひやしたのよ」

「そ、そうなんですか?」

「そうなの。なんだかえらいひとの紹介とかで、院長じきじきのお達し……あ、検温できたみたいね」

なんだそれは、と真次は目を瞠る。アラームの鳴った体温計を腋からとりだしてチェックする看護師は、それに気づかなかったらしい。

「微熱ってとこですね。つらいようなら点滴いれますか？」

「あ、いえ。平気ですから、寝ていれば」

そこまですることでもない、と伝えたあと、すこし考えて、打撲のあとが痛むので、なにか冷やすものがほしいとつけくわえる。

「顔がなんとなく、腫れぼったいんで、氷枕みたいなものがあれば……」

「それじゃ、お持ちしますね」

待っていてください、と告げて看護師は退出する。たしかにこれは通常の入院患者というよりも、ＶＩＰ待遇のようだと真次はため息をついた。

目ざめるまで裕真と勘違いしていたグイードだが、病室は最初から最高クラスのものにしてくれていた。パオラやアンジェロのためでもあったのだろうか。それとも、見るからにセレブな彼のことだから、一般病棟に自分が出入りするのはばかられたのかもしれない。

「ありがたいといえば、ありがたいけど」

あまりよくされると、あとが怖い。いったい、なにが待ち受けているというのだろう。

禍福はあざなえる縄のごとし、と言う。真次の経験則からいって、〝禍〟のほうが割合が多いのが世の常だ。

「なんか、でっかい落とし穴とかありそうだ」

このところ立て続けの不幸ですっかりペシミスティックになっている真次は、現状の自分がすでに不幸まっただなかだということすら認識できず、ただため息をつくばかりだった。

＊　＊　＊

それから一週間もするころには、真次の全身打撲もかなりマシになり、腫れも引いて、長時間起きあがっていてもだいじょうぶになってきた。

驚いたことに毎日、うるわしい兄妹は真次の見舞に訪れた。

真次の顔を見るたび裕真を思いだすのか、パオラは涙ぐむことも多かったけれど、現実を受けいれたのだろう。日に日に赤い目をすることも減っていった。

『あなたの叔父《おじ》さまになるのよ。パパにそっくりなの』

そこそこの英語しか話せない真次を気遣い、アンジェロを抱いてはそう話しかけてくれる彼女は、きれいでけなげで、真次のほうこそ胸がつまるような思いだった。

『真次がいてくれてよかったわ。アンジェロに、パパはこんなお顔なのよって教えてあげられるもの』

『……そうですか』

『裕真はやさしかったの。だからね、生きていてくれれば、きっとアンジェロを、かわいがってくれたと……』

言いかけて言葉につまるパオラから、真次はそっと目を逸らす。

『ごめんなさい。泣いたりしたら、真次が困ってしまうわね。あなたこそつらいのに』

とんでもない、とかぶりを振る。まだ身じろぐだけでもあちこち痛むけれど、パオラの覚えている苦しさを思えば耐えられる気がした。すくなくとも真次が兄を亡くしてすでに七カ月、両親たちについては三カ月の時間がすぎているが、パオラにとってはつい先日、恋人が亡くなったと聞かされたばかりなのだ。

（まだ若いのに、しっかりしてる）

顔だちから予想していたとおり、彼女は現在、十九歳。イタリアでは成年とされる歳《とし》だが、子どもを産むにはやはり若すぎると言ってもいいだろう。

ちなみにグイードは三十三歳。真次とちょうどひとまわり違う年齢だ。ずいぶん歳の離れたきょうだいのようだ。

（過保護にされてるのは、そのせいかも）

だからこそ、グイードもわざわざ日本にまで妹を孕ませた男を捜しにきたのだろう。しかし、これで本当に裕真が生きていたら、どんな制裁を与えられたやら。ぼんやり考えていると、涙を拭《ぬぐ》ったパオラが笑顔で話しかけてくる。

『ねえよかったら、裕真の子どものころの話を聞かせて？　大きくなったらアンジェロにも教えるから』

未来を重ねていけない代わりに、自分が知らない記憶を――とねだる彼女にせつなくなりながら、真次はたわいもない思い出話をほんのすこし脚色して聞かせたりした。

あからさまな嘘をつくわけではなく、たとえばいたずらをして親に叱《しか》られるとき、いつも裕真がかばってくれただとか――本当は真次に押しつけて逃げることが多かったけれど――その程度だ。

パオラは些細《ささい》な話でも嬉しそうに聞いていたし、出会いからずっと泣いている彼女がすこしでも笑ってくれればと、真次はときに携帯の翻訳アプリまで駆使して懸命に話した。真次の持っていた携帯では、あまり精度の高いものをダウンロードできないと知ったグイードが「事故で疵《きず》もついたし、けがをさせたお詫びに」と最新のスマートフォンをよこしたのだ。

むろん、真次は断ろうとした。

――こんな高価なもの、もらえません！

――だがないと不便だろう。押しかけているのはこちらなのだから、使ってほしい。

そう押しきられて、「だったらパオラやアレッシオがいるときだけ借ります」と、渋々ながら受けとった。

（専用の翻訳機のほうが、安くついたんじゃないだろうか……）

本体価格だけでも五万強はするはずの最新機種。通話料金をはじめとするすべての使用料はグイード持ちだから好きに使えと言われているけれど、真次は彼らとの会話以外にこれを使う気にはなれなかった。

正直、パオラやアンジェロとすごすのは思いがけなく楽しい時間でもあった。入院は退屈だし、事情が事情なのでごく一部の友人にしか話していないので、見舞客はほかにない。たとえ不器用な英語と翻訳アプリだよりでも、会話する相手がいるのは嬉しいと思う。

（でも、なあ……）

ちらり、と横目で見やったのはグイードだ。相変わらず傲慢《ごうまん》そうな無表情で、ベッドには近寄らず、ソファセットに腰かけている。そしてたいていはアレッシオも同伴していて、彼は大柄なのに驚くほど静かなたたずまいで室内を見張っている。

（な、なんか怖いんだけど）

あの日、別れ際に微笑んだのが嘘のように、彼らはパオラがいる間じゅう、真次とほとんど言葉をかわさず、妹と甥をいつも静かに見守っているばかりだ。しかもしょっちゅう携帯端末やラップトップマシンで電話したり、メールを確認したりしている。個室であるため、ネットも携帯もOKなのだが、それにしても連絡はひっきりなしで、忙《せわ》しない様子だ。

（仕事とか、忙しいのかな。なにやってるんだろ）

いつも仕立てのよさそうなスーツ姿でいるあたり、おそらくえらい立場なのだろうとは見当がつく。しかし日中、こんな場所に毎日いて仕事になるのだろうか。

（しかもこの個室、一日七万って……）

朝の定期検診にくる看護師にそれとなく訊《き》きだしたとき、あまりのことにぎょっとした。

――おれ、ふつうの個室でいいんですけど⁉　もっと安い部屋ありますよね⁉

――そうはいわれてもねえ、最初は特別室にしろって仰《おっしゃ》ったの。でも空きがなくて。

ちなみに特別室は一日二十万。ほとんど気絶しそうになった真次はその日、検温も血圧測定も不可能になってしまったほどだ。

（いったいどういうお金持ちなんだろ）

毎日パオラが思い出話をせがむため、グイードとはほとんど話ができていない。気になってしかたなく、ちらちらと眺めていると、視線に気づいた彼が真次のほうへ首をめぐらせた。

「なにか？」

「あ、いえ、あの……なんでも」

相変わらずの目力に、しおしおとなって口をつぐむ。ふたりを見比べたパオラが、なにかを察したように立ちあがった。

『ちょっと、アンジェロのおむつを替えてくるわね』

『あ、ああ、はい』

彼女が部屋をでていき、ふたりで取り残されてますます気まずい。耳が痛いほどの沈黙に耐えかね、思いきって真次は自分から話しかけてみた。

「あの……日本には、いつまでいらっしゃるんですか？」

「すくなくともあと五年は」

持ちこんだラップトップマシンでなにやら作業をしながらのグイードは、さらっとそう答えた。思いがけない言葉に、真次は目を瞠る。

「た、短期旅行とかじゃないんですか」

「誰がそんなことを？」

「いえ、誰も……」

言ってはいないのですが。もごもごと口ごもっているうちに、パオラが戻ってきてしまい、グイードとの会話は終了。

アンジェロがぐずっているというので、そのまま彼らは暇《いとま》を告げ、謎《なぞ》は謎のままになってしまった。


その日の夜、あれこれ疑問に思うものの、本人に直接問うのははばかられた真次は、悩んだ末に携帯から友人にメールをした。

【イタリア人で、グイード・ランドルフィとかパオラ・ランドルフィってわかる？　たぶん、お金持ちなんだけど】

真次の携帯はパケット料金の設定を最低限にしてあるため、自分のそれでは検索もままならない。おまけにあまり電波を拾えないキャリアを使っていたため、メール時には窓際でうろうろと携帯を振りまわす羽目になるし、まして名前しかわからない相手の素性を探るとなると、時間もかかる。

むろん、このためにグイードに渡されたスマートフォンを使う気など、まったくなかった。

【電波弱くて、自分じゃ検索できないんだ。悪いんだけど……】

代わりに調べてほしいと頼んだところ、友人からは速攻で返事がきた。

【ちょっと検索しただけだけど、すぐでてきたよ。グイードってこのひと？　ちょーイケメンじゃーん！　一応画像添付するから、確認して】

ネットで拾ったという写真には、なにかのレセプションだろうか、パーティードレス姿のパオラと正装したグイードの姿があった。それから、くだけたファッションで街を歩きながらグイードが笑っている、プライベートふうのもの。

「へえ。こんな顔、するんだ」

前髪をおろしているせいで、ひどく若々しい。というよりじっさい、数年まえの写真かもしれない。顔の印象がいまよりもうすこし、やわらかくあまい印象がある。

思わずじっと見惚れたあと、ぶるぶると真次はかぶりを振った。

（み、見入ってる場合じゃない。これで確定したんだから）

しかし【このひとたちだ、もうちょい詳しく】と返事を書いた直後、またもや届いた三枚目の画像を見たとき、真次はぎょっとした。

「ちょっと、なんだこれ……」

クルーザーのデッキのうえでつまらなそうに顔をしかめ、海を眺めているグイードはたくましい胸板をさらした水着姿で、上半身にパーカーを羽織った姿だった。これだけならまだしも、問題なのはその周囲。トップレスの女性たちが三人ほど、サングラスをかけた彼の半裸の身体に、ねっとりと絡まっている。

【いまのは五年くらいまえに、パパラッチに撮られたやつみたい。バチェラーパーティーっつの？　グイードのともだちが結婚する直前で、豪華クルーザーでの独身さよならのどんちゃん騒ぎだって（笑）。このほかにも大量のモデルとかいたらしいよ。セレブすげー！】

おもしろがっているらしい友人の言葉に、真次はなぜかじんわり不愉快になるのを感じた。

「……あんな仏頂面してるくせに、こんな乱交じみた真似、するんだ」

まじめそうに見えたのに、なんだかショックだ。こんなことをしている男が、裕真を責めようと日本にまできたのか？　それはずいぶんなダブルスタンダードではないのだろうか。

「ま、いいけどさ。べつに」

ぶつくさ言いながらも、自分には関係ない話だと真次は気を取り直す。メールをスクロールすると、友人はおもしろがるだけではなくちゃんと調べてくれたようで、真次が本当にほしかった情報を与えてくれた。

【海外の記事ばっかだったから、ネットの翻訳機能でざっとさらっただけだけど……】

要約してくれた記事によると、ランドルフィ家は本国では著名な富裕層。伯爵の称号を持ち、ワイナリーでできたワインの輸出や、それを提供するレストランを含めた複合企業、『Adolfo Landolfi』を親族経営しているのだそうだ。ちなみに社名は創業者の名前らしい。

「伯爵って、本物の貴族じゃんか！　なんだそれ！」

日本の身分制度はすでに廃止されているが、社会科の授業で先生が口にした『公・候・伯・子・男』という言葉はうっすら記憶に残っている。厳密に外国の階級序列に当てはめられはしないだろうが、それでもかなり上位の爵位なのは間違いない。

【前伯爵の父親は五年まえ、母親は十五年まえに亡くなってる。いまの当主は長男のジャンカルロ、次男がグイード、長女で紅一点がパオラ】

（ああ……それでか）

真次の両親が亡くなったと言ったとたん、グイードはそれまでの冷淡さと打って変わって、やさしくなった。おそらく自分も同じ想いをしたからだったのだろう。

「にしても、貴族……」

傲然とした彼の姿を思い浮かべ、さもありなんと納得した。そして裕真ははたして、彼の、そしてパオラの素性をわかっていたのだろうかと考え、「ないか」とかぶりを振った。

（ほんっとに、女の子好きだったからなあ）

真次は、脱力したように笑いを漏らした。

亡き兄が相手が貴族だとか金持ちだとか、相手のステイタスでちょっかいをかけるタイプでないことはわかっている。たとえランドルフィ家が貧乏だろうと、はなやかできらきらしたパオラの美貌をまえにすれば、裕真の頭から細かいことなど吹っ飛んだに違いない。

「でも今回ばっかりは、すこしは、考えてほしかったなあ……」

真次はイタリアの貴族事情など詳しくないが、それなりの地位のひとびとには、いまだに社交界というかソロリティというか、そういうものがあることくらい知っている。まして伝統ある〝貴族のおひめさま〟に日本の庶民の男が手をつけたあげく、未婚の母にしたなどと、こちらが想像する以上にとんでもない事態のはずだ。

なるほど、あの剣幕でグイードが怒るわけだった。事態の一部は理解したが、むしろ悩みが増えた気がする。

（どうしたらいいんだ、これ。どうやって責任とれるんだ）

けがよりもメンタル面でのダメージのほうがよほどひどい。というよりこのけがで相殺にしてくれたならまだマシだ。入院費まで立て替えられて、借りはたまる一方だ。

真次は頭を抱えたが、しばし煩悶したのちに、ふと気づく。

（でもそういえば家柄だとか、人種については、あのひと、ひとことも言わなかった）

彼が裕真――真次に対して放った言葉は、妹を妊娠させておいていきなり連絡をとらなくなったこと、その無責任な行動を咎《とが》めるものばかりだった。どころか誤解がとけたあとには、親族だから遠慮するなと、過分なほどによくしてくれている。

出会いの印象のせいで、いつも怒っているような顔だと感じていたが、考えてみると初日以外怒鳴られたことはないし、さして会話はないけれど、穏やかに接してくれていた。

真次はさきほど送られてきたメールを読み返し、添付写真をしげしげと眺めた。

とくに、二枚目の、グイードの写真。いまのようにしかつめらしい雰囲気でなく、自然で、あかるくて――魅力的だ。

もしかすると、これが素のグイードなのかもしれない。そんなことを思った。

なんとなく携帯のボタンを操作して、これもなんとなく、写真を待ち受け画面にした。そのあと自分のやったことに気づき、誰もいないというのにあわてて周囲を見まわし、自分の行動の滑稽《こっけい》さに赤面しながらフラップを閉じる。

（いやだって、いい写真だし、うん）

誰にともつかない言い訳を胸でつぶやき、真次は隠すように携帯を握りしめると、目を閉じる。一日中寝転がっているせいなのか、それともべつの理由からか、眠りは一向に訪れなかった。

＊　＊　＊

グイードたちについての衝撃の素性を知った真次は、ひとばん悩み抜いたすえ、翌日になって見舞に訪れた彼に向け、おずおずと切りだした。

「あの、できるだけ、はやめに退院したいんですが」

「退院？　完治していないのに？」

「でも、あの、ふつう骨折の場合はくっつくのを待つだけなので、入院しても一週間程度だし、自宅療養すればいいかなと。入院費も、もったいないですし」

長すぎるほど長い脚を軽く組んだグイードは、操作していたラップトップパソコンから目をあげる。この日も仕事が立てこんでいるらしく、すっかり彼専用と化したソファセットのテーブルのうえには、日に日に書類や封筒が増えていった。

こんなに忙しいなら、毎回見舞にくっついてこなくてもいいのに。そう思っていると、グイードは「理解できない」とばかりの身振りで首を振った。

「きみはまだ腕が動かせないだろう。しかも現在ではひとり暮らしだ。それでどうやって療養するつもりだ」

「そこはその、友人とかに手伝ってもらえばいいと思うので」

むっとグイードが眉を寄せる。日本語のわからないパオラが、なにごと？　と言いたげに首をかしげ、兄を覗きこんだ。グイードが口早な母国語で説明をすると、ごきげんなアンジェロを抱っこした彼女はきっと真次に向き直り、なまりの強い英語で叱りつけてきた。聞きとれない部分もあって、真次がぽかんとなっていると、いらいらしたように翻訳アプリの画面を突きつけてくる。

『そんなのだめ！　真次はアンジェロと同じようなものなのに』

『いや、赤ん坊よりはマシだよ。自分で面倒をみられるし』

『転んだらどうするの？　また頭打っちゃうかもしれないじゃない！　骨折がひどくなって腕が動かせなくなるかも！』

『で、でもこれ以上ここにいると入院費が……』

身振り手振りをくわえた英語と翻訳アプリを使って説得してくる。あまりの剣幕に顎を引いていると、パオラはくるりとグイードを振り返り、叫んだ。

イタリア語だったが、内容はなんとなく読みとれた。『お兄さま、真次を説得して！』というあたりだろう。わかったから、というように目を閉じ、グイードは軽く手を振った。

「真次、最初に言ったように、きみに関してはわたしが面倒をみる。いらぬ心配をせずに静養していればいい」

そう言われても、昨晩知った事実が頭を重たく占領しているいま、これ以上の迷惑をかけるのは心苦しい。真次はどうにか頭を絞って、もっともらしい言い訳をひねりだした。

「こ、このままいると身体も萎えるし、大学のほうとか、講義に出席しないと単位もとれないし……生活が立ちゆかなくなります」

だからリハビリのためにも、ふつうの生活に戻りたい。そう訴えると、グイードは「なるほど」とうなずきはしたものの、違う方向に結論を着地させた。

「ではここから通えばいいだろう」

「と、遠いし！　大学まで遠いし！　家からのほうが気が楽なので！」

必死になって言いつのると、グイードは長い指を顎にあて「ふむ」と軽く首をひねった。そしてパオラにまたいくつかの言葉を告げると、彼女はむうっと口を尖らせる。そして、あうあう言っているアンジェロをゆすると、ため息をつく。

『勉強したいなんて、真次はへんなひとね』

『……いまのうちにちゃんとしたいんだ』

言いよどんだのは、来年以後学生が続けられる保証がないからだった。今年度の学費は父がすでに払い込んでいてくれたから助かったが、四年次のぶんは完全に未納だ。続けるつもりであれば奨学金の申請なども考えなければならない。真次の大学では優秀な成績の学生には学費免除というシステムもあるが、残念ながら、ごくふつうからちょっといい程度の成績の真次には、手が届きそうにない。

（それでもあとあとのこと考えると、一年踏ん張ったほうが、ぜったい、いいし）

中退も考えたが、現在すでに三年のなかばだ。長い目で見ると損になる。あと一年半をバイトで乗りきれば、卒業後には新卒の社会人として収入を得ることができる。とはいえこの就職難の時代だ、うまいことといけばの話ではあるが、みすみす可能性をつぶすことはない。

「と、とにかくちゃんと大学にいかないと、まずいんです！」

言い張った真次を眺めたグイードは、ラップトップマシンの蓋《ふた》を閉め、立ちあがる。

『パオラ。真次と話があるから、アンジェロをつれて部屋をでていなさい』

英語で言ったのは、ふたりにわかるようにだろう。パオラはなにか言いかけたが、じろりと見つめてくる兄には逆らえなかったのだろう。いささか不服そうながら「Si《はい》」と短く答えて、真次にウインクをすると部屋をでていった。

（な、なんだろ）

さきほどまでパオラが座っていたベッドそばの椅子にグイードが腰かける。取り残された真次は、いったいなにを言われるものかと身がまえていたが、先日のように、そっと手を握られて驚いた。

「あ、あの、手……」

「費用について心配はいらないと言ったはずだ。それに部屋は価格の安いほうを頼んであるのだから、気にすることはない」

（安いってそれ、特別室に比べての話だろ！）

金銭感覚が根本的に違う相手に、庶民の感じる「もったいない」感をどう伝えればいいのやら。それに本題はそこじゃないのだ。もどかしくなりつつ、真次はどうにか納得してもらおうと口をひらいた。

「そ、それもありますけど、ぼくは大学にいかないと……」

「最初に入院費のことを口にしたのはきみだろう。むろん、大学の勉強も大事なのだろうが、退院するための言い訳だとわからないわけがない」

もうちょっと最初から、きりだしかたを考えておくべきだった。あさはかな自分を呪《のろ》っていると、グイードがくすりと笑った。

「真次は嘘がへただな」

「……うう」

情けなくうめきつつも、手を握られているのが妙にくすぐったくて困り果てる。

（説得するためのスキンシップ、なんだろうけど……）

じっさい、必要以上に言葉を重ねることもなく、手を握られてじっと見つめられているだけで、「まいりました、言うこと聞きます」と言ってしまいそうになる。

グイードの大きな手は、不思議と安心感があった。イタリア系だと浅黒い肌を想像するけれど、彼の肌は色が白く、一見はひんやりして見える。そのくせ指はとてもあたたかくて、この手に包まれていると、もうずっと忘れていた安心感がよみがえりそうになってしまう。

そしてもうひとつ、けっして悟られてはいけない気持ちまで芽生えそうになる。視線をうろつかせた真次は、ざわざわと騒ぐ胸のうちをごまかすため、ろくにものも考えられないまま口をひらく。

「あの、グイードさんは」

「グイードでいい」

「……グイードは、いつも忙しそうだけど、毎日ここにきていて平気なんですか？」

「仕事の指示や会議はあれでできている。いまのところ、どうしても顔をださないといけないものや会食は夜にまわしているから問題ない」

顎でしゃくってみせたのは、ラップトップマシンだ。

「でもそれ、朝から晩までずっと仕事してるってことじゃあ？」

グイードは軽く目をしばたたかせ、わずかに首をかしげる。言わずもがな、というときの彼の仕種《しぐさ》だ。

「そこまで忙しいのなら、ずっとついていなくても、べつに……」

「パオラが迷惑をかけないか、見張っているだけだ」

それを言われるとなにも言えなくなる。眉をさげた真次へ、グイードはあの淡々とした、けれどひとを従わせる口調で言った。

「パオラもまだ、裕真がいなくなったショックから立ち直りきれていない。真次のおかげで気持ちを紛らわせていられるらしい。悪いが、もうすこし相手をしてくれないだろうか」

「え、いや。それはぼくのほうこそ、助かっているので」

真次はあわてて手を振った。

面会時間が開始するなり、アンジェロを抱いたパオラは病室にあらわれる。入院当初こそ一、二時間で切りあげていたが、真次の体調がよくなるにつれ見舞の時間は長くなっていた。きのうなどは朝いちばんからずっとそばにいて、アンジェロをあやすついでに、自分で持ちこんだフルーツを剝《む》いて食べさせようとしてくれたり、新米ながら母親らしいやさしさをくれた。むろん、かわいい無邪気なアンジェロの存在も真次の心をなぐさめてくれる。

だが、グイードは「やれやれ」と言わんばかりにかぶりを振った。

「助かるというより、ただにぎやかなだけだろう」

「……あはは」

グイードの指摘を否定もできない。なにしろパオラはおひめさまで、林檎《りんご》の皮を剝く不器用な手つきにはらはらしたり、おむつが汚れて泣き叫ぶアンジェロの世話も、けっきょくはついてきた使用人だよりだったりと、なかなかの天然ぶりを見せつけてくれる。

見舞の間じゅうも、部屋の外には護衛と、おつきの女性のようなひとが常に待機していて、それもまた真次が入院を窮屈に思う要因のひとつだった。

「とにかく、こちらのわがままにつきあってもらっていると考えてくれればいい。この部屋は、パオラがにぎやかなのを除けば環境もいいし、仕事もはかどる」

「でも……」

真次が言いつのろうとした矢先、グイードの携帯に連絡がはいった。手のひらを見せたあと、人差し指を立てて『静かに』のジェスチャーをしたグイードは、立ちあがって窓際に向かい、真次に背を向ける。

いまのいままで穏やかに話していたときと別人の激しさで、口早になにかをまくしたてる様子に、真次はこっそりと思った。

(……このひと、ぜったい鬼上司だ)

イタリア語は相変わらずわからないが、尊大な態度と口調でそれが命令と叱責《しっせき》であることくらいは察せられる。こういうときは目の色もずいぶんと冷たく感じられ、まるで初対面のときの彼のようだと真次は身震いした。

(あのとき、ほんと怖かったからなあ)

事故後でアドレナリンがでていなければ、あそこまで反論できたかどうか自信はない。痛みと熱で理性が飛んでいたからこそ、言いたい放題できたのだ。

「……失礼。どうかしたか」

電話を終えたグイードが、ふたたびベッドのそばへと腰をおろした。こちらを見る目は、もうひんやりした怖い色をしていない。真次は思わず気がゆるみ、またうっかり思ったままをつぶやいた。

「貴族なのに、すっごく働くんだなあと思って」

思わずぽろりとこぼした言葉にグイードは奇妙な顔をした。一瞬、探りをいれたことがばれたかと真次はあわてたけれど、その点にはとくに疑問を持たなかったようだ。

「貴族が働かないいなんていつの時代の話だ。日本の華族たちも、いまはふつうに仕事をしているだろう」

「いや……じつは、よく知らなくて」

グイードはあきれたような顔をしたが、たまにテレビで皇族を観る以外、雲のうえのセレブたちがどんな生活をしているかなど、一般庶民の真次が知るわけもない。このあたりも、王族貴族のセレブリティをパパラッチが追いまわす海外と、高貴な身分の方々については極力ふれないようにする日本では感覚が違うのかもしれないなあ、と思った。

(にしても、素性が知られてるのは当然、って顔だなあ)

おそらく、自身が有名人な自覚があるからだろう。世界的に顔を知られるというのは、どういう気分なのだろうか。思わずじっと見つめていると、グイードがクビをかしげた。

「なにか?」

「え、いいえ。そういえばグイード……は、どんなお仕事してるんですか?」

さん、をつけそうになって睨まれ、真次はあわててごまかした。

「いま現在のわたしは、今度アジアに進出するレストラングループの、日本支社の社長として就任している」

「え、日本にお店ひらくんですか？　レストラン？」

「ランドルフィ家は、代々領地でワインやオリーブオイルを生産していたんだ。いまもうちのグループの主要な商品として販売しているが、料理や食材、それらにまつわるすべてを手広く扱っている」

そのあたりはすでにネットで調べたとは言えず、真次は神妙な顔でうなずいてみせる。

グイードの曾祖父《そうそふ》が領地産の食材を提供するレストランを立ちあげた際、店舗専用のこだわりのオリジナルカトラリーや食器類を職人に作らせた。それが訪れるセレブ客の間で評判になったため、いまではブランド食器としても人気だという。

「地元では『ランドルフィのワインを、ランドルフィのグラスで飲み、ランドルフィのオリーブをランドルフィの皿に載せる』と言われるくらい、食に密着した企業だ」

「へ、へえ……なんか、すごそう」

話はそれで終わるかと思ったが、グイードはあっさりといま手がけているプロジェクトについても教えてくれた。

「もともとワインや食材については、国内だけではなく、各国に輸出もしていたが、わたしの兄、ジャンカルロが当主兼ＣＥＯとなってから、本格的にレストランのほうも進出させよという話になった」

北米には先代の時点で拠点をおかれていたため、次はアジアに、となったらしい。すでにアジア各国にも支社をかまえており、グイードは東京でそれを統括する業務にあたる。

日本のフランチャイズ系外食産業と提携してのレストラン展開だけでなく、ワインや食材の輸入販売など、百貨店をはじめとする各種の小売店にも契約を持ちかけているそうだ。

「すでにいくつかの店舗については準備段階にはいっている。日本では、まずは東京に五店、様子を見ながら大阪や仙台、福岡などの主要都市にも出店する予定だ。おおむねのところ、話はまとまっているけれど、じっさいに日本で商品がでまわるにはもうすこしかかる。いまはその準備のために関係各所と話しあいを重ねている途中だ」

まるでプレゼントークのようななめらかな語り口で、話の大きさに真次は圧倒された。

「なんか……すごい仕事、ですね。裕真を探すためだけの来日じゃなかったんだ」

「いまはパオラのお目付が本職のようになっているけれどね。どうしてもいくと言って聞かなかったから」

それでも、好きな男を捜しにはるばる日本まで飛んできてしまうあたり、やはり庶民と感覚が違う。ため息をつくと「ほかになにかあるか」と問われた。

「考えてみると、真次とちゃんと話をしていなかった。わだかまりがあるなら――費用のことなども含めて――いまのうちにきちんとしよう」

「そう……ですね」

グイードが切りだしてくれて、正直助かったと思った。

言いたいこと、訊きたいことはいくらでもあるが、まずは最初からだと真次は口をひらいた。

「ぼくがけがをした日は、なぜ、あの場所に？　あとをつけていたんですか？」

「偶然だ、といってもきみは信じないだろう」

うなずくと、グイードは淡々と説明をはじめた。

「まず、わたしとパオラが日本に到着したのは、あの日の前日だ。四宮裕真の調査についてはいったん打ち切っていたが――所在が知れたと思っていたからね――話しあいの場を設けるために、来日当日からの動きを押さえてもらうよう、調査会社にふたたび頼んであった」

そして事故が起きた日、朝から真次の動きを調べていた調査員は「調査対象がアパートをでて、歩いて青山方面に向かった」と報告。聞きつけたパオラが「一刻もはやく会いたい」と言いだし、止めるのも聞かず車をださせたそうだ。

「わたしはあいにく会議中で身動きがとれず、アレッシオをパオラにつけた。そしてあの場所を歩いていた裕真――つまりきみをパオラが見つけ、飛びだして――あとはきみが知っているとおりだ」

「……なるほど」

思わず真次が見おろしたのは、ギプスのはまった腕だった。グイードは苦笑する。

「同乗していたら止められたんだが、……すまなかった」

「いえ、それは……しかたないので」

まったくの偶然ではないにせよ、一応、彼らにとってもハプニングではあったのか。どおりでパオラもうろたえたわけだと納得していると、今度はグイードが質問してきた。

「しかしきみはあの場所でなにを？　裕真のアパートからは歩いてもかなりあるだろうに、徒歩で向かった。大学の方面とも関係がないし、調査員によると、道すがら買いものをしていた様子もなかったと聞いている」

ぎくりと真次は身体をこわばらせた。池袋の端、家賃の安いごちゃついた裏町にある裕真のアパートから青山劇場まで二時間程度歩くのは事実だ。ただあの日は、電車もバスも使うことをためらうほど、追いつめられていた。

「それから部屋をでたときに真次は、大きな袋を持っていたと報告があった。なのにパオラと遭遇した際には、そんなもの、きみは持っていなかった」

グイードはなにも知らないし、咎めだてているわけでもない。それでも、真次は顔が熱くなるのを感じた。もじもじしていると、彼が目顔でうながしてくる。しかたなく、うなだれたまま小声で答えた。

「服とか……バッグとかそういうのを、割りのいい質屋にいれにいったんです」

「シチヤ?」

いかにも高級そうな服を纏《まと》った男相手に言いたくはなかったけれど、事実だからしかたがない。なかば開き直り、説明をつけくわえた。

「ええと、ものを預けて、その代わりにお金を……」

「それは知っているが。服を売るほど困窮しているのか?」

ずばりと訊《たず》ねられ、真次はみじめだった。ここ数日、至れり尽くせりの入院生活でうっかり意識から遠ざかっていたけれど、現実はなにも変わってはいないのだ。

(そうだよ。だからはやく退院したかったんじゃないか)

あまりに現実離れしたグイードたちと接しているからといって、自分がどうしたいのか――しなければならないのか、忘れるわけにはいかない。

「……お葬式とか、案外、かかったので」

「保険や、遺産は?」

「家のローンにあてて、いろいろ片づけたら、もうほとんど……遺族年金とかも、ぼくが成人しているので、支給はなくて。あ、でも月末にはアルバイト代がはいってきます」

とくに予想外の出費だった裕真のアパートの家賃が痛かった。安い場所を探したといっても、そこは都内。月額六万の二カ月ぶん、十二万をいますぐ払えと言われても、手持ちがほとんどない状態だった。しかもこれ以上片づけを引っぱると、次の家賃が発生してしまうと言われたのだ。一刻もはやくかたをつけるしかなく、それで思いついたのが質屋だった。

「裕真はアクセサリーとか服とか集めるの趣味だったので、それでなんとかなりました。あなたがたに会ったのは、最後の荷物を引きあげて換金し、家賃を入金した直後でした」

店にはいったように見えなかったのは、看板のない質屋だったから。話しながら、真次はどんどんうつむいていった。グイードは思案するように顎に軽く曲げた指をあて、「真次」と名前を呼んだ。

「……はい」

「きみはその状態で、退院すると言い張ったのか？　ほとんど金もなく、いったいどうする気だった？」

「だから家にいたいんです。買い置きの米はあるから、それ食べていればお金かからないし、大学までの定期は一年ぶんを買ってあるし」

家から大学までのルート上でアルバイトをさらに探せば、稼ぐこともできる。そう告げると、グイードはあきれたようにため息をつき「ばかなことを」と言った。

「はじめに伝えただろう。きみもわたしの親族になるのだから、面倒はみる」

「そんなわけにはっ」

顔をあげ、反論しようとした真次のまえに、グイードはすっと手のひらを見せる。とくに威圧的なわけではないのに、この仕種をされると、なぜか口をつぐむしかなくなる。

「では聞くが、片腕でどうやって働く？　パオラの言ったとおり、不自由な身体だ。家のなかだって安全じゃない。さらにけがを増やす可能性もある」

なにも言えず、真次はうつむいた。いまさら意地を張っても、真次のぼろぼろの体調と経済状態はあきらかだ。

「大学の学費は、どうなっている」

「……今年度のぶんまでは」

観念して打ちあけると、「来年度はどうする」とたたみかけられる。

「奨学金とか、バイトで……」

もそもそと答えた真次に、グイードはいともあっさりと言った。

「来年度の大学の学費も、こちらでだそう。気が咎めるなら、無利子、無条件の奨学金を借りたと思えばいい」

「そんな……」

「家族なのだから、遠慮することはない。大学もあと一年なのだろう。きちんと卒業するのが、学生であるいまのきみの仕事だ」

そっけない言いかただが、そんなことはどうでもよかった。意地を張ることすらできず、真次は涙目になって、深々と頭をさげる。

「ありがとう……ございます……」

せめて健康ならばアルバイトのかけもちもできただろう。だが片腕を骨折した状態では、本当になにもできない。いまはグイードの温情にすがるしかない。

「なんてお礼を言えばいいか、わかりません。必ず、借りたお金はお返しします」

不自由な身体で、土下座せんばかりに頭をさげていた真次は、グイードの長く白い指がこめかみに添えられ、顔をあげさせられたことにはっとした。

「そこまで頭をさげる必要はない。言っただろう、きみはアンジェロの叔父だ。困っているときに家族を助けるのは、あたりまえのことだ」

真次は唇を嚙みしめ、泣くまいと必死になってかぶりを振る。頑固な態度にグイードは苦笑し、そのあと表情をあらためた。

「気が咎めるというのなら、わたしにもひとつ、頼みがある」

「なんでもします！」

「話も聞かず、簡単に言うものじゃない」

勢いこんだ真次をたしなめ、グイードは腰をあげた。どこへいくのかと思っていると、備えつけのポットでインスタントコーヒーを淹《い》れている。しかも、カップはふたつ。どう見ても片方は真次のものだ。

「あ、あの、ぼくが」

伯爵家の貴族さまにそんなことをさせていいのか。あわてて起きあがろうとすると「寝ていなさい」とグイードがあきれ声をだした。

「けが人がなにを言っている。それに宿舎生活で、ひととおりのことくらいできる。一応、現代の働く貴族だからな」

言わんとしたことをさきまわりされ、真次は赤くなってカップを受けとった。表情は相変わらずそっけないけれど、もしかして案外ユニークなひとなのだろうかと思いながら、牛乳をたっぷりいれてあまくされたコーヒーをすする。そして目を瞠った。

(あ、これ……)

美食にこだわるイタリア人、ましてや特権階級のグイードがこんなものを飲むこと自体以外だった。それ以上に驚いたのは、この味だ。真次は震える声を発した。

「あの、これ、作りかた、どうやって」

「パオラが教えてくれた。本物のコーヒーではないし、子ども向けの味だが、こうして飲むと案外飲めなくはない――」

グイードは、涙ぐんだ真次に気づいて口をつぐんだ。「どうした」と問われ、泣き笑いの顔でつぶやく。

「この、牛乳たっぷりのインスタントコーヒー。裕真が大好きだったんです。旅行さきでもいつも、なんでか……インスタントコーヒーだけは、持って歩いて……」

そして旅さきでできた恋人に、自慢げにだしたのだろう。相手が本物のおひめさまと知りもせず、いつもの適当な調子で。

「まさか、いまさら飲めるなんて思わなかった」

はたはたと涙を落とす真次の手から、グイードはカップをとりあげ、自分のものとまとめてテーブルにおいた。そしてベッドに腰かけ、身体が痛まないようにそっと肩に長い腕をかけてくる。

（なんだろ、ほっとする）

真次は長い息をついて、身体の力を抜いた。グイードはなだめるように背中を撫でてくれていたが、しばらくの沈黙のあと、探るような低い声で真次へと問いかけてきた。

「訊くが、裕真は、パオラと結婚する気はなかったんだろう？」

「……わかりませんけど」

突然の質問に、真次はぎくりとした。じっと見つめてくるグイードを相手に嘘はつけず、黙ってうつむく。きょうだいのことなのに確信してかばいきれないのがすこし、痛い。

（やっぱり、わかってたのか）

——生きていてくれれば、きっとアンジェロを、かわいがってくれたと……。

数日まえ、泣き濡れるパオラにそう言われたとき、真次は思わず目を逸らしてしまった。気まずい気持ちは押し隠していたつもりだったが、グイードは見抜いていたのだ。

「ごまかさなくてもいい。真次とひとつ違いと言えばまだ二十二歳だし、大学生の身分では深く考えてもいないだろう」

「で、でもわざと逃げたり、そういうことはしなかったと思います。すくなくとも女の子をわざと泣かせるような真似は、しなかったと思う」

「わざとではないが、真剣に考えてもいなかっただろう？」

真次はうなだれ、今度こそなにも言えなくなった。

たしかに恋人に会うつもりではいたかもしれないが、子どものことまで裕真は責任をとれたとは思えない。きまじめな真次と正反対で、闊達《かったつ》で自由人だった裕真は、すこしばかりいいかげんなところもあって、とくに女関係は出入りが激しかったからだ。

「ただ、会いに行きたがっていたのは本当です。それ以上のことは、わからないけど」

現実に直面して、どう対応したのかなど、いまとなっては想像するしかできない。それでも、悪辣《あくらつ》な男ではなかったから、しばらくはうろたえ、悩んだとしても、自分なりに責任をとろうとしたんじゃないだろうか。

もはや推察するしかない苦さをこらえて真次が訴えると、グイードは首をかしげた。

「どうも確信的な言葉ではないようだが、裕真とは、あまり話さなかったのか？」

「兄とはだいぶ、タイプが違ったんで」

またもや痛いところを突かれ、ごまかすように目を逸らした真次を、グイードはじっと見つめる。視線の圧迫感がすさまじく、息苦しさを感じていると、彼は重たい口調で言った。

「違った、というのは恋愛面においてもか」

「え」

「きみは、ゲイなんだろう」

ずばりと訊かれ、真っ青になった真次はとっさに顔をあげる。翠の目はじっと、ごまかしを許さないと言いたげにこちらを見据《みす》えていた。じわじわと、血の気が引いていく。

(なんで……)

指摘されたのは事実だ。裕真と真次が正反対だったのは性格だけではなく、セクシャリティもまたそうだった。とっかえひっかえ女の子をひっかけていた裕真に対し、真次は二十一歳になるいままでろくに彼女ができたことがない――できるわけがない。

けれどそれは、ごく限られた友人にしか教えていないことだ。

「どうして、そんな」

家族ですら知らなかったことをなぜ知っていると問えば、「素行調査をしたと言っただろう」とあっさり告げられた。

「妹と甥に連なる相手を調べないわけにいかなかったからな」

そう言って見おろしてくるグイードは、いままでになく冷ややかな顔をしている気がした。

(なんで、こんな目で見られるんだ)

うろたえ、戸惑うばかりの真次から手を離したグイードは、立ちあがり、ラップトップマシンの横にあった書類の束から、ひとつの茶封筒をとりだした。

「どこかのタイミングで、話をしようと思っていたんだが」

ぽんとベッドに放られた袋から、書類の束がこぼれる。おそるおそる拾いあげた真次は、「あっ」と声をあげた。

「別人とわかって納得した。……この街は日本でのゲイスポットだな」

なかにあった写真には、二丁目界隈《かいわい》をうろつく自分の姿が写っていた。愕然《がくぜん》とする真次に、グイードが苦々しい声で言う。

「身に覚えはあるようだな」

写真は複数あったが、とくに多いシチュエーションは、あるバーの薄暗いカウンター。そして真次が男と話していたり、抱きつかれたりしているものばかりだ。ある一枚には金髪の男、べつのものでは黒髪の男。相手のファッションもさまざまでドラァグクイーンかというくらい派手なものもあれば、カジュアルなジーンズ姿のものも。

写真を見るに、時期的にはそれこそ、調査を開始した二カ月まえあたりのものだろう。尾行されていたのか、と真次は唇を噛んだ。

「ずいぶん、いろんなタイプがお好みのようだ」

「ちが、これは――」

ため息まじりの声にあきれを感じ、かっとなった真次がとっさに言いかけたことを、グイードは手を振って制した。

「こちらの話がさきだ。正直、これを見たとき四宮裕真はどういう人間だと頭が痛かった」

当初、この写真を裕真と勘違いしていたグイードは、バイセクシャルのいいかげんな男か、それともなにかのカモフラージュか、そのうえで妹をもてあそんだのかと、腹をたてていたそうだ。だが、不愉快なのはこっちのほうだと真次は目を尖らせた。

これまで何度かしかけられたスキンシップは、ゲイだと知ってこちらを試していたのだろうか。いやな想像に胸がふさがれ、押しつぶされないために怒りをあらわにする。

「……こんなこと調べあげるまえに、ぼくと裕真が別人かどうかの調査をすべきだったんじゃないですか」

つけまわされ盗撮されていた事実と、隠していた性的指向をあばかれたこと。親切顔をしておいて、こうして貶《おとし》めるのが目的だったとしたら最悪だ。胃の奥が煮えたぎっている。ぎらぎらした目でグイードを睨みつけた真次は、手にしていた写真を彼にぶちまけた。

「勝手にこそこそ調べあげて、肝心のことは勘違いしてひとの秘密をあばいて。あげく殴ってけがをさせて。ああ、だから親切ごかしに面倒をみる、ですか。それとも罪滅ぼしのつもり？　あなたそれで満足ですか⁉」

「いや、最悪な気分だ」

顔色ひとつ変えないまま「だから詫びただろう」と悪びれず言ってくるグイードに向けて、

真次は枕を摑んだ。

「なにが……っ！　最悪な気分なのは、おれのほうだ！」

感情のままそれを振りかぶったけれど、折れた腕を痛ませただけだった。思わず肩を押さえると、憎らしいくらい落ちついた男がその手から枕をとりあげた。

「殴りたいのはわかるが、いまはよしなさい」

「……さ、わる、なっ」

「それから、いやみを言うのはやめなさい。真次には似合わないし、きみのほうが傷つく」

逃れようとしたのに、頰を包んだグイードの指が浮かんだ涙を拭っていく。いったいどういう男なのだと混乱した。

「なんなんですか、もうっ」

「こちらの話をさきに、と言っただろう。非常に失礼な真似をしたのはわかっているし、反省もした。詫びはあとでちゃんとするから、ちゃんと聞くように」

だからどうしてそう、謝る立場のくせに尊大な態度なのだ。むかむかしつつ、度をこした屈辱《くつじょく》に言葉を奪われた真次は無言で彼を睨んだ。しかし気まずい顔をするどころか、グイードは真っ向から見つめ返してくる。

「まず、裕真と真次を勘違いしていたことはもう知っていると思う。だが、きみ自身はフリーだったとするなら、ゲイであろうとどれだけ恋人がいようと、べつに問題はない」

ならなんでそんなに怖い顔で睨むのだと、真次は顎を引いた。外国人の顔だちというのは表情が大きく変化するようでいて、どうにも読みづらい。ことにグイードのような威圧的なタイプをまえにすると、どれだけ腹がたっていても迫力負けしてしまう。

(……だいたい、何人も恋人が、とか、……違うのに)

そのひとことが口からでず、真次は荒い息をついた。

たしかにこの写真を見る限り、真次はとんでもなく節操のないゲイの遊び人にしか見えないことはわかっている。もともと裕真の件で――誤解とはいえ――いい感情を持っていなかっただろうグイードになにを言っても、言い訳のようにしか受けとってくれないだろう。

(それにたしか、海外のほうがゲイに対して厳しいとかいうし)

基本的にことなかれ主義の人間が多いうえ、近代まで衆道の文化があった日本とは違い、イギリスなどでは男色を法律で禁じていた歴史があるし、強烈な差別主義者に過激なリンチを受けることもあるという。

そのため海外のゲイにとって日本はゲイ天国というイメージで、わざわざ男をあさりに来る『ガイジンさん』もいるらしいと二丁目界隈の話で聞いたことがあった。国にもよるだろうが、それくらい大変なのだろう。

まして特権階級に生まれたグイードなら、真次を見くだしていてもしかたないかもしれない。このことで、アンジェロに近寄らせてもらえなくなったらどうしよう――そう考えた真次は、しかしその予想が、グイードの行動とは矛盾することに気づいた。

（待てよ、偏見があるなら、なんで毎日顔だしたりしたんだ？　監視が目的？　面倒をみるっていうのも、なにか思惑があるのか？）

考えれば考えるほどに話のいくさきが見えず、静かにうろたえる真次を、グイードはじっと見つめていた。

（な、なんで黙って見てんだろ）

沈黙が重い。いまからでも誤解だというべきだろうか。迷っては視線をうろつかせていると、じっと真次を見つめていた男から、とんでもない話が持ちかけられた。

「それで真次、この写真を見るに、きみはけっこうさばけた人間だと思うんだが」

「え、いや、それは違う――」

「さきほど言った、頼みというのはここに関係してくる」

真次はびくっと身をすくめた。生活を援助するための金はやるから、二度と顔を見せるなとでも言われるのだろうか。

「……なんでしょうか」

疑心暗鬼のいま、あまい条件をだされても疑わしいばかりだ。それでも聞かざるを得ず、覚悟を決めた真次が顔をあげると、グイードは予想をはるか斜めうえに飛んだ、珍妙なことを口にした。

「わたしの愛人になってくれないか」

「……はい？」

真次は、しばらく思考を放棄した。意味もなく顔に笑いが浮かぶ。

（あれ、なんかいま、変なこと言わなかった？　このひと）

とっさに考えたのは、やはり数日まえの事故で頭を打っていて、言語認識がおかしくなったのだろうか、ということだった。

（それとも、あれかな。もしかして日本語間違えた？）

日本語というのは大変に特殊な言語らしく、英語をはじめとする欧米諸国の言語とは、脳の使われる場所までが違うのだという。バイリンガルやトライリンガルの人間が実感をこめて言うけれど、日本語と多国語を使いわける際には、思考回路や性格までが違ってくるものらしい。

だからきっと、なにか彼の言葉にバグがあって——と、必死に不思議理論を展開していた真次の考えは、すべて口にでていたらしかった。

「言っておくが、きみが聞き間違えたのでも、わたしの脳の言語野が混乱したわけでもない」

「あ、そ、そうですか」

「もういちど繰りかえす。わたしの、愛人に、なってくれないか？」

ひとことずつゆっくり話されても、理解できるわけではないのだが、聞き違えでないことだけはわかった。ますますこんがらがった真次がどう反応していいかわからずにいると、彼はずばりと言った。

「愛想笑いでやりすごそうとするのは、日本人のよくないくせだと思う」

つまりやりすごすようにつとめても間違いのない申し出だったということだ。おそるおそる、真次は問いかけた。

「ええと、愛人というのはちなみに……」

「わたしとセックスをする関係にならないかと聞いている」

間違いようのない説明をされて、真次は今度こそ頭がまっしろになった。ぱくぱくと口を開閉させたあげく、どうにか声を絞りだす。

「でも、あの、愛人って……奥さまがいらっしゃるんですか?」

問いかけると、彼は怪訝そうな顔をした。

「結婚はしていない」

では、いわゆる〝おめかけさん〟にはならないということだ。ちょっとだけ真次はほっとした。ゲイというセクシャリティは少数派かもしれないが、不倫はしたくない。

(奥さんいないのに愛人って、外国ではそういうのありなのかな)

外国文化はよくわからないが、「ただつきあう」という関係ではなく、一方が世話をされている状態では、たしかにほかに言いようもないのかもしれない。

要するにあとくされのない相手がほしいということなのだろうか。しかしそもそも自分たちは親戚《しんせき》関係になるわけで、充分ややこしいような気もする。

（でもなあ、入院のこととかいろいろ、お世話になっちゃってるし）

しかしいくらなんでも、この『頼み』は変すぎる。頭がこんがらがりそうだと思いながら、真次はどうにか言葉を探し、問いかけた。

「あの、どうしてそんな話を？」

「きみのようなきれいな顔の男が好きだから、と言ったら？」

指さきが頬を撫でる。産毛をくすぐるようなそれにざわりと首筋がさざめいた。嫌悪ではなく、ある種の熱につながる感覚に思わず眉をひそめる。

そして、あまりに突拍子もない申し出のおかげで茫然《ぼうぜん》としていた意識が、一気にさめた。とっさに脳に浮かんだのは、ただひとこと。

（……こわい）

こんな洗練され、遊び慣れているだろう上等な男の相手などつとまるわけもないし、荷が重すぎる。しかし、いまでは金銭的にも頼っている状況で、さしだせるのは身体しかない。

（どうしよう）

青ざめつつ考えこんだ真次が本気で怯《おび》えそうになっていると、グイードの手がすっと離れていった。ようやくすこし息がつける。真次は冷や汗をかきつつ、あえぐように言った。

「なんで、ぼくですか。なんでこんな急に？」

「すこしばかりわたしにも、事情があってね」

わずかに目を逸らしたグイードに「事情って？」と問いかけるが、彼ははっきりとは答えてくれなかった。ただ謎めいた笑みを浮かべ、ふたたび真次の無事なほうの手をそっと握り、目を覗きこんでくる。さきほどのようなセンシュアルなニュアンスがない、穏やかなふれかたに警戒心をとかれ、吸いこまれそうなグリーンの目に、知らず見惚れた。

「ともかく、どうだろう」

「どう……と言われても」

「ゲイタウンで相手を探すくらいだ、悪くない話だと思うが。それとも、わたしは好みの範《はん》疇《ちゅう》からはずれている？　そうではないんだろう」

自信たっぷりに言いきられ、なんと言えばいいのかわからない。ただじわじわと顔が赤くなっていく。内心を見透かしたように、グイードはふっと微笑んだ。

「きみからの視線は感じていた。好ましく思われているのは知っている」

かっと頬が熱くなった真次は、口早に言った。

「そ、それはあの、外国のかたがめずらしくて、それで」

「でもパオラにはあんな目を向けないだろう。それに、手を握ったときや肩を抱いたとき、恥ずかしそうにした様子からしても、察しはついていた」

真次はますます赤くなり、立てた膝《ひざ》に顔を埋めた。こちらの態度はばればれだったらしい。

（でも、違うよ。そんなんじゃないよ。かっこいいと思ったし、見惚れちゃったけど、なぐさめられて嬉しかったけど、そんなんじゃ）

子どものように言い訳したくなって、けれど言えば言っただけ墓穴を掘りそうで声がだせない。ひどく追いつめられた気分になっていく真次を、グイードはおもしろそうに眺めていた。その顔は、こっそり待ち受けにしている笑顔にも通じる、茶目っ気のあるものだ。

（なんだこれ。からかわれてる……？）

おたおたしていた真次は、はっと思いだした。

（そうだ、写真）

真次の携帯に保存されたのは、あの笑顔の写真だけではない。トップレスの女性と絡みあっていたものもあったのだ。派手なゴシップも多いと言われたグイードだ、どう考えても、男相手の愛人話はおかしい。

まだいささか顔は赤かったものの、真次はなるべく毅然《きぜん》と見えるよう表情をつくろった。

「で、でも、あなたは、女性とたくさん噂《うわさ》がありますよね」

「……なぜそんなことまで知っている？　日本のゴシップ誌に載るほど、この国では名前が知られていないと思うのだが」

意外そうに告げられ、真次はぎくりとした。

（ともだちに調べさせた、なんて言ったら……不愉快だよな）

どう言い訳をしたものか、と視線をうろつかせるうちに、はたといいものに気がついた。

「えと、それです」

サイドテーブルにおかれた、パオラの残していった雑誌を指さす。日本ではあまりご縁のない、海外ゴシップ専門誌だ。

「暇つぶしにって、頼んでおいた本を買ってきてくれたんですけど、間違えて彼女のものがまじってたみたいで」

各国セレブたちのパーティーの様子から、ハリウッドスターなどの恋愛・不倫騒ぎに、パパラッチの盗撮したヌード、今期のファッションリーダーは誰かといった記事など、幅広い内容は日本の女性週刊誌と大差のない感じだった。むろん、ふつうならこの手の女性向けゴシップ誌など真次は目をとおしたりしないのだけれど、見だしのなかにグイードの名前を発見して、つい見てしまった。

幸い、イタリア語ではなく英語の雑誌だったので、おおまかに内容を把握できたけれども、内容はえげつなかった。日本ふうのアオリをつけるならば『富豪ランドルフィ家の次男グイード、はなやかな恋愛遍歴――次のお相手はあのお騒がせ女優!?』といったところだろうか。

ここ数年のパーティーでの様子や、街中でのデートなど、何枚もの写真が掲載されていて、いずれも違う相手と腕を組んだりキスをしたりしているものばかりだ。

「くだらない。こういう俗なものは読まないようにいさめておいたんだが」

自身がネタにされているのを知っていたのだろう、彼は中身も見ずに雑誌をまるめ、ごみ箱に放りこむ。そしてじろりと真次を見た。そこにはもう、さきほどまでのおもしろがっているような表情はない。

「まさかとは思うけれど、この記事を信用してはいないね？　大半は、ただの同行者や知人との写真をおおげさに捉《とら》えられているだけだ」

「でも〝大半〟ってことは、でっちあげにしても、ぜんぶじゃ、ないですよね？」

おずおずと確認する真次に、グイードは真顔で黙った。分の悪いことは言わない主義なのかもしれない。じいっと見つめていると、彼は根負けしたようにため息をついた。

「……わかった。本当のことを言おう。いっそゲイだと思ってもらったほうがマシな相手がいるんだ」

「やっぱりね。結婚を迫られてるとかですか？　それでカモフラージュに？」

察しがつく、とうなずけば「なぜわかる」と彼は目をしばたたかせる。真次は思わず笑ってしまった。動じない男の虚を衝《つ》いたことが、なぜだか妙に嬉しい。

「そりゃあ、ぼくなんかが大富豪に見初《みそ》められたって話より、なにか裏があって利用したいって言われるほうが、筋がとおってるからです」

「どこが筋がとおってるんだ」

まるでわからない、という顔をするグイードに、逆に不思議な気持ちになった。

「グイードさんは……」

「言っただろう、さん、はいらない」

「グイードは、お金持ちだし、すごいハンサムだし、雑誌なんか見なくたって、とんでもなくモテるのはわかります。それにあなたは、選ばれた人種だ」

彼自身は貴族であることをひけらかしたりはしないけれど、誰に説明しなくとも、間違いなく支配階級に属する人物だというのは見ているだけでもわかる話だ。この部屋に出入りする彼の秘書やボディガードに対してだとか、電話でなにか命じるときの口調は尊大としか言いようがないし、医師や看護師に対しても、なんというのか、ステージが違う人間なのだという態度で接する。

「えらそうぶっているつもりはないんだが」

「ええ、そんなふうには思いません。でも、なんていうか……空気が違うんです」

言いながら、顔の赤みも引いてくる。そうだ、目のまえの男は自分と生きる世界が違う。ほんのちょっとからかわれたからと言って、いちいち反応するのはおかしなことだ。

「そんなひとがわざわざ、貧乏な、それも日本人の男に『愛人になってくれ』なんて――『なれ』と命令するんじゃなくて頼むような言葉を選ぶなんて、ありえないです」

できるだけやんわりした口調で、それでもきっぱり指摘する。気を悪くするかと思ったが、グイードは「なるほど」と苦笑した。

「一応、これでも真次に気を遣ったつもりだったんだが。引き受けてもらえないことには、困ってしまうし」

「それ、気の遣いどころを間違っていると思いますよ」

「ではどうすればいい?」

問われて、真次は「んん」と目を伏せ、しばし考えるふりをした。

「とりあえず、事情を話して協力を仰ぐというのはいかがでしょうか」

「きみに?」

「なにがどうして、愛人が必要なんでしょう?」

説明しないとだめか、と言うように、グイードは外国人らしく表情豊かな目を動かしてみせた。うなずくと、はっと短くため息をついて、椅子《いす》に座りなおす。どうやら今度こそ、まともに話をする気らしい。

「では、はじめから。ことのおこりはわたしの伯母上《おばうえ》、アンナベッラだ——」

グイードの母親の姉であるアンナベッラは、おとなしく地味なタイプだが気のやさしい女性だった。いちど若いころに結婚したが子どもができず、夫の家から追いだされたという、古色蒼然《そうぜん》とした話を聞かされ、真次は眉をひそめた。

「やっぱり跡取りがどうとか、ですか」

「相手がDuca《ドゥーカ》だったからな。ほとんど名目上の爵位だが、いまだに継承権がどうだとかで、男の跡継ぎは必要だと考えられている」

苦い顔をするグイードの声は表情と同じ色をしていた。すっと目がほそめられ、怒りにきらめくグリーンの虹彩《こうさい》が濃くなる。

「あの、ドゥーカって？」

重い空気をすこしでもやわらげたくて真次が聞くと、グイードは自分でもめんくらった顔をして「公爵のことだ」と答えた。めずらしいことに、一瞬日本語で説明ができなかったらしい。それくらい、伯母への仕打ちが腹だたしかったのだろう。

（大変だったんだろうな）

跡継ぎがどうだとか、時代錯誤だと現代日本人、しかもごく平均的中流家庭育ちの真次は思うけれど、上流階級には上流階級なりの慣例があることくらいは理解できる。むろん、その国に生まれたグイードのほうがわかっているだろうけれど、感情面で納得するかどうかはべつ、ということなのだろう。

「だがその代わりに、わたしたちきょうだいをかわいがってくれた。そうしょっちゅう会うわけではなかったが、やさしいひとだ。それだけに、離婚の際には傷ついたと思う」

目ににじんだ表情で、グイードが伯母というひとを思いやっていることが知れた。真次は同情を示してうなずき、さきをうながした。

「いまは、どうなさってるんですか？　まだおひとりで？」

「いや、数年まえに再婚した。今度もまたConte《コンテ》……うちと同じで、日本でいう伯爵家だったけれど、跡取り息子と娘はいたから、アンナベッラとの再婚について、あちらは問題がなかった」

「あちらは、というと」

「うちの祖父と、すこしこじれた。伯母の再婚相手、ジュゼッペ・ディ・ファルネーゼは若いころには美男子で有名だったが、とりえは爵位だけの、いわゆる貧乏貴族だったからね」

苦い顔をするグイードに、なんとなく話が見えた気がした。グイードの家はそうとうな資産家だ。伯母であるアンナベッラの金をあてにしての結婚だったのは間違いがない。

「それでも最終的には、アンナベッラがジュゼッペと結婚したいというから、祖父も渋々ながら認めた。ひとりで生きていけるひとではなかったから、たっぷりの遺産があってね。むろん、わたしたちきょうだいにも、アンナベッラのことを頼む、できるだけよくしてやってくれと言い残して」

　なんとなく話が読めてきた。真次は人間関係の相関図を思い描きながら、いちばん安易に想定されることを口にした。

「で、よくする一環として、伯母さまの義理の娘さんと、グイードを結婚させようと画策している……とか？」

「いや。伯母は、本人たちの問題だと言っているんだ。自分が結婚で苦労したからね」

アンナベッラの最初の結婚は、家同士が決めたものだったらしい。恋愛結婚でも大変なことはあるのだから、あくまで自分の意志で決めるよう、とグイードには言ったそうだ。

「しかし娘のクリスティーナ――ティナのほうがしつこくて、うんざりしていた。いくさきざきに顔をだし、わがもの顔でつきまとって……さきほどの雑誌に載っていた写真の一部は彼女だろうな」

グイードはため息をついた。強引にキスをされたり、わざとパパラッチを待機させていたりと、迷惑をこうむっている。そううめいたグイードの眉間《みけん》には深いしわがよっていて、真次は同情してしまった。

「な、なんか大変なひとなんですね」

「ああ。どうにか逃げまわっていたんだが、あちらも社交界は狭くてね。パーティーだなんだと、名代で出席すればティナもそこにいる」

ほとほと疲れたように言う彼の言葉に、ぴんときた。「もしかして日本支社長になることに決めたのは……」とほのめかすと、グイードはうなずいた。

「むろん仕事のこともあったが、兄のジャンカルロから、しばらく逃げておけと言われた。日本での仕事は五年、長ければ十年にはなるだろう。むろん定期的には国にも帰るしあちこちを移動もするが、基本はこの国に住むことになる」

ティナは生粋《きっすい》のイタリア貴族らしい娘で、気位が高く、同じ階級《クラス》の人間以外を毛嫌いしている。ましてアジアのちいさな島国——と彼女が言ったのだそうだ——に暮らすなどと考えられないらしい。

「だが、どうやらわたしを追いかけて連れ戻す気らしく、つい先日、日本に向けて出発したという連絡を受けた」

「え……き、きちゃうんですか」

そういえば、何度か電話口で怒りまじりに怒鳴っていたことがあった。あれは仕事ではなく、ティナの動向について報告を受けていたのだろうか。それにしても、パオラといいティナといい、恋する女性はアクティブだ。それともこれも、お国柄の違いだろうか？　真次なら外国に逃げられた時点であきらめる。

「にしても、そんな荒技使わなくても、ふつうに断れなかったんですか？」

結婚から逃げるために国をまたぐなど、尋常ではない。素朴な疑問に「無理だ」とグイードは疲れたような声を発した。

「ティナを怒らせると手がつけられない。おまけにわたしがつれなくすると、アンナベッラをひどく責める。伯母は身体も心も強いひとではないし、夫婦仲は悪くないんだ。波風をたてて哀しませたくない。だったら日本にいる間に、彼女に対して徹底的に脈がないと感じさせればいいと思った」

「……それで男の愛人、ですか」

突拍子もない申し出の理由は、ようやく呑みこめた。しかし問題はまだあるだろうと真次は眉をひそめた。

「でも、そのティナってひとに『あいつはゲイだ』とか言いふらされたら？　それこそ、あなたの立場が」

心配を口にする真次に微笑み、グイードはかぶりを振った。

「男相手だから、平気なんだ。ティナは異様なくらいプライドが高いから、男に負けたなどと言わないし、根本的にセクシャリティとして無理だとわかれば引っこむだろう」

「ふつうに、女のかたじゃだめなんですか」

食いさがる真次に、ふっとグイードはため息をついた。

「いちどやってみた。モデルエージェントに頼んで、ダニエラという駆けだしの女優志願を紹介してもらったんだ。野心家で道理のわかる娘《こ》だった。芝居の練習にもなると乗り気で、タブロイド誌に掲載されて、顔が売れたとはしゃいでいた」

元気で前向きなダニエラを思いだしたのか、一瞬だけグイードは微笑み、だがすぐに顔を曇《くも》らせた。

「いい女優になると思った。その件が終わったら、映画のプロデューサーを紹介すると約束していたんだ。むろんコネなどでなく、実力勝負をするつもりだが、チャンスをくれて嬉しいとても喜んでいた」

「……でも？」

「彼女は芝居がうますぎた。そして、ティナは、こちらが考えている以上に行動的だった」

一気にトーンを落としたグイードの声に、真次はいやな予感を覚えた。

「まさか、いやがらせに？」

「ティナが取り巻き連中に、すこし脅しをかけろと頼んだらしい。だがタチの悪いやつらが暴走して……誘拐された」

「な……っ」

「幸い、つけておいたボディガードが途中で追いつき、止めにはいって、レイプにはいたらなかったが、入院する羽目になった」

真次は息を呑み、「ひどいけがだったんですか」とひそめた声で問う。

「顔と脚にね。そこまで重度ではなかったし、お詫びに最高の医者を捜して、完璧《かんぺき》に、どこにも痕《あと》が残らないようにはしたが……」

心にも深い疵を負わせてしまった。うめくグイードに、真次はなにを言えばいいのかわからなくなった。女優志願となれば、身体は財産だ。なにより、複数の男たちからの暴力。見ず知らずの女性だが、どれだけ衝撃を受けただろうと思うと、怒りに顔が歪む。

「そんなことをしておいて、ティナってひとは平然としてるんですか？」

「実行犯は逮捕されたが、本人が関係なかったと言い張ってね。勝手に取り巻きがやったことだと。残念ながら、娘にあまいジュゼッペもそれを信じてしまって、弁護団までつけた」

じっさい、口頭での約束のみで、なんの証拠もなかったため、警察もティナに手をだせなかったという。

「そしてティナは、中身はどうあれ貴族の娘だ。国内では……いろいろ、彼女に、というか彼女の父に便宜を図ろうとする人間はいる。実行犯の父親も、そうしたたぐいの男だった。息子の身柄と引き替えに、ティナとのパイプを作って満足していたようだ」

いやな話だとグイードが毒づく。同意しつつも、真次はちょっとだけほっとしていた。グイードは権力者の側にいる人間だが、そうした不正を好まないと知れたからだ。

「だからこそ、日本にいる間に話を終わらせたい。さすがのティナも、彼女の取り巻きをぞろぞろひきつれてくることはできないだろうし、外国人が不穏な動きをすれば、目立ちすぎる。なにより東京は世界でもトップクラスの安全な都市だ」

つまり、真次にそういう危害をくわえられることはないと言いたいのだろう。すこしばかり不安だったが、うなずくだけに留めた。

（なんか、話としては筋がとおってる、のかもしれないけど）

そもそもまだ、話を受けるとは言っていないのだから、あるかないかわからない事態に怯えるのは変な話だ。しかし、そのわずかな怯えを感じとったように、グイードは力強い手で真次の、無事なほうの手を握りしめた。

「ただでさえ、けがをさせてしまったわたしが言っても信用できないかもしれないが、これ以上、きみを傷つけさせるような真似はしない」

熱っぽい目で語られる言葉に心臓が跳ね、真次は一瞬なにを言えばいいのかわからなくなった。握られた手をまじまじと見て赤くなったあと、そっともがいて長い指から逃れようとした。だがグイードは離さない。

うろたえた真次は、ついうかつなことを口にした。

「そ、その。この程度のけがなんともないですから。最悪、痕が残ったってぼくは男だし」

モデルでも芸能人でもないのだから、平気だと続けようとした言葉は、手の甲にそっと口づけられたことで宙に浮いた。

「なにかあっても、わたしが全力できみを護ると約束する」

（う、わ）

強烈に気障《きざ》な仕種で、彼以外の人間がしたならきっと笑ってしまっただろう。けれど、伏せたまぶたの青みも、ふわりと拡がる睫毛もやわらかな唇も、すべてが完璧だった。ここにいるのが、自分などでなければ、きっと絵になったに違いない。

（そ、そうだよ。お芝居に必要だって言われただけじゃないか）

真次は動揺を振り払うべくちいさく咳《せき》払いをして、そっと手を引き抜き、話を戻した。

「でも、その。どうすれば彼女はあきらめるんです？」

「引き受けてくれる？」

にっこりと微笑まれ、また顔が赤くなった。

「たとえばの話です、たとえば！　一応、そうなったとして！」

大あわてで言い張ると、グイードは喉奥を鳴らして笑ったあとに、こう言った。

「真次が愛人になってくれたとして。わたしたちが親密にすごすさまをティナに見せつける」

「えっと親密って、どんな――」

言いかけたところで、頬を手の甲で撫でられた。また真次は硬直し、グイードがつぶやく。

「真次は肌がやわらかい。アンジェロと変わらないくらいだな」

「そ、そ、そんな、ことは」

「こんなやわらかいものに疵をつけてはいけない」

ささやく声は、ベルベットのようにやわらかで蜜《みつ》のようにとろりとしていた。それだけでも一瞬くらりとしたのに、さらにグイードはたたみかける。

「むろん、身体だけではなく、気持ちもだ。さっきはきりだしかたがまずくて、真次を怒らせてしまったけれど、許してもらえるだろうか」

「え、あ、は……も、もちろん、誤解も、とけたし」

「よかった。真次にきらわれたくはないからね」

ここにきて、あの写真と同じにっこりとした笑みを浮かべないでほしかった。たぶん間違いなく、グイードはわざとやっている。思わせぶりな声も仕種も、冷たい顔もあまい顔も自在に使いわけ、真次をたらしこんで言いくるめようとしている。それはわかっているのに、おろおろするしかできない。

(ちょ、ま、待って待って)

頭が煮える。誰かたすけて。ぱくぱくと口を開閉した真次が硬直しているのに気づいて、グイードは笑みを深くし、ようやく手を離してくれた。表情はすこしあらたまったが、その目がいたずらっぽく笑っているのに気づく。

「し、し、親密って、いまみたいな感じってことですねっ!? 理解しました!」

「……ああ、そうだね」

大あわてで彼から距離をとると、グイードは喉の奥で、くっくっと笑っていた。おたおたする自分をからかわれたと知って、腹もたったが、どこかほっとした。

(イ、イタリア男すごい。芝居でも半端ない)

これはうっかりすると、大変なことになる。気を引き締めねば、勘違いしないようにせねばと自分に言い聞かせ、真次は実際的な部分に話を戻した。

「で、その、なにか目処《めど》とか、あるんですか？　いつまでもだらだらするわけにはいかないですよね」

「そこはだいじょうぶだ。長くて三カ月程度やりすごせば、確実に彼女はあきらめる」

「三カ月って、ずいぶん具体的ですね」

訊いてはみたものの、予想外にはっきり答えが返ってきたことに戸惑う。ひとの感情が、それも恋愛絡みの執着が、そうまで期限ぴったりにおさまるものだろうか。怪訝になって目をしばたたかせると「祖父の遺言でね」とグイードは言った。

「いま、ティナは二十四歳と六カ月だ。そして二十五歳になったそのときまでに夫を得ていなければ、彼女の信託財産は慈善団体に寄附されることになっている」

グイードの祖父が亡くなるときには、伯母はすでにティナの義母となっていた。いちどは婚家から追いだされるという不遇な娘を気遣った老人は、アンナベッラのなさぬ仲の娘にも、たっぷりと金を遺したという。

「でもなんで、結婚を条件になんか?」

「祖父はジュゼッペと違い、もののよく見えるひとだった。放蕩《ほうとう》のすぎる義理の孫をいさめる腹づもりだったんだろう。わたしが結婚を迫られるようになるまえまでは、ティナは男をとっかえひっかえしていたから、苦々しく思っていたらしい」

「そのとっかえひっかえの相手と結婚するとかは……」

「残念ながらどれも、ろくでもない遊び相手ばかりだ。ティナもたいがいだが、その金と身体につられた男と結婚するほどにはばかではない。なによりさすがのジュゼッペも、婿となるにはそれなりの相手でなければ許さないだろう」

なるほど、それで期限切れになるまえにと、躍起になってグイードを追いかけているということなのか。納得はいったけれど、およそ世界の違う話にはため息しかでない。

「そんなに、お金ほしいのかなあ。……あ、いや、グイードのことも本気なんだろうけど」

あきれとも感心ともつかないため息をつく真次に、「つつましい真次には想像もつかないだろう」とグイードは言った。

「そもそも祖父にしてみれば、それなりの額はちゃんとやるから必要以上に伯母にたかるなという気持ちもあったんだろうが……ティナの浪費癖では何年もつことか」

「えっと、ちなみにその財産って」

「五百万ユーロほどだったかと。不動産を含めてだから、時期によって多少変動するが」

「ごっ……!?」

さらっと言われて、真次は腰が抜けそうになった。

（ちょっと待て、ユーロの相場、いま百円前後だろ。どんだけ金遣い荒いんだよ……!?）

およそ五億円もの金額になるそれを「何年もつか」とグイードは言った。日本の平均的サラリーマンの生涯賃金をはるかに超える額だというのに、だ。

本当に世界が違う話だとくらくらしてきた真次だが、グイードも「あれは異常だ」とかぶりを振ったことにはほっとした。

「ティナは信託財産をあてこんで、ここ一、二年は浪費がさらに加速している。いまのまま野放図にしていれば、いずれは借金まみれになるだろう。だからわたしと結婚できないと確信したなら、どこの誰とでも適当に結婚するはずだ」

「でもなんで三カ月なんですか？　誕生日まで半年はあるんですよね。それこそ偽装結婚とかなら、期限の限界まで待つ可能性は？」

「それはない。イタリアでは日本のように、婚姻届けをだせば結婚した、とは認められないからだ。正式に教会で式をあげてはじめて婚姻が認められる」

そしてその式をあげるには、役所に式をあげる申請をするためいろんな書類が必要になる。戸籍がないので、独身証明書など数種類のものを個別に手配し、その後許可を得てやっと挙式にこぎつけるのだという。

「な、なんか大変なんですね。日本みたいに、役所の夜間窓口で受けつけOK、とはいかないんだ」

「むろん民事婚で、書類にサインをしてすませる場合もなくはない。が、すくなくとも祖父のだした条件は『伝統的な、正式な結婚』だった。見届け人として弁護士も雇っている。しかもティナはうちの親族でもあり、言ったように貴族階級の娘だ。式は大がかりなものになるし、準備期間は数カ月かかる。招待客のスケジュール管理も含めれば、いますぐに取りかかっていてもおかしくない」

「ああ……なるほど……」

だから長くても三カ月、ということなのか。半年後の挙式までに相手を探すとなると、ぎりぎりまで絞ってもその程度の日数は必要になるのだろう。

「ということは、はやければ？」

「一カ月程度で帰国する羽目になるだろうな」

またうなずきそうになって、真次は「待って」と片手をあげた。

「だったらその期間だけ、逃げきればいいんじゃないんですか？」

「あまい」

ぎらりと光ったグイードの目に、真次はたじろいだ。

「ティナはジュゼッペがあまやかしたせいで、金でひとを動かし、権力を振るうことに疑問を持たない相手なんだ。国をでたからって油断はできない。わたしがここしばらく、ホテルを転々としているのも、いきなりベッドに裸でもぐりこまれてはたまらないからだ」

なるほど、グイードはホテル住まいらしい。考えてみれば病室の外での彼の生活を、ろくに知らなかった……とうなずいたのち、真次はあまりにあまりな事実をスルーしていた自分に気づいた。

「べ、ベッドに裸で？　そ、そんなことするんですか？」

「何度かやられた。ボディガードやメイドを買収して、当時の家にもぐりこんだんだ。帰宅したら、寝室に下着姿や全裸で寝転がっていたこともある。幸い、当時はどこにいくにも、秘書か身重のパオラがいっしょだったから、濡れ衣《ぎぬ》は免れたが」

苦いモノを噛みつぶしたようなグイードの顔に、彼が心底ティナをきらっていることが知れた。

（ていうか、なにそれ、怖い。まじで）

ゲイを自覚する真次でなくとも、そこまで肉食系まるだしの女性に迫られるなど、恐怖以外のなにものでもないだろう。おまけに全裸。準備万端すぎて、むしろ萎えると思うのだが、よほど自分に自信があるのか。それともやっぱり海外の文化は違うのだろうか。

「伯母には悪いが、なんとしても、あのティナをうちの一族の花嫁にするわけにはいかない。そんなことになった日には、会社も財産もなにもかも食いつぶされるに決まっている。それを阻止するためには、どんな手も打つ」

力むでもなく、ごくあたりまえのことだと言ってのけるグイードに、すこしだけ怖くなった。おそらくティナが姻族でさえなければ、もっと確実な強硬手段をもって彼女を排除しただろうことは想像にかたくなかった。

（同情はする、けど）

しかし、その方法として選んだ内容は、やはりちょっとグイードがどうかしているのではないかと思わないでもない。

「それにしても、ずいぶん突拍子もない手段ですね……ぼくを愛人、とか」

「なにを言ってる。そもそもこれは、裕真がゲイなのかと疑ったときにヒントを得た話だ。つまりきみがきっかけだ」

「え、な、なんでですか」

思いも寄らず矛先を向けられ、真次はめんくらった。

「きみと裕真を取り違えた報告を受けたとき、じっさいはゲイで、パオラをだましていたのかと誤解した。そこから逆転の発想をしてみたんだ。ティナはわたしがゲイだと思えば、さすがに脈がないとあきらめるだろうな、と」

「え、はあ……」

あまりに堂々と言うもので、一瞬「それも道理か」と真次こそが思いこみそうになる。だがどう考えても話がむちゃくちゃだ。

「待って、でも、やっぱりおかしいです！」

「どこが」

「あなたいままでいっぱい女性の恋人いましたよね？　ゴシップ誌とか常連でしょう⁉　それでいまさら男の愛人つれてきたって嘘くさい――」

真次がどうにか論破しようとすると、グイードがすかさず反論する。

「だからそれをすべて、カモフラージュだったと思いこんでくれればいい。階級主義者のティナは、セクシャリティについての偏見も強いからな。あっさりきらってくれるはずだ」

「いやでも、やっぱり、無理ありすぎじゃないんですか⁉」

「無理なことでもしなければ引っこまない相手なんだ！」

なんとか説得しようとする真次に、グイードはぎらりと光る目を向けてきた。

「きみにわかるか⁉　疲れて帰ってきて、すぐにでもベッドに寝転がりたいときに、好きでもない女が脚をひらいて待っている状況のおそろしさが！　逃げても逃げても追ってくる恐怖が！　ビデオゲームのゾンビ並にしぶとい相手なんだ！」

拳を握るグイードの熱弁に、真次は遠い目になった。彼の語るクリスティーナ嬢は、まるで人間ではなくモンスターだ。状況も現実離れしすぎていて、ちょっと引いてしまう。

（いや、落ちつこう。きっとこのひと、ティナさんにストークされてちょっと、理性を失ってるんだ）

無意識にギプスを撫で、これは現実なんだと自分に言い聞かせる。そして何度か深呼吸をしたのちに、どうにか落ちついた声をだすことができた。

「お話は、わかりました。でもそれ、ティナさんがいる間、彼女のまえでだけ、愛人のふりをするだけでもいいんでは……」

「それでは困る」

なんとか妥協案を、とひねりだした真次を、グイードは一蹴《いっしゅう》した。

「どう考えてもきみは演技がうまいとは思えない。なにより相手が納得するまでの期間、わたしは一応身をつつしむつもりだ。つまり、ほかにつきあう相手を作れない」

「え、……ってことは」

「ベッドの相手も、むろんしてもらう」

さらっと言い放ったグイードの言葉に、今度こそ真次は飛びあがった。

「無理ですってばそんな！　ほんとに、なにもできませんし！」

「あまり経験がないのか？」

さらっと問われて、うっかりうなずきそうになった真次はあわてて声をはりあげる。

「グイードはどうなんですか⁉」

「わたしの通っていた学校は男子校だったからな。悪《あ》しき慣習というやつはあった。ひととおり、知識も経験もある」

それで説明が終わった、と言わんばかりの相手に、真次は頭を抱えた。

「待ってください、だって、我慢すれば三カ月ですよね？　はやければ一カ月ですよね⁉」

「そんなに長い間、冷たいベッドに寝るつもりはない」

これまた当然だろうと言わんばかりのグイードに、なんか違うよ、と真次は泣きそうになった。

（たった三カ月で長いってなんですか。おれとか、このままいけば魔法使いコースなのに）

いや、そういえばイタリアは世界中でもお盛んな国だったんだっけ。それにしても基準にする部分が違いすぎて、話が嚙みあわない。

「でも、ぼくいま、この状態なんですけど」

正直、その間じゅうには間違いなくこのギプスはとれない。だったら愛人のおつとめなぞ無理だろうと訴えたけれど「一カ月は、あくまで、事態をごく楽観視した場合には、の話だ」とグイードは聞きいれなかった。

「第一、まだティナはこちらの動向を摑みきれてはいないらしい。ゲームはまだはじまっていないということだ。向こうも日本まで追いかけてくるからには、ぎりぎりまで粘るつもりなのは間違いない」

「じゃあ……」

「けがが治って、ギプスがとれてからのほうが本番だ。つまり真次の身体にも問題はない」

(いや、あると思うよ、ありまくりだよ)

現実とは思えない状況に逃避する頭でぐるぐると考えていると、そっと手が握られた。

「そんな、泣きそうな顔をすることはないだろう」

「え……」

「べつに無理強《じ》いする気はないし、本気でいやなら断ってくれてもかまわない」

どちらでも、という余裕の態度を見せられては、ますますＮＯと言いづらくなる。

なにより指摘されたとおり、グイードに惹《ひ》かれていないとは言いきれない。見ているだけでもぼうっとなるような美貌の男にふれられる機会など、真次の人生において二度とないかもしれないのだ。

「あ……その、いやだって言ったら、どう、なるんでしょうか」

「どうもしない。ただの親戚づきあいをするだけだが」

煮えきらない真次の態度に、すこしいらいらしたようにグイードが鼻を鳴らし、そのあとまさかという顔をした。

「考えたくもないが、きみは、さきほどまでの援助の話とこの件をごっちゃにしてはいないだろうな?」

「え、いやっ、その」

「わたしは金でひとを買う趣味はないし、そんなことで縛りつける気もない。それから、この話を断っても、大学の学費や生活にも心配はいらないから、そう身がまえなくてもいい」

これまた自信のほどがうかがえる発言をされて、プライドを傷つけてしまったらしいと真次はあわてた。

「そ、そこは心配していません。ただその、……き、気まずくなるといやで、その、あの」

「断られたあとに根に持ったりはしない。心配しなくても、だめならほかを探す。幸い、相手には困っていない」

「……ですよね」

だったらますます、なんでだ、という気になってくる。しかし黙りこんだことがよけいにグイードをいらだたせたようだ。

「どうする？」

いやならいいと言ったくせして、グイードはすぐに答えを迫ってくる。この勢いで押されたら、うっかりうなずいてしまいそうだ。

それだけは避けたい。

「か、考えさせて、ください……」

返答回避はなんの解決にもなりはしなかったが、猶予だけはほしかった。

＊　＊　＊

パオラとグイードが帰ったあと、面会時間ぎりぎりになって、ひとりの見舞客が真次のもとを訪れた。

「やっほー、真次っ。なんかえらい目に遭ったみたいだね」

あかるく言った友人、有川仁紀《ありかわひとき》は病室にはいるなり口笛を吹いた。

「うお、写メで見てたけどほんと豪華。ホテルみたいじゃん」

「落ちつかないんだよ。もっと狭くてもいいのに」

「出資者が狭苦しい部屋きらいなんでしょ？　いいじゃん、あまえてれば」

んふふ、と微笑んでみせる唇は赤く、そこからこぼれる低い声とアンバランスだ。

「……またそんな格好してきたの？」

ため息をつくと、仁紀はぷっと頰をふくらませてみせる。

「いーじゃん。女装ぎらいのオトコと別れたんだから、好きなかっこするの」

この日の彼は、マキシワンピにショールとサンダル、ふわふわした茶色い髪のウイッグと、ギャルふうの姿であらわれた。身長はそこそこあるがかなりきゃしゃで、喉と胸元はショールで隠しているため、ぱっと見は胸のちいさめな長身の女性にしか見えない。

パオラも一七〇センチとけっこう背が高いので、案内してきた看護師さんに「四宮さんはモデルみたいな美人ばっかりおともだちなのね」と冷やかされたくらいだ。

しかし実態はモデル美人にモテているどころか、片方は兄のもと恋人、そして片方は女装が趣味のゲイともだち。

なんだか不毛だと思っていると、勝手に自分でコーヒーを淹れた仁紀が「で？」とうながしてきた。

「なんか相談あるって、どしたの。お金に困って……そうではないよね、ここを見るに」

「うん、まあ、なんかその……いろいろありすぎて」

「あ、これからバイトなんで。巻きで説明お願い」

人生の重大事を相談するにはあまりに情緒のない言いぐさに一瞬泣きそうになったが、ほかにこんな話をできる相手もいない。

「まず、メールで簡単に説明はしたんだけど、裕真に子どもがいてね――」

とりあえずまじめな顔をして話を聞く彼に、このところのすったもんだをあらいざらい打ちあける。

バイトだ、とか言ったくせに、長い時間のかかったそれを仁紀は真剣な顔をして聞いてくれた。やはり持つべきものは友人だ、と、まるで現実感のないできごとを口にしながらこっそり真次は感動していた――のだが。

「……で、愛人になってくれとか、頼まれちゃったんだ。もういったい、どうしたら……」

本題にさしかかると、仁紀はコーヒーをすすり、けろっととんでもないことを言った。

「おいしいじゃん。その話、乗るべきじゃない？」

「そんなあっさり結論だすなよ！」

「だって結論なんか、うだうだしようがあっさりしようが、だすときはだすもんでしょ。だいたい真次《しんじ》にあれだよ。顔《かお》と身体の持ち腐れなんだよ」

カラになったコップを流しで洗った仁紀は、ウイッグに見えないほどつややかな巻き毛を色っぽくうしろへ払い、おもしろそうに笑った。

「ついでにいうと、そのへんのやっすい男に大事な真次をあげたくもないし。そこまで高級な相手だったら、たとえ遊ばれたんだとしても、得るものは多いと思うなあ」

「いや、なんかそれおかしくない？」

逆ではないだろうか。あんな男と一時期だけでも関わりを持ってしまったら、もうそのさき、どんな相手ともつきあえない気がしてくる。もそもそと言えば「じゃあその気はなくないんだあ」とにんまりされた。

「ついでに言うけど、真次を惚《ほ》れさせられるようなレベルの男、この界隈に落っこちてるわけないってわかってるでしょう」

「う……そんなこと、は」

「ゲイのくせして、とんだ純情の保守派なんだもん。このまんまじゃ、夢見てるだけで恋もできないまま、人生終わってくよ」

仁紀の言うとおり、じっさい、真次にはろくな経験などないのだ。

つきあった男は、男子校時代の先輩がひとりだけ。それもままごとのようなノリでしかなく、お互いに気まずく別れた。当時相談に乗ってくれたのが仁紀だった。

真次とは違い幼いころからゲイを自覚していた彼は、高校の同級生だ。ちょっと学校でも浮いている存在だったが、頼りになったし信用できた。

ハツカレとキスからさきに関係を進めることに躊躇《ちゅうちょ》する真次を、なかばあきれつつ見守ってくれていた。

――だってまだ未成年だし、そんなあれこれするとか、はやいよ。

――はやくないよ！　男子校のノリで目がくらんでるだけかもだし、さっさとやることやらないと、相手が逃げるよ？

結果としては仁紀の忠告のとおり、煮えきらない関係に焦れた彼氏はあっさりと女の子に鞍替《くらが》えし、去ってしまった。そうなったとき、「そら見たことか」と笑うかと思っていた仁紀は、自分のことのように怒りながらこう言った。

――いっそやらせなくてよかったかもね。ああいう男はやることやってポイするから。彼女ちゃんも使い捨てにされないといいけどね！

憤慨した口調もなにもかも、失恋に傷心の真次のためだった。友情はありがたく、すこしだけ泣いて、初恋は終わった。

それ以後、ますますおくてになった真次は出会いもなく彼氏も作れず、ひたすら品行方正な生活を送っていた、というわけなのだが。

「まあ、二丁目のバーにせっせと通うとか、誤解されるような行動とったのは、事実だよね」

「そんな他人事《ひとごと》みたいに……っ」

「他人事だから言うんじゃん。たしかにバイトしてくれて助かったけど、こっちが無理強いしたわけじゃないしぃ。どうしてもって言ってきたの、真次だしぃ」

本日はルックスがギャルふうだからか、しゃべりまでそれっぽくして仁紀はにんまりする。誰のせいだと睨みつけても、肝の太い友人は素知らぬ顔だ。

「それにしてもとんだ誤解だよね。さばけてるどころか、客あしらいもできないのに」

「う……」

あの調査がされた時期、真次が二丁目界隈に通っていたのは、ボーイズバーで働く仁紀を頼ってアルバイトをしていたからだ。両親の葬儀が終わって一時的に金欠になり、わりのいい深夜シフトを紹介してもらった。しかも裏方、厨房《ちゅうぼう》の片づけや事務の手伝いなどばかりで、ボーイの仕事をしたことはない。

それでなぜ誤解を受けたかといえば、目のまえの仁紀が原因だ。

「そもそも、仕事中だろうとなんだろうと呼びだして、おれに酒の相手させたの誰だよ！」

「だってつらかったんだもーん。そこに真次がいたら、泣きつくじゃーん」

仁紀は二丁目デビューもはやかったためか、男ぐせがあまりいいとは言えず、修羅場もしょっちゅう。そういうときになだめるのが真次の役割だったのだが、どうやらしなだれかかって泣いている仁紀をなぐさめている図が、それらしい写真として見えてしまったようだ。

（あれがぜんぶ、同じ人間だとか言っても、信じないよな……）

仁紀はころころと髪型や服装を変えるのが好きで、髪を毎回染めるのは痛むからと、エクステンションやウイッグも使うし、ヒールのついた靴を履いたりするので日によって身長すらも違って見える。

だがその奇行とも言うべき行動は、たいてい男にふられたことが原因で、別れ話がこじれるほどにその変動が激しい。調査された時期はおよそ一カ月程度だったようだが、その間、仁紀にしては長くつきあった相手と延々修羅場っていて、毎日のように泣き言につきあっていたのだ。仲間内では知れたことで、バーのマスターも苦笑まじりに見守ってくれていた恒例行事。だが、たしかに事情のわからない相手には、真次がずいぶんと節操なく男といちゃついて見えたことだろう。

「まあ、こっちもちょっとは悪かったけど、期間限定とはいえ真次の行動も怪しすぎたよね。ま、その時期に調査がぶつかったのは不運としか言いようがないか」

「だからって愛人とか、ハードル高すぎるんだよ！」

怪しい行動の一端を担う男がなにを言うか。真次が頭を抱えてうめくと、あきれた声で仁紀が言った。

「誤解されたんだったら、正直に言えばよかったじゃない。ごはん食べるお金なくなったから、融通の利くところで前借りして、働いてたって」

「お金に困ってるとかあの場で言うのも、どうかと思って……」

ますます誤解を深めそうな気がしたのだと真次が言えば「それもそっか」と腕を組んだ仁紀が小首をかしげた。

「うーん。ティナとかいうやつの話にしても、金目当てにはうんざりしてるだろうしなあ。グイードさん、そうとうまいってるとは思うよ」

でもさ、と仁紀はため息をつく。

「真次、キスもろくにしたことないのに、ほんとにどうすんの?」

「どうするって、……どうしよう」

わからないから相談したのに、自分に訊かないでほしい。恨めしげに上目遣いで睨むと、仁紀は「んふ」と微笑んだ。ぴんと立てた人差し指を頰にあてるという乙女な仕種ながら、口からでてくる言葉はあけすけというほかない。

「いいじゃん、期間限定アバンチュール。楽しんじゃえば。ついでにお初も奪ってもらえば」

「そんな簡単に言う話じゃ……!」

真次が顔をしかめると「むずかしく言ったって同じだろ」と仁紀は言った。

「だいたい、具体的な経験もなしに自分がゲイかどうかなんてわかりゃしないって言ってるでしょ。あんた目ざめたの男子校時代じゃん。それ引きずってるんじゃないの?」

皮肉に笑いながら言われ、でも、と真次は口ごもった。

「たしかに経験はしてないけど、そ、想像もしなかったわけじゃない、し」

わずかに顔を赤らめると「あーはん」と仁紀は勝手にうなずく。

「ごめん、頭の中身はオトコノコだったんだあ」

「……もういい、この話やめる」

悪い人間ではないのだが、トラブルを楽しむ節のある相手に相談した自分がばかだった。うめいて布団に突っ伏す真次を眺め、仁紀は表情をあらためる。

「ねえ。愛人になるならないはともかくとして、もう真次はその男と会っちゃったし、おまけに親戚、そのうえ学費も借りるんでしょ。当分の間、切るに切れないつながりはあるよね」

「う、ん？」

話の流れが見えず、戸惑いながら真次はうなずく。

「まあそのうち、国に帰るかもしれないとしても、数年は日本にいる予定なんでしょう？」

「うん。会社のこともあるし、最低でも五年とか言ってた。パオラはさすがに、しばらくしたら戻るみたいだけど」

「ふうん。じゃあ訊くけどさ、その五年間、グイードさんが身近にいる状態で、ほかの男とどうにかなる可能性はあると思ってる？」

「な、なんでそんなこと……」

むっとしながら内心あせる真次に「だって、ねえ」と仁紀は言った。

「ばりっとしてて強引で、でも家族想いで、イケメンで、スーツが似合って？　妹も甥っ子も天使みたいで？　さっきの話の間に、なんべんグイードさんのこと褒めちぎった言葉、聞かされたかなあ」

「そんなに、言ってた？」

「自覚ないならそうとうじゃないの？」

あきれ顔をされて、真次は赤くなった。自分としては、できるだけ主観をまじえずにこのところのできごとを語ったつもりだったのだ。

「そこまで強烈なイケメンが近くにいて、しかもお誘い受けてる状態で、あんたほかの誰かと恋愛できるわけ？　そもそも、自分から声かけるとかできないくらいおくてなのに？」

「……無理、かも」

うなだれた真次に、仁紀は追い打ちをかけてくる。

「高校のころみたいに、あとでこうすりゃよかった、ああすりゃよかったって悩みたいの？」

「それは、やだけど……あれとこれじゃ違いすぎて」

十代の些細な恋愛ごっこですむ話ではないのだ。スケールも大きすぎるし、比較にならないと真次がぼやけば「だからいいじゃん」と仁紀はどこまでも楽観的だった。

「思いきって飛んでみちゃえば？　だいたい、悩む時点でもう答えは見えてるし」

「え？」

「言っただろー、真次は保守派で身持ちかたいの。そんなのが『愛人』だとかいう不道徳な話持ちかけられて、即時却下してないって事実だけでもう、あとは見えてるよ。高校時代だって、やらせてくれって言われただけで引いたくせに」

「だ、だってあのころおれ、まだ十五歳だったんだよ⁉」

「関係ないじゃん。おれの初体験、中学一年のときだし」

それは早熟にすぎるだろうとげんなりしたけれど、そんな話はどうでもいいのだ。

「もうとっくに成人したでしょうが。このままいくとゲイのうえに魔法使いコースまっしぐらだよ。いくら真次がきれいな顔してたって、いまのご時世、待ちの態勢で居続けたら恋愛なんかできないよ」

「それは……そうかもだけど」

お説ごもっとも、とも思う。しかし十代の真次は、間近にいた裕真の軽すぎる恋愛遍歴を見ていたせいで、身体を簡単に明け渡す行為を「やだな」と思ってしまった。二丁目界隈に出入りしたのもまずかったのだろう。肉体関係先行の色恋沙汰《ざた》は、真次にはどうしても受けいれられなかった。

「ちゃんと恋愛して、しかるべきときにするって、そんなに変なのかな」

真次の本音を知る仁紀は「変ではないけど」となだめるように言う。

「ナンパみたいな軽い出会いはいやなんだろ。でも同じセクシャリティの相手はね、ぜったい数がすくないんだから。ちゃんと好きになって恋愛したいなら、可能性のありそうな相手ととりあえず、関係もつのもありじゃない？」

「でも……」

「でも、傷つきたくないって臆病《おくびょう》なこと言ってるなら、一生誰とも恋しないで、魔法使いコースに進みなよ。でなきゃ、愛人になって虜《とりこ》にしてやるくらいの気概もてばいいじゃん」

「と、虜って、そのまえにおれ、あのひとのこと好きだとか」

「いまさらそこ言っても、説得力ナーイ。自分の気持ち、わかんないふりすんのやめな」

臆病者めとあきれられた気がして、真次は唇を噛んだ。その顔を見て、ふっと仁紀は唇をゆるめる。

「まあ、どういう結論だすかは真次の自由だけどさ」

「……うん」

「ちょっといいな、くらいでも、ここ数年まったくピュアだった真次にしちゃあ、それもちゃんとした恋じゃん。ほんとのとこ、いやじゃないんでしょ？」

いいかげん認めろとつめよられ、「うん、まあ」と真次はもごもごした。

「大富豪の愛人とか、おもしろそう。一生経験できない人間のほうが多いんだからさ」

だったら楽しんじゃえよと軽く言われて、思わず噴きだした真次に仁紀も目をほそめ「でさ」と耳打ちしてくる。

「無事に愛人になったあかつきには、世界に名だたるイタリア男のセックスってどんなんか、報告くれる？」

「言うわけないだろ！」

枕で殴りつけようとして、ひらりとかわされた。先日、グイードにやろうとして同じ失敗をした真次は、またもや無茶をした身体の痛みに悶絶《もんぜつ》する。学習しないおのれにほぞを噬《か》んでいると、「ま、そのときがきたらレクチャーしたげるよ」と仁紀はわざとらしい投げキスをした。

「秘密の小道具一式、用意だけしといたげるから。アナニー入門本読むといいよ。次の見舞のとき、持ってくるね」

「もう帰れ、ばか！」

相談に乗るどころか、あおるばかりだった友人は大笑いして去っていき、真次はひとり取り残される。

あすにはまた、グイードがやってくる。それまでに答えをださなければならないのだと思うと、胃が痛くなりそうだ。

（もういっそ、誰か決めて）

はなはだ情けないことを考えつつ、じっさいに困っているのはそこだった。グイードと仁紀の言葉が、頭をぐるぐるまわっている。

――べつに無理強いする気はないし、本気でいやなら断ってくれてもかまわない。

――ほんとのとこ、いやじゃないんでしょ？

「やじゃないけど、でもやじゃないからって、そういう話なのかなあ……」

うめいて、豪華な病室を見まわした。

それとこれとをごっちゃにするな、とグイードは言ったけれど、やはり身にあまるぜいたくをさせられている気がする。

むろんフロアに数室しかないこの個室はセキュリティも高いし、通路にしても見舞客同士が顔をあわせないような動線が配慮されている。大部屋にしなかったのは、パオラやグイードが訪れる際にあれこれ詮索されないためであろうことは想像がついたけれど、ここまでする必要はない。

いっそ、交換条件にしてくれればよかったのだ。裕真がパオラを大変な目に遭わせたのだから、とか。今後の生活を援助してやる代わりに、とか。

そういうものがあれば、うなずけたのにと考えて、ほとんど断る口実でなく、引き受ける口実を探している自分に気づいた真次はかっと赤くなる。誰も見るものはいないというのに、布団を頭からかぶって、ううう、とうめいた。

――ちゃんと好きになって恋愛したいなら、可能性のありそうな相手ととりあえず、関係もつのもありじゃない？

仁紀の言うのももっともだ。こんなこと人生になんどもある話ではない。

ただ、怖い。終わったあと自分がどうなるのかと考えるとひたすら、怖い。

（決めるのは、おれなんだよな）

でも、後悔はしたくない。断ってもいいとグイードは言った。そうしたらきっとあの優美な男は、もっとあとくされがなくて大人でさばけた相手を、さっさと見つけるだろう。場合によっては「愛人のふり」どころか本気で愛人になってしまうかもしれない。

（それは、やなんだ）

想像したとたん胸が悪くなって、真次は唇を噛んだ。そして自分がどうしたいのか、どう思っているのか、ひと晩中考え続けた。

＊　　＊　　＊

「ひどい顔色だな、真次」

颯爽《さっそう》と病室にはいってきたグイードは、開口いちばんそう言った。朝、鏡を覗いたとき、目のしたのクマに気づいていた真次は否定もできず愛想笑いをする。

「眠れなかったのか？　それとも体調が悪いのか」

「まあ、いろいろ、考えることもありまして……いやいいですから、ナースコールは、いいですからっ」

顔をしかめて看護師を呼ぼうとするグイードを引き留め、真次は息を吸った。

この日、彼はパオラを伴ってはいなかった。その理由がわからないほど鈍くもないし、それこそクマができるほど考えたのだ。こうなれば勢いだ、と真次は口をひらいた。

「えっと、この間の件ですが、前向きに検討してみ、まし、た」

「それは、いい返事と考えていいのか」

「……た、たぶん」

へどもどとうなずいた真次に、グイードはすこしだけ安心したように、かたい表情をやわらげた。

「わかった。細かい話は契約書にしたためておこう。報酬についても、書面で確認してくれ」

「け、契約書⁉　報酬って、なんですか」

「こちらが頼んだ話だ。終了時に、きみに対して報酬を支払うのは当然だろう」

真次は身体の痛みも忘れて、起こしてあったベッドの背もたれから飛び起きた。

「ちょっと待ってください。この間、入院の支払いとか援助とは関係ないって言ったじゃないですか！」

「だからそれとは関係なく、きみ自身の協力に対しての報酬だ」

いや、おかしいだろう。それおかしいだろう。なにかものすごく変な話をされたと思うのに、そもそもどこから変なのかわからないくらいに変だから、指摘ができない。

ぱくぱくと口を開閉するだけの真次に微笑み、グイードはいつものように場の主導権をとった。

「では、引き受けてもらったと仮定して。ひとつだけ約束してもらう」

「は、はい」

真次が居住まいを正すと、グイードはじっとその顔を見おろして言った。

「わたしとつきあっている間は、けっしてほかの男と関係を持つな。過去については問わないが、天秤《てんびん》にかけられるのは好きじゃないんだ」

「そんな、でも、過去だとか……」

冷ややかな目に、真次はぐびりと息を呑んだ。そういえばまだ、仁紀の件について誤解をといていなかった。

「いままでどれだけ遊んでいたかなど、知りたくもない」

視線ひとつで黙らせた男は、苦々しげに言う。あせりながら真次は口をひらいた。

「ほんとにそんな、遊んでなんかいません！」

「じゃあ、あの写真は？」

「あれは、高校時代のっ」

「過去については問わないと言った。だからこの話は終わりだ」

まるで吐き捨てるかのように、真次の抗議は一蹴された。言いつのろうにも、あの冷ややかな翠の目に睨まれては、言葉がでない。

（いや、でも、どう考えても終わりって顔してないし）

それになんだか、ものすごく嫉妬《しっと》されているような気がする。気のせいだろうか。便宜上愛人がほしい、ついでにベッドの相手も頼むなどと、とんでもない申し出をしてきたくせに貞節を求めるなんて矛盾しているけれど。

（これもイタリア人だから？　わかんないよ）

もともと真次はあまり気が強くない。よほど頭にくれば反撃することもあるが、めったにキレることのできない性格だし、グイードのような大人の男にきつい態度や言葉を向けられると萎縮《いしゅく》して言葉がでなくなる。

「条件の話は以上だ。それで、どうするんだ？」

「ど、どう、とは」

「前向きに考えただとか、そういう日本人的な回避は好きじゃない。はっきりしてくれ」

あの、ぴくっと眉を動かしての問いかけ。威圧的なそれはまるで先生に叱られているかのような気分にさせられる。だらだらと冷や汗をかいていると、グイードが睨んだ。

「わたしの愛人になるのか、ならないのか。いますぐ言いなさい」

「はい！　します！　愛人！」

深く考えることもできずに真次は口をひらいた。手をあげて答えるようなことではなかったかもしれないけれど、とっさにそう答えた真次はあっという間にグイードの腕にさらわれていた。

（うわ）

高級そうな香水のにおいに、あたたかい身体。広い胸に抱きしめられて、かあっと顔が熱くなる。

「嬉しいよ、真次」

なにより、耳元では聞いたこともないくらいあまい声。こんなやさしい声もだすのかと思うと、ますますくらくらしたけれど、大きな手のひらに腰をさすられてはっとなった。

「ただ、あの。けがのこともありますし、しばらくはなんにも……」

胸を押し返し、赤くなりながらもごもご言うと、グイードは「セックスのことか」とずばり言った。

「そ、そうです。無理なので」

「当然だろう。まずは身体を治すことだ。ただ、退院後も目の届くところにいてほしいし、わたしといっしょに暮らしてもらう。むろんケアはきちんとするつもりだ。専用の看護師とリハビリのコーチもすでに手配してある」

「えっ」

「気になるなら、それも報酬の一部と思いなさい」

苦い顔をしたグイードに、こうなれば同じだと真次もうなずいた。そしてはたと、言わねばならないことを思いだした。

「あ、あの。ぼくからもひとつ」

おずおずと挙手したところ、鷹揚《おうよう》にうなずいてくれたのでほっとする。

「けがのリハビリとか、治療はしますけど、その、ちゃんと大学にはいきたいです。あと、アルバイトも続けます。それ以外の時間はできるだけ、あなたにあわせますけど」

「アルバイト？　金の問題なら、もうまえのように無茶な働きかたをする必要はないだろう」

「でも、ぼくが抜けると迷惑かけてしまうから……いまやってるアルバイト、大学そばの個人経営のレストランなんです。ボーイはできなくても、事務とか手伝えば。片手でもパソコンに書類入力くらいはできるし」

できるだけ、いままでどおりの時間を持っていたい。お手当をもらっている愛人のくせに逆らうのはわがままかもしれないけれど、それだけになってしまうと本当に自分がだめになりそうだった。

「だったら、無理のない範囲で」

「え、いいんですか」

「真次がそうしたいのなら、しかたがない」

思うよりあっさり了承されて驚く。だが続いた言葉には目をまるくした。

「その代わり、送り迎えはさせてもらう。大学にも、その店にも」

「えっえっ、でもそんな」

グイード本人がくるとなれば、おそらく高級車だ。見舞にくる際も、ボディガード兼運転手つきだったと看護師の間で噂になっている。しかもときによって、マセラティだったりBMWだったりベンツだったりと、違うらしい。むろん、レンタカーなどではないのは想像がつく。

「め、目立ちすぎるのはちょっと」

「目立ってもらわないと困るんだ」

どういうことだろう、と真次が首をかしげる。

「まずは、こちらがどれだけ真次に夢中なのか、知ってもらわないといけないからな。それなりに人目につく行動はとらないと」

その言葉にどきりとしたが、ごく冷静な口調に『知ってもらう』のはティナに対してだとすぐに気づいた。

「でも、ここ日本ですし、海外みたいにパパラッチにつけまわされたりはしませんよ？　どうやって情報、相手に渡すんですか」

「そのあたりは伯母にでも話をするとか、パオラにうまく言ってもらう。ほのめかし程度でいいんだ。おそらく勝手に調べあげようとするだろうし、場合によるとすでに、動いている可能性もある」

また調査会社というやつか。いささかげんなりしたけれど、それが彼らの世界でのやりか

たなのかなあ、と真次は妙な気持ちになった。

「調査って、いっしょにいるかどうかとか、そんな簡単に調べてしまうんですか？」

「すくなくとも、見張りはつけられるだろうな。以前、高層ホテルの最上階にいたときの写真を撮られたこともあったから」

「ど、どうやって、それ」

「ヘリを使ったのもいたが、日本ではちょっとむずかしいから望遠レンズでとか」

本当にプライバシーもへったくれもないらしい。はやくも神経がまいりそうになって、真次は申し出を撤回したくなった。弱気を見透かしたように、グイードはどんどん話を進める。

「だからできるだけ、ふたりきりでも親密にしてみせる必要がある」

「え……えっと、でも」

「身体に負担をかけない程度で、だ」

あからさまに身がまえた真次に笑って、グイードは手を伸ばした。頬を包み、あたたかな指をすべらせる。

「きれいな肌だ」

唇をさわられ、親密な仕種にどきりとした。指だけでふれているのに、キスしているよりも恥ずかしい。顎へと伝い、首筋をそっと撫でられて、びくんと身体が震える。

「楽しみにしている」

いったいなにをですか、と問うこともできないまま、真次はただ茹《ゆ》であがっていた。

＊　＊　＊

それから三日経《た》って、医師の許可を得た真次は退院した。

四宮の実家は鎌倉にある。真次は大学進学後、大学近くの世田谷でひとり暮らしをしていたが、半年まえに引き払っていた。県をまたいでの通学はすこし面倒ではあったが、兄の死にうちひしがれる両親を見ていられなかったのだ。

しかしグイードが生活しているホテルは真次の大学から比較的近い。いろいろ問題は山積みだが、通学だけはすこし楽になる、と安堵《あんど》したのもつかの間。

「なんだこれ……」

グイードとボディガードにつれられて、海外セレブ御用達と名高い都内有数のラグジュアリーホテル最上階のフロアに足を踏みいれた真次は、自分の決断をはやまっただろうか、と遠い目になった。

（病院でもかなりびびったけど……）

これはもう、根本的にグレードが違いすぎる。

スイートルームというのが、いくつかの部屋を続き間にした空間だというのは知っていたが、正直東京の平均的な家族用マンションより広いのではないだろうか。

重厚な輝きを放つ、木製のテーブルやサイドボード。キッチンにリビング、リラクゼーションルーム。おまけに寝室はふたつ。ダブルの広いベッドがある部屋と、もうすこしこぢんまりしたもの。

噂でしか知らなかったセレブの世界の一端を目《ま》の当たりにして当惑していると、背中にそっと大きな手が添えられた。びくっとした真次は、とっさに目を逸らして口をひらく。

「あの、ところでパオラとアンジェロは？」

「べつの部屋にいるが」

「え、そうなんですか？」

てっきり同じ部屋に住んでいるのかと思った。これだけ広いのに、と驚いていれば、グイードがため息をつく。

「真次。いくらなんでも、愛人と妹をいっしょの部屋に住まわせる趣味はない」

「……あ」

状況をうっかり忘れていた真次は、瞬時に赤くなった。グイードのほうを見られない。きっとあきれたような顔をしていることだろう。

「けがが完全に治るまでは、真次はそちらの寝室を使うといい」

「は……はい……」

ほっとしたのもつかの間、では治ったらどうなるのだ、という疑念と不安も湧《わ》いてきたが、そこはもう了承したことなのだと自分に言い聞かせた。

「それから、着替えは当座必要だろうものを用意させた」

「え、そ、そんな。自宅から持ってくれれば――」

「そんな時間はないし、買えばすむのだからそれでいいだろう」

言われて、自分の寝室だと言われた部屋のクロゼットを見ると、これまた高級そうな服がずらりと並んでいる。値札はないけれど、襟裏のタグを見るとこのホテルにテナントのあるブティック――要するに一流ブランドのものばかりだった。

裕真の遺した服を質にいれたり古着屋にだしたりして処分した際に、ブランドものの相場を知った。売値はかなりたたかれるが、このレベルの服だとどれもこれも十万単位のはずだ。

「サイズはあっていると思うが、好みはわからなかったから、適当に選ばせた」

「こ……こんないいものは……」

受けとれない、というよりはやく、グイードが退院してきたばかりの真次の服を、うえからしたまでじろじろと見た。なんとなく赤くなる。

この日身につけていたのは、仁紀に頼んで実家から持ってきてもらった、量販店のTシャツとソフトデニムだ。そこまでみすぼらしいものではないと思っていたのだが、グイードのお眼鏡《めがね》にかなうものではなかったらしい。

「はっきり言うが、その格好でホテル内をうろつかれるわけにはいかない」

「そ、そうです、か」

赤くなってうなだれる。それでも、これくらいしか残っていなかったのだ。売りにだした服は、裕真のものだけではない。兄ほどいいものは持っていなかったので質にいれたりはできなかったけれど、仁紀の協力でフリーマーケットにだすなどしていた。親の口座も凍結されたし、むろん母の持っていた宝石類については、遺産の手続きがすむまで手をつけられなかった。当座をしのぐお金が、一円でもほしかったのだ。

(しょうがないんだ。事情はあったんだし。グイードだってべつに、ばかにしたわけじゃないんだから)

真次が唇を嚙んで恥ずかしさをこらえていると、心中を察したのかグイードはすこしだけ口調をやわらげた。

「厳密なドレスコードがあるわけではないが、こういうホテルでは逆に目立ちすぎる。わたしの相手をしていると知らしめるなら、それなりの格好をしてもらわなければ不自然だ」

「あ、ですよね……」

「制服だとでも思っておけばいい。気にいったらそのまま着ればいいし、いらなければ処分しなさい」

前半は素直にうなずいたが、後半はやっぱり微妙な顔になってしまった。

気づかなかったのかあえて無視したのか、グイードはしげしげと真次を眺める。

「そうだな。まず、その髪をなんとかしようか」

「あ……はい」

真次はまた赤くなってうつむいた。ここ数カ月、美容院にいく余裕など当然なく、伸びるままにほったらかしだったせいで、前髪は目にかかるほど長くなっている。襟足のあたりも不揃《ふぞろ》いでぼさぼさなのは自覚があったが、邪魔でさえなければそれでよかった。

「ホテルのサロンに予約をいれているから、送っていこう」

「え、そんな、ひとりで――」

言いかけて、見せつけるのが目的だということを思いだし、真次は口をつぐむ。

「いいこだ、gattino.《子猫ちゃん》」

くすくすと笑ったグイードのつぶやいた言葉の意味はわからなかったが、やたらあまい口調だった。

「まずは着替えてきなさい。ひとりで無理なら手伝いを――」

「いえ、平気ですから！」

さきほどまでとは違う意味で赤くなり、真次は自分用の寝室に飛んでいく。ざっと見た感じ、骨折した腕に負担をかけないようにか、ゆったりしたシャツも用意されていた。

(気がまわるんだよなあ……)

むろん、一枚一枚をあのグイードが吟味したとは思わない。それでも真次の状態を相手に伝えてはくれたらしい。腕をつったアームリーダーをはずし、もたもたと着替えた。骨折したのは肘《ひじ》からさき、前腕部だから肩と指さきを動かすことは可能なのが幸いだ。比較的細目のギプスだし、夏場なので半袖なのも助かる。

チュニックふうの頭からかぶるシャツと、ストレッチ素材だがゆったりしたボトム――ボタンがないので助かった――に着替える。すると靴も安物があわず、古いスニーカーを脱ぎ捨て、これも用意されていたモカシンに足をいれた。

「お待たせしました」

急いでグイードのもとに戻ると、携帯で誰かと話していた彼が振り返る。ちょっと待つようにと指を立てられ、うなずくと、窓際で真剣な顔をしながら話し続けていた。

グイードはこの日もスーツだ。考えてみるとこの格好以外あまり見たことがないけれど、長い脚にはそれこそジーンズでもなんでも似合うのだろう。広い背中を覆うシャツは淡い紫。似合うひとにしか似合わない色だなあ、と思いつつ、くっきり浮かんだ肩胛骨《けんこうこつ》のかたちがきれいで、思わず見惚れた。

窓から差している光が、金色に彼を縁取っている。身体の内側から発光しているかのようで、とてもきれいだと思った。

「待たせて悪かった。いこうか」

「あ、は、はいっ」

唐突に振り返った彼が、携帯をしまいながら声をかけてくる。びくっと飛びあがった真次をもういちど、うえからしたまで眺め、グイードは満足そうにうなずいた。

「とても似合う」

「あ、ありがとうございます」

ではいこうかとうながされ、また背中に手をまわされた。こんなふうにされると、自分がすごく大事にされているような気分になってくる。

（いや、違う違う）

もうここからお芝居ははじまっているということなのだ。こういう扱いにもなれなければならないのだと自分に言い聞かせながら、真次はエスコートされるまま部屋をでた。


髪は、グイードのリクエストであまり短くはせず、かたちを整えるだけにとどめられた。ホテル内にある高級サロンはさすがの腕前で、ごくスタンダードなのにきれいなカットがほどこされた。

「髪には色をいれないように」

との厳命で、茶髪やメッシュのたぐいは却下。いまどき流行《はや》りのアシンメトリーやソフトモヒカンなども、カタログを指定してぜったいにやめろと言われたそうだ。

「さすがに緊張しますけどね、腕の見せどころですから！」

そう張り切っていた美容師の女性は、有名なカットコンテストで優勝したひとらしく、授賞式の写真や賞状が店内に飾ってあった。ちらりと見た料金表の値段については、やっぱり考えるのをやめておいた。

「おけがのぐあいはいかがですか？　まだ痛みます？」

「あ、いえ。固定さえしておけば」

にこやかな美容師の問いかけに、いささか緊張ぎみに真次は答える。おそらくリラックスさせようとして話しかけてくるのだろうけれど、いささか人見知りな真次としては、むしろ放っておいてくれたほうが気が楽だ。

「でも残念ですね。お客さまのご体調がよろしければ、フルでボディのサービスもご提供できたんですけど」

「……へ？」

なんとなく不穏な言葉を聞いた気がして、真次は目を瞠った。軽い音を立ててハサミを使う美容師は、なんでもないことのように言う。

「うち、隣がエステサロンで、系列店なんですよ。ブライダルコースなんかだと、ボディケアからヘアセット、着つけまでワンセットでできるので、ご好評いただいてるんですよ」

「え、あ、いや、ぼ、ぼく男で……」

「あっ、メンズエステもやってますので、なにもご心配はいりませんから！　あと、カットのあとにシャンプーいたしますけど、そのついでにヘッドスパとフェイシャルケアをお手伝いさせていただきます。同時にネイルのお手入れもいたしますので、リラックスなさってくださいねえ」

にこにこと笑う彼女の表情に、鏡ごしにひきつり笑いを返す。ちょっとおしゃべりではあるが、頼んでもいないサービスの押し売りをしてくるようなタイプには思えない。つまり、グイードは当初、エステのほうも頼む予定だったということか。

（いやいやいや、なんか変じゃない？　ねえ、なんか変じゃない？）

茫然としているうちにカットが終わり、シャンプー台に寝かされる。ふつうならそこでタオルを顔にかけられるところ、ばたばたと動きまわるスタッフにあっという間になにか、スタンドのついた機械を持ってこられ、「息苦しかったら言ってくださいね」の言葉と顔にかかった蒸気に、加湿器のようなものだとわかった。

それから、顔になにか塗られ、マッサージされ、拭《ふ》き取られ、また塗られ、もったりと顔中重くなったあげく、それを待っている間に今度は頭皮をわしわしとやられた。ラップのようなものを巻きつけられたり、ヘルメットのようなものをかぶせられたりして、指さきをマッサージされ――ギプスのはまっているほうも指さきだけはでていた――なにかをすりこまれたりいじられているのはなんとなくわかった。

そしてすべてを洗い流され、仕上げのカットにへアブロー。朦朧《もうろう》としてきたところで終了を言い渡された。

「はあい、お疲れさまでした！」

「……どうも……」

首からうえと指さきに関して、徹底的にぴかぴかにされた真次はまっさきに爪《つめ》を見た。幸い、色をつけたりデコられたりはしておらず、なんとなくつるつるしているな、という程度のもので、それはほっとする。

部屋に戻ろうとしたら「お待ちください」と言われ、個室に案内された。なんだか逆らう気力もないまま、ふかふかのソファに座って、ガラスの器にはいったハーブティーを飲んでいると、ノックのあとにグイードがはいってくる。

「あ、終わりました」

あわてて立ちあがると、「うん」と鷹揚にうなずいた彼が近づいてきて、カットしたばかりの髪をひとふさ、指につまむ。

「いい感じだ」

「ありがとう、ございます？」

なにを言えばいいのかわからないが、とにかくスポンサーはグイードだ。真次はとりあえず礼を言った。

（そこまでお金かけるような素材じゃないんだけどなあ）

正直、鏡で見たときにも髪の艶《つや》は増していたし、もっさりしたヘアスタイルもすっきりしてはいたけれど、女性のように激変するというほどではなかった。彼が満足しているというのなら、それでいい。

自分に言い聞かせた真次だったが、ほどなく、おのれに課せられた命題の重たさにはやくもくじけそうになった。


あまり縁がないので知らなかったけれども、ホテルのなかというのは、値段に糸目さえつけなければ、衣食住すべてが足る空間らしい。

そしてだすものさえだせば、どんな状況も思うがままであるようだ。

「……あの」

「なんだい？」

真次はけがをした腕をつったまま、目のまえで切りわけられていく豪華なステーキ肉にごくりと唾《つば》を呑む。

あるいはそれは、緊張に狭まった喉をどうにか動かすための、嚥下《えんか》の動きだったのかもしれない。

「そ、そこまでしていただかなくても、自分で」

「だめだよ。真次は片腕しか動かないのだからね」

そう言って、グイードは真次のぶんのステーキを切り終えると、やわらかなフィレ肉をフォークに突き刺す。

「ほら、口を開けて」

「……ほんとにここまでするんですかぁ」

真次が情けない声をあげるのは、さきほどから周囲の視線が痛いくらいだからだ。ただでさえ、グイードのような外国人、しかも超美形がいるだけで日本では衆目を集める。そのうえ、自分のような同性をつれ歩いたあげく、やっていることは「はい、あーん」だ。

「せめて個室とか、ルームサービスとかっ」

「それでは意味がないだろう。すでにパオラの目が光っているかもしれないんだ。わたしも恥ずかしいのを我慢しているのだから、真次も協力しなさい」

とても恥を感じているとは思えない平然とした顔で言い放たれ、ほら、とフォークを揺らされる。真っ赤になりながら真次は肉にかぶりついた。口のなかでとろけるような肉はたしかにおいしい。けれどこれでは、食べた気がしない。

涙目になってもしゃもしゃと咀嚼《そしゃく》した真次は、三きれめに突入したあと、ギブアップだと手をあげた。

「あの、ほんとにこれじゃ胃が止まります……お箸《はし》、ください」

「しかたないな。まあ、充分、注目は集めただろうし」

軽く手をあげたとたん、ものすごくえらいひとなんだろう、と真次にもわかる男性が飛んできた。ちらりと胸元にあるネームプレートを見ると、『支配人』の文字がある。

「すまないが、箸を一膳《ぜん》頼む。それから、次の料理からは片手でも食べやすいように」

かしこまりました、とうつくしい所作で一礼した男性は、すぐさま真次の使いやすいような、塗りのない木製の箸を運んでくる。

そのあとは、すべての食材が、最初から食べやすい大きさに盛りつけられていた。ちいさめにカットされた焼きたてパンを口にして、真次はちょっとだけほっとした。

とりあえず服のたぐいは受けとったけれど、あまりのレベル差にめまいがしたし、これに慣れなければならないのかと思うと、気が重い。

初日からこれで、さきが思いやられるけれど、それでも約束は約束だ。

(最終的に、グイードがOKをだせばそれでいいんだから)

自分はもう、見せびらかすための人形なのだ。とにかくわりきろうと思った真次だが、いろいろ呑みこめない事態が多発することを知るのは、これからだった。

＊　＊　＊

翌朝、ドアごしに聞こえてくる音楽で真次は目をさました。

時刻は七時半。自然に目がさめたにしてははやいほうだが、いろいろ疲れていたせいか、昨晩は早々に眠ってしまったのだ。

ふかふかのベッドのせいかもしれない。快適に目がさめたことがなんとなく嬉しくて、顔を洗おうと客用寝室をでた真次は、主寝室との間にあるリビングをとおってバスルームへ向かおうとした。

「ああ、真次、おはよう」

「おはようござ……っ⁉」

ちょうど向かいにある主寝室のドアがひらき、あらわれたグイードにあいさつをしようとした真次は、悲鳴を呑みこんで飛びあがった。

「どうしたんだ」

「ど、ど、な、な、なん、なん」

ぱくぱくと口を開閉するばかりの真次に、シャワーを浴びたばかりとおぼしきグイードは怪訝そうな顔を向ける。

「退院したばかりだからな、まだぐあいが悪いのか？」

「いや、ま、待っ、ち、近づかないで！」

悲鳴をあげて飛びすさり、真次は背中を向けた。

（な、なんで裸なんだ……！）

朝の光のなかで、金色に輝くような身体をすべて、見てしまった。真っ赤になって目をつぶっていると、アレッシオの低い声がする。

「Boss.……」

ぼそぼそとなにかをささやいた彼は、どうやら着替えを手渡したらしい。しばらくして、ドアの向こうへとグイードが去る気配がしたあと、硬直して立ちつくす真次のもとへアレッシオが近づいて、いつものアプリ画面を見せてきた。

【ボスは人前で着替えすることに慣れている。まつぐさんも、慣れたほうがいいと思います】

「……慣れないよぉ」

情けない声をあげた真次の表情で、言わんとするところはわかったのだろう。いつも無表情なアレッシオの顔に、うっすらと微苦笑が浮かぶ。

【できれば、まつぐさんが着替えを渡すようになってくれると、わたしは助かる】

無理無理、とかぶりを振った真次に、今度こそアレッシオは肩を揺らして笑った。からかわれているのだろうかと思ったが、じっと見る真次の視線に気づくなり、彼はいつもの鉄面皮に戻ってしまった。

「――Alessio!」

主寝室からグイードの声が聞こえる。素早くそちらに顔を向けた彼は、一瞬だけ真次に会釈すると、すぐに声のほうへと向かっていった。

「はぁあああ……」

誰もいなくなったリビングで、真次は赤面したままへなへなとしゃがみこむ。

アレッシオはボディガード兼側近らしく、いつでも常にいるのは知っていたが、こうまでプライベートゾーンに密着しているとは想定外だ。

（貴族さまって羞恥心《しゅうち》おかしい……！）

本当にだいじょうぶなのかとくらくらしながら、これはどうでも自分のペースを崩してはならないと、真次は決意する。

「真次、朝食はどうする？　和食がよければ、そちらも頼めるけれど……どうした？」

床にしゃがみこんでいた真次に、グイードが心配そうに近寄ってくる。

「顔が赤いな。熱がでたのか？　すぐに医者を」

「そうでなくっ。体調はいいです。そこじゃなくて！」

額に手をあてられ、ますます赤くなりながら真次は叫んだ。

「グイードは、寝室とお風呂以外で裸になるの、やめてください！」

「ああ、なんだ、照れていたのか。すまなかった。いつもの習慣でつい」

こっちが照れるより、あんたがさきに羞《は》じらってくれ！　そう叫びたかったけれども、「わかった、気をつけよう」とうなずくグイードの平然とした顔を見ていると、すべての気力が失《う》せていく。

「わかってくれたら、いいです……っ」

うめいた真次は顔をあげたが、こちらを見おろしているグイードの腰に目がいってしまい、さらにあわてながら立ちあがる。まだギプスをはめたままの左腕のせいでバランスを崩し、倒れそうになったところを原因の男に抱きとめられた。

「そそっかしいな、真次は」

「……すみません」

誰のせいなんだと、もう内心で何度繰りかえしたかわからない言葉を呑みこみ、広い胸から距離をとる。ふわっと香った、高級そうな香水のにおいにどぎまぎしたことなど、目のまえの貴族さまに気取られるわけにはいかなかった。

「それで、朝食はどうする？」

「パンのほうが食べやすいので、それで」

正直、食欲など失せていたけれども、答えないわけにはいかない。起きてからものの数十分でくたびれはてた真次は、本当に自分はこの任務をはたせるのだろうかと、途方にくれた。

そんなこんなのハプニングではじまった同居二日目、真次はグイードが出勤しないことに驚いた。厳密に言えばすることはするのだが、同じホテル内の会議室をオフィスとして使っているそうだ。スイートのあるホテルに隣接した旧館の、三階から五階のフロアに位置しており、朝の移動はドアトゥドアで、ものの十分といったところらしい。

「ふだんはここにいるから、なにかあればすぐに呼びだしてくれ」

そう言われてつれてこられた会議室は、名前のとおり、会議用のテーブルと椅子、それからこれはグイードが持ちこんだものらしいが、奥まった場所にビジネスデスクと、書類を収納した棚があるだけの、殺風景なものだった。

とはいえさすがに都内のラグジュアリーホテル、床には緞通《だんつう》が敷かれているし、刺繍《ししゅう》壁紙もはなやかで高級そうだ。

（うん、なんていうか、おれの知ってる会議室と根本的に違いすぎる）

だんだん慣れてきたぞ、と思いながら、このところ習い性になった無意味な笑顔で硬直する真次に、このグレードですら釣りあうかどうかという高級な男は肩をすくめた。

「本当なら、いちいちスーツに着替えるのは面倒なのだけれどね。打ちあわせやなにかで、ひとに会うこともあるから」

そういうものなのか、と驚きつつ、真次は「でも、もう日本支社って稼働してるんですよね」と首をかしげる。

「出社はしないでいいんですか？　連絡事項とか、そりゃ、ネットと電話があればいまは、すむだろうけど、仕事にさし支えたりしませんか」

素朴な疑問に「まだ準備期間だからね」とグイードは答えた。

「むろん、本格的に仕事が稼働するようになれば、社屋にも出向く。ただ……いまはここから動きたくない理由があるから」

「あ……」

要するに、ティナの動きがはっきりするまでは、あまり活動範囲を拡げたくないという話なのだ。真次は理解の遅い自分にばつが悪くなった。

「ホテルのなかにいればすくなくともプライバシーは護られるし、日本支社は日本のスタッフが実務をこなしている。指示をだせばただしく動いてくれるし、問題はない。それに、へたに外出すると面倒な可能性がある」

つぶやいたグイードの声は、ティナのことを話すときいつも苦々しげになる。根が深い問題だなあと思いながら、真次は「ん？」とひっかかりを覚えた。

「あれ、でも、見つけてほしいんじゃないですか？　あちこち出歩いたほうが確率はあがるんじゃ？」

「それは違う。情報を与えてはおきたいが、じっさいに顔をあわせたくはないんだ」

うんざりした顔をするグイードに真次は思った。この強くて傲慢な男をそこまでまいらせるティナは、そこまでの危険人物なのだろうか。

浪費家であまやかされたお嬢さま、というのは理解しているが、どうもグイードの口から聞かされたティナ嬢のイメージは、モンスターとしか言いようがない。

いまのところじっさいに遭遇していないからか、どうにも実感がわかず、真次にはグイードは過剰なほど気をつけているようにも思えた。

「とりあえず、これがティナの写真だ。もし見かけたら、すぐに逃げてくれ」

「……はあ」

手渡された写真には、いかにもな雰囲気の黒髪巻き毛のイタリア美女が、色っぽい笑みを浮かべて写っていた。その隣には、腕に絡みつかれ、苦虫を嚙みつぶしたような顔のグイードがいる。

「以前パパラッチに撮られたものを、交渉して買いあげた写真だ」

うなずいて、真次は写真をじっと見つめる。こんなダイナマイトボディの美女なら、姑息《こそく》な手を使ったりしなくても結婚相手のひとりやふたり、摑まりそうなものだ。あけっぴろげな笑顔は、パオラに比べるとたしかに軽そうな印象はあるが、そんなに悪いひとには見えなかった。

「顔にだまされないように。あかるく気さくなふうを装っているが、内面はかなりとんでもないからな」

内心を見透かされたようで、真次はぎくっとする。

「くれぐれも言っておくが、真次も、移動のときは必ずアレッシオかわたしに声をかけるようにしてくれ。ホテルのなかでも、たとえパオラの部屋にいくにしても、この部屋から一歩でもでる場合には、ぜったいにだ」

「わ、わかりました」

危機感の薄い真次へ念を押すように、グイードは真剣な顔で告げた。真次は無言でこくこくとうなずいた。

「ダニエラのことを忘れないでくれ。もしあの話が信用ならないというなら、インターネットででも調べてみるといい。事件のことが、載っているから。表向きはひったくりによる暴行ということになっているが」

眉をひそめたグイードの言葉に、はっとする。どう答えればいいだろうかと真次が迷っていると、彼は手元のラップトップマシンに素早いキータッチで入力し、イタリアのニュースサイトの過去記事を表示した。日本語への自動変換ツールがはいっているブラウザで、かなりブロークンな日本語だったけれど、概要は読みとれた。

【28、女優ダニエラ・バトーニは強盗に襲われた。彼女は月を癒す病変。声明のなかで男であった。警察は犯人グループを追いかけている】

「これ、一カ月以上入院したってことですか」

「そうだ。複数の男に襲われたと証言した、とある」

若手とはいえ芸能人であったためか、けがをしたダニエラの泣いている写真まで掲載されている。きれいに整った顔は腫れあがり、口もとにはなまなましい殴打の痕。自分の入院時よりも痛々しく見える様子に、真次は胸が悪くなった。

(このひと、こんなひどいけがさせられたのか)

見ると聞くでは大違いというけれど、写真のインパクトは強かった。沈鬱《ちんうつ》な表情で目を伏せた真次に気を遣ったのか、グイードはブラウザの記事を閉じる。

「すこしは理解してもらえただろうか」

「……はい」

真次は神妙にうなずいた。こんなことをしでかしたのが、本当にティナの指示だったとすれば、グイードの過剰なまでの用心も理解できる。

パオラの住まいをべつのフロアにしているのも、もしかするとティナがきたとき、いっしょにいるとなにをされるかわからない、ということなのかもしれない。

(もしかして大学の送り迎えするっていうのも、見せつけてうんぬんじゃないのかな)

にわかに不安になってぶるりと震えた真次の肩を、グイードはそっと抱いた。

「ここにいれば安全だし、大学のほうに出没するような真似はしないだろう。いくらなんでも目立ちすぎるからな」

「でも……日本でも、お金さえもらえばなんでもするひとは、いますよ?」

「ティナはそこまでの人脈やツテは持っていないし、いまのところそうした動きはない」

断言したグイードに、どうしてそこまでと言いかけて、真次は口をつぐんだ。

(そうか。こっちのほうでも、動向を調べてるんだ)

おそらく裕真を調べようとしたときのように、彼女にも調査員がついているのだろう。そして本国にいるときからべったり貼りつかせているとすれば、真次のときのようなまぬけな間違いはないはずだ。

ものものしい事実を受けとめるべく真次が考えこんでいると、グイードの手が艶のでた髪をそっと撫でた。

「あまり心配しなくていい。それより、紹介したい相手がいる」

「え、誰ですか?」

「わたしの秘書だ。仕事に関して顔をだすこともあるし、わたしとアレッシオが多忙のときは、彼らに用を頼むといい」

突然の話に、真次は目をしばたたかせる。そして小声で問いかけた。

「あの、それって、そのひとたちにはぼくのこと、どういう……?」

「基本は、あるがままに話してある。……はいってくれ」

だからそのあるがままの内容を知りたかったのだが、細かい話をするまえに、グイードは間続きのドアへと声をかけてしまった。

「ジュリアス・村木《むらき》と、シエラ・ブルームだ。こちらが四宮真次。アンジェロの叔父になる」

別室からあらわれたのは、スーツに身を包んだ日系の男性と、もうひとりはタイトスカートの似合う、ヒスパニック系の女性だった。

「よろしくお願いします」

「どうぞよろしく」

驚いたことに、ふたりともグイードに同じく日本語が堪能だった。真次はふたりの連絡さきがグイードからあずかっているスマートフォンに登録されていると教えられた。

「わたしに連絡がつかないときは、シエラかジュリアスに電話をしなさい」

「わかりました」

大半は同じホテル内にいることだし、そうそうあることではないと思いつつうなずく。

「ジュリアスとシエラにも、真次についてはパオラやアンジェロと同じく、最優先事項だと心得ておくよう伝えてある」

「ご遠慮なく、なんでも気軽にお申しつけくださいね」

にっこり微笑んだシエラが言うには、彼らはただの緊急連絡さきではなく、グイードが真次の相手をできないときなど、買いものやなにかにつきあうこともするそうだ。むろんその際にはアレッシオをお供につけると言われ、真次は恐縮した。

「え、そんなの悪いし、いいですよ」

「いいえ、ボスのゲストはわたくしたちのゲストですから。むしろ頼んでいただけないと、困ってしまいます」

あざやかな紫色のフレームの眼鏡がよく似合う、知的美人のシエラは茶目っ気のある表情で微笑んだ。そのやさしそうな態度にほっとしたけれど、もうひとりの秘書はといえば、いささかそっけない感じがする。

「えっと……ジュリアス、さん？」

「なんでしょう」

「あまりご迷惑はかけないようにしますので、よろしくお願いします」

「そうしていただけると、助かりますね。それよりボス――」

ジュリアスは言葉の途中で、早口のイタリア語に切り替えてしまった。仕事のことであればしかたないとは思うけれど、木で鼻をくくったような態度とはこのことか。真次はすこし驚いた。

（な、なんか反感持たれてる、のかな）

にこにこしているシエラと正反対で、ひどく愛想が悪い。アレッシオのように強面《こわもて》なタイプでもなく、整った顔をした男だが、どことなく真次に対して態度がかたかった。

（しかたないか。芝居とはいえ愛人の、しかも男の相手なんて、いやに決まってるしなあ）

真次は彼の態度を受け流すようつとめた。むしろあからさまに軽蔑したようなことを言われたり、暴言を吐かれないだけマシだろう。

なんとか自分を納得させていると、やれやれと苦笑したシエラが声をかけてくる。

「ちょっとお仕事モードになってるみたいですし、あちらでお茶でもいかがです？」

「は、はいっ」

こちらにどうぞ、と別室へ招かれた。そちらもちいさな会議室らしく、六人がけのテーブルと椅子、電気ポットとお茶やコーヒーのセットがあるだけの、これまたさっぱりしすぎた空間だった。

適当に座るように言われ、手近にあった椅子に真次は腰かける。

「お部屋に戻ったほうが、ロケーションもいいんでしょうけれど、ごめんなさいね」

ネルフィルターで蒸らしたコーヒーに沸騰させたお湯をかけまわしながらシエラが言う。

真次はとんでもないとかぶりを振った。

「あ、いえ。充分です」

「ふふ。わたしのコーヒーはボスにも好評だから、おいしいと思うわ。どうぞ。ミルクとお砂糖は？」

「あ、そのままいただきます」

庶民としては、あの無駄に高級な部屋より、むしろこちらのほうが落ちつく、とは言えなかった。そしてものの数こそすくないけれど、しつらえはやはり高級だ。なにしろキャスターつきの椅子すらも革張り。そしてさしだされたコーヒーカップは、銘柄こそわからないけれども間違いなくお高そうな代物だ。

「あの、シエラさんは、お仕事いいんですか？　ぼくのことならかまわなくても、適当に部屋に戻りますから」

「いまは真次さんのお相手をするのが、わたしのお仕事ですから」

「あ、……じゃあ、いっしょにコーヒー、どうですか？」

立ったままじっと待たれているのも居心地悪く、隣にあった椅子を真次はすすめる。一瞬目をまるくしたシエラに、こういうのはマナーやセオリーとしてなにか間違いなのか、とどきどきしていたら、彼女は眼鏡の奥の目をやわらかくほそめた。

「……じゃあ、わたしもいっしょにコーヒー、よろしいですか？」

「は、はい、もちろん。あ、あとその、丁寧語はいいですから。ふつうに話していただけると……あ、でも日本語だから、むずかしいですか？」

「いいえ。わたしは子どものころ日本で育ったから、ほとんどネイティブに話せるわ。お気遣いありがとう」

にこっと微笑んだシエラのことは、好きになれそうだ。第一印象もいいひとだったけれど、涼やかな声と全身からにじむ知的なやさしさが素敵な女性だった。丁寧に淹れてくれたコーヒーも、香りがよくてとてもおいしい。

「よかったわ、今度のボスのお相手があなたみたいないいこで」

隣の椅子に座り、タイトスカートから伸びるきれいな脚を斜めに揃えたシエラが、コーヒーをひとくち含んでつぶやく。どういう意味だろう。首をかしげると、彼女はご機嫌な顔でじっと真次を見る。

「ボスがここまで気を遣う相手なんてはじめてだしね。せっせとお見舞に通ったときには本当に驚いたわ」

「あ……お仕事、大変じゃなかったですか？　ぼくのせいで」

「いいえ、ぜんぜん。むしろ逆よ。このところご機嫌だから助かっているの。真次さんができるだけ、ボスを見捨てないでくれると助かるのだけど」

むしろもっと振りまわしてやってくれと言われ、真次はめんくらう。

「でも、ジュリアスさんは違う意見みたいですけど……」

「ああ。あれはパオラさまに憧《あこが》れてたから」

裕真そっくりのあなたに対して複雑なんでしょうと言われ、あたりのきついジュリアスの態度が腑《ふ》に落ちた。

「やっぱり、パオラの……その、アンジェロのこと、騒ぎになりました、よね」

「ん、まあ、否定はしないわ。でも、日本にくるまえに想定していたよりずっとマシな事態だったのは事実ね」

どういうことだと真次が目をしばたたかせる。「こんな言いかたしてごめんなさいね」と前置きして、眉をさげたシエラは言った。

「もちろん裕真さんが亡くなっていたのは残念なことよ。お悔やみ申しあげます。でも、パオラさまが本当に裏切られたのではなくて、よかったと思うの。それなら、海外の旅行者にもてあそばれたのではなく、結婚予定の相手が急病で亡くなった、という話にできるから。イタリアの社交界はまだ閉鎖的なところがあるから、そういう評判は、ね」

「……そう、ですね。そうかもしれません」

気遣いながらの言葉であったけれど、やはりパオラやグイードの住まう上流社会において未婚の母というのはなかなかのスキャンダルであったらしい。頼りになる家族がいるとしても、十九歳の若さでシングルマザーになったとなれば、パオラも大変だったはずだ。

「やっぱりそれで、ジュリアスさんとか、怒ってらっしゃるんでしょうか」

本来なら、その張本人の身内である真次はもっと責められてもしかたない。見たところ、グイードのスタッフはかなりプライベートでも親しいようだ。身内的な感覚でこちらを見ているのだろうし、パオラに対しても親身なのだろう。

そう思ってうなだれた真次に、シエラは「んんん」と苦笑いをした。

「ジュリアスの場合は、ちょっとあれなのよ。日本にきて以来、ボスは病院につめっきりだったでしょう。それで実務はこちらに任されていたんだけど、おかげで恋敵のほうが距離が近くなったものだから」

「恋敵?」

まさか自分のことではないだろうと真次が首をかしげたところ、シエラは手で口を隠すようにして「アレッシオ」と小声で言った。

「えっ、そうなんですか!?」

「そうでなかったら、あなたなぜ殴り倒されたと思ってるの? 〝ユウマ〟が逃げようとしたからでしょう」

言われてみれば、なるほどという話だ。あの時点の真次は、アレッシオからすればボスの妹というだけでなく、大事にしていたおひめさまを傷物にしたうえに、知らんぷりで逃げようとした最低男、ということだったのだろう。

「うわ……そりゃ、目のかたきにされてもしかたないですね」

「もうだいじょうぶよ、あなたボスのお気に入りなんだし、彼らも変な態度はとらないから」

「そ、そう……ですか。まあたしかに、アレッシオは誤解がとけてからは、穏やかに接してくれてますけど」

どうもニュアンスが妙で、真次は首をひねる。なんとなく、シエラは真次がティナ撃退のために雇用された愛人だということを、わかっていないのではないかと感じられた。

（でもそれ、説明したらまずいのかな）

敵をだますには身内から、という。そういうことなのかもしれない。真次は詳細を語ることを控えたが、逆にそうなると、どこまで話していいのかわからなくなる。

勢い、会話はシエラがあれこれと語る内容に相づちを打つか、彼女の質問にあたりさわりなく答えるだけという、じつに社交性スキルの低い状態になったけれど、そのおとなしい態度にシエラは満足そうだった。

「あなた、ほんとにいいわね。穏やかだし、いままでのボスのお相手のなかではいちばんいいわ」

「え、そ、そう、ですか?」

「そうよ。いままでほんとに面倒だったんだから」

「面倒、とは、どのような……」

おそるおそる問いかけると、シエラは「はっ」と小ばかにするように鼻で笑った。

「そりゃもう、あれこれと。まずデート相手との時間をスケジュール管理に組みこむでしょう、それからデートする店の手配、コンサートやオペラを見にいくならチケットの手配。プレゼントの宝石だの花だのも用意させられたし、しまいには別れ話のメッセージまで作らされたことがあるわ」

「う、うえええ⁉」

「ホテルは定宿が多いから、それは適当にしていただいたけど、海外旅行にいくなんて場合には飛行機のチャーターだのなんだの面倒くさかったわぁ。場合によっては、仕事のついでだからってつれていかれたりもして」

おかげでライバル扱いされ、グイードの彼女らに睨まれることも多かったそうだ。

「そんなの業務外の作業じゃないかって言っても、私設秘書は〝あらゆることについてサポートする〟って文言が契約書にはいってるから、どうしようもなくてね」

「うわあ……それは……」

ため息まじりに愚痴をいうシエラに心底同情した。グイードのあの、他人は自分に従って当然という態度で強引に振りまわされると、疲弊するのは我が身で知っている。「お疲れさまです」と心から言えば「ほんとにいいこ！」と感激したようにシエラは言った。

「お礼言われたりねぎらってもらったのなんか、はじめてよ。コーヒーいっしょにどうですか、なんて言ってもらったのも」

「そ、そうなんですか」

「ええ。なんていうのか、セレブな人種って使用人のこと置物みたいに思ってるから」

なんとなくそれは、グイードたちを見ていて察しがついた。アレッシオに着替えを持ってこさせたときのことを思いだし、きょどきょどと目をうろつかせた真次に気づいたシエラは、コーヒーを飲む手を止めて「どうしたの」と問いかけてくる。

「あ、あの……シエラさんも、グイードの、その、……見たんですか？」

「ボスのなに？」

「その……は、はだか……」

真っ赤になりながら、真次はさきほどのハプニングを口にする。途中からシエラの口がむずむずとしはじめ、笑いをこらえているのがわかり、ますます恥ずかしくなった。

「とりあえず、今後はちゃんと寝室とお風呂以外では裸にならないで、って頼んだんですけど、そういうの、いつもなのかなって……」

「んんっ、そ、そうね。わたしはさすがにボスの完全なプライベートゾーンに踏みこんだことはないし、呼ばれるのはたいていアレッシオだから、は、裸は見たことないわ。安心して」

「……笑うなら笑っていいですよ」

必死に笑いをかみ殺すあまり、なんども咳払いをするシエラに言うと「では失礼」と言うなり彼女は顔を背けてぶふっと噴きだす。

「ご、ご、ごめんなさい。ちょっと思いだし……っはは、あはははは！」

「えと、なにかぼく、変なこと言いました？」

「ち、違う違う。そういえばわたし、ボスの秘書として勤めはじめのころに、これだけは勘弁してくれって言ったことがあったの」

出張準備を頼まれたときのことだったけれど、時間がないので着替え一式まで適当に購入してきて荷物につめろと言われたのだそうだ。

「それが本当にまるっとすべてだと悟ってから、なんだかちょっと不愉快になってね。わたしはスケジュール管理や折衝をするはずの秘書業務で雇われたのに、なんでボスのパンツまで買ってるんだろうと思って、えげつないものばかりつめこんでやったわ」

気の強い彼女は「パンツくらい自分で買いなさい」という意味で、グイードの下着をすべて、黒や紫、ヒョウ柄のTバックやブーメランパンツ、はてはレースのすけすけに、ガーターベルト――びっくりしたことに、男性向けがあるのだそうだ――で揃え、荷物につめこんだのだそうだ。

「そ、それ、怒られなかったんですか?」

「うん、それが意外とあのボスってああ見えて、素直なかたでね。『女性に下着を頼むのが失礼だというのを失念していた』ってお詫びされたわ。下着はそのあとアレッシオに買い直させてたみたいだけど……なんていうのか、お貴族さまでしょう? マッチョな感じで女に母親的な仕事をやらせたわけじゃなく、単純に自分で洋服を準備するっていう発想がなかったみたい。世が世なら、着替えから従僕にさせてた身分のひとだしね」

そう言うシエラはいわゆるミドルアッパークラス出身になるらしい。現代のイタリアは、厳然とした階級社会の残るイギリスなどよりは身分差がゆるやかで、教育や職業によっては上位クラスの仲間入りをすることも可能なものだという。

逆に貴族や王族出身でも、お金がなくなれば庶民と同じように生活をしたりするそうだ。有名なのは旧王族のエマヌエーレ・フィリベルト・ディ・サヴォイア王子で、銀行家でもある彼は、テレビのコメンテーターをするなど、ちょっとしたタレントのような感じらしい。

「ランドルフィ家も、もともと領民たちといっしょになって働く気質の領主さまだったし、いちはやく起業することにも手をつけたりしてたから、感覚はとてもフラットなひとたちよ」

とはいえやはり「セレブの世界はまたちょっと違う」のは世の常、なのだそうだ。

「身分じゃなくて、お金を持ったり有名になったりしたひとたちって、ひとを使うことに慣れきっているからね。ひとをひととは思わない人間は、出自や階級に関係なくいる。そういう人間がお金や権力を持つと、なかなかにすごいことになるけれど」

「……ティナ、のことですか?」

「ああ、もう聞いているのね。そうね、彼女は……あれはモンスターだわ」

おずおずと問いかけた真次に、シエラは肩をすくめ、ぐるっと目をまわす。

「ティナって、ほんとにそんなにすごいんですか? なんだか想像がつかなくて」

「クリスティーナは本当にすごいわよ。出張から帰ってきて、ボスのアパートメントに戻ったとき、ランジェリー姿ででてきたときにはひっくり返った」

シエラは例の現場にいたらしい。思いだしたのだろう、うつろな目で天井を見あげる彼女は一気に疲れたような顔になった。

「ロックスターのグルーピーじゃないんだから、あんな下品なアプローチはどうかと思うのだけどね。あのおかげでボスがますます気むずかしく……ああ、まあ、愚痴になるわね。気分の悪い話題はやめましょう」

両手をあげたシエラは、空気を払うようにひらひらと手を振ってみせた。言葉は流暢だが、こういう仕種はやはり外国人だなあと思う。

「もちろん、ひとを使う人間がいるってことは、それはそれで、わたしたちの仕事にもつながるから、雇用主はいないと困るけれど、思いやりはあるにこしたことはないわ」

「……なんか、いろいろ大変なんですね」

苦労も多いのだろうと真次が眉を寄せると、シエラは「でもわたしはラッキーなの」と言った。

「ボスは貴族にしては本当に感覚がリベラルだし、仕事もやりがいがある。日本に引っぱってもらえたのは、言葉のおかげもあるけれど、能力も買っていると言われたの。ランドルフィにくるまえの職場はそれこそ、セクハラもあったし女に仕事なんか……って体質の会社だったから、いろいろつらくてね」

「トラブルとか?」

「簡単に言えば、わたしが手がけたプロジェクトを、男の上司がぜんぶ自分の手柄にしたの。

それで頭にきて、訴えてやろうかと思っているところに、いまのボスから引き抜かれたのよ。くだらない裁判で時間をとるより、自分のために能力を活《い》かしてくれ、ってね」

イタリアは基本的に男性社会で、女性の能力を軽んじられる部分はいまだにあるという。美人であるがゆえにシエラも苦労したのだろう。そこを汲《く》んでくれたグイードのことを、なんだかんだと言いながら彼女は慕っているようだ。

（なんか、嬉しいな）

グイードは単なる傲慢なボスだというわけではない。それを知れたことがどうしてかひどく胸をあたためる。同じ気持ちなのだろう、シエラもこっそりと微笑み、しかし彼女はきちんとオチまでつけてくれた。

「でも、ボスのデート相手に頼まれて、Ｆカップのテディを買うのは勘弁だったけど！」

「それは、さすがに」

あけすけな発言に真次は苦笑いするしかない。有能らしいシエラに、自分もまた世話をかけたのだろうと申し訳なくなっていたところ、彼女はきらっと目を輝かせる。

「でもあなたのお洋服選ぶの、楽しかったわ！　だってボスがわざわざ！　ぞろっと並んだ服を眺めて！　いちいち口だすのよ！」

「えっ」

「いままでなんて、サイズを言ってドレス贈っておけ、だったくせに。これだめ、あれだめ、これはいいって、あのグイード・ランドルフィがいちいち吟味して」

ぶふ、とまたシエラは噴きだす。案外笑い上戸らしい彼女はさておき、真次は意外な事実に戸惑いを隠せない。

（おれのだけ、ちゃんと自分で選んだ、って）

てっきり適当に誰かに選ばせたのだと思っていた真次は唖然《あぜん》としたのち、赤くなった。その顔を眺め、シエラはまるで姉のような表情で微笑む。

「でもね……クリスティーナのことだけじゃなくてね、ちょっとボスは女性不信ぎみだから、しかたないなって思ってたの」

「そう、なんですか？」

「そう。友人や部下に対しては平等だし思いやりもあるけど、なんでか恋人にはつめたーいしね。もしかして隠れゲイじゃないかしらと思ってたから、今回は納得したわ」

「な、納得？」

「パオラさまとアンジェロさまのために日本にやってきて、成敗するつもりがひと目ぼれだなんてねえ。そういうことだったのね、ってしみじみしちゃった」

どうやらグイードは、真次を強引に自分のもとへ住まわせるにあたり、そういう説明をシエラたちにしたらしい。

「ああ、大丈夫よ。わたし、セクシャリティの偏見なんかないから。友人にもゲイは多いし」

「は、はあ……」

いや違うんです、そうじゃないんです。と言いかけて、でも違わないんだろうか、と真次は煩悶した。一応の目的はティナへの牽制だが「けがが治ればすることはする」と宣言されているも同様なのだ。

なにより、身近なシエラまでがグイードを『隠れゲイだった』と思いこんでいるとなれば、一応作戦は成功していることになる。

（どうしよう、言えない）

困り果てて眉をさげた真次の態度を、シエラは「おくゆかしいのね」と微笑ましそうに見つめてくる。

「ボスも最近、ごきげんだし。真次さんにはぜひとも長くいてほしいの」

「そ……そうですか……」

「わたしとも、仲よくしていただけると嬉しいわ」

にこにこしながら言われても、ひきつり笑いを返すのが精一杯だった。

＊　＊　＊

日々、大小とりまぜてカルチャーショックや面倒が降りかかることにじわじわと慣れてきた真次だったが、大学に戻った直後はちょっとした騒ぎになった。

「なあ、あの、四宮。ちょっといい？」

午前の講義をひとコマ終えたところで、同じ専攻の男子学生が話しかけてくる。きたな、といささか身がまえながら「なに？」と返したところ、彼は予想どおりの問いかけを向けてきた。

「あのさ、ここんところ四宮って、行き帰り、ベンツで送り迎えされてるよな。それにそのけがとか、どうしちゃったの？」

「うん、それに服とかもなんか雰囲気変わっちゃって……」

じつは興味津々だったらしい、隣の席にいた女子学生も話しかけてくる。直接問いを投げてきたのはふたりだが、よく見ると近くにいる顔ぶれは皆、興味深そうにこちらをうかがっていた。

（えと、どうしよう）

高校卒業後、ゲイであることになんとなく引け目を感じていた真次は、孤立するとまではいかないまでも、仁紀以外にこれといった友人を作らずにいた。ゼミやなにかの顔見知りもいるにはいるけれど、せいぜい試験まえにノートの貸し借りをした程度のつきあいだ。

高校までの『クラスわけ』がしっかりなされ、自然とコミュニティを作りやすい環境とは違い、大学では自分でサークルに所属したり、専攻ゼミの人間に働きかけるなどしたりしないと、密なつきあいというのはむずかしい。逆に、ひっそりしていたい真次にはちょうどいい環境でもあったけれど、ここにきて悪目立ちしてしまったようだ。

「あのさ、変な邪推だったらごめんな。もしかして、なんか困ったことになってる？」

「えっ？」

「だって、そんなけがしたうえに、まるで監視しているみたいな男といっしょにベンツで登校だろ、やばいことになってんじゃないのかなって……」

思ってもみないことを言われて、真次は驚いた。

「四宮まじめそうだから、変なことはないと思うんだけど、ここんとこご両親亡くなったりしただろ？　もしかしてその、借金の関係があったとかじゃないかって」

「失礼なこと言ってごめんね、でもこの間あたし同窓会で、親戚が亡くなったとき、知らなかった借金のせいで、その、そういう筋のひとが取り立てにきたっていうもとクラスメイトの話、聞いちゃったから……ちょっとまえまで、四宮くん、お金に困ってそうだったし」

二週間近くも休んだあげく、いきなり大けがをしての再登場、おまけに服装もなにも一変しているとなれば、噂にならないわけがない。しかもそうとうに悪いほうへ、ドラマティックな想像がふくらんでいたらしいと知って、真次は苦笑するしかなかった。

「いや、そういうんじゃないよ。たしかに一時期、お金に困ってたけど、そんな大変なことはないから」

「そうなの？」

半信半疑で問われ、逆に「おれそんなに困ってるふうに見えた？」と真次は言うが、その場にいた全員にしっかりうなずかれてしまった。

「だって、日に日にやつれてって、服とかもどんどん数すくなくなっていくし」

「昼とかも食べてないこと多かったでしょ？」

「大学まえのレストランでバイトしてただろ、なんかえらいシフト増やしてんなあって」

予想以上に、自分の行動は目立っていたらしい。真次はますますいたたまれなくって肩をすくめると、最初に話しかけてきた男子が真剣な顔で言う。

「あの、なにかトラブルあるなら言ってくれよ。おれの伯父さん、弁護士やってて、借金の整理とかも専門だし、刑事事件関係の強いひとも知ってるし」

「え……」

どうしてそこまで、と真次が目をまるくすると「ノート借りたり、世話になってたし」と男子学生——たしか、幹本《みきもと》という名前だった——は頭を掻《か》いた。

「四宮ってひとりが好きそうだし、なんていうか、孤高？　な感じがしてさ、つるむのとか苦手なのかと思ってたけど、困ってるときまでひとりでいること、ないじゃん？」

「うん、もしほんとにお金とか困ってるなら……貸せないけど、お昼ちょっとおごるくらいならできるよ」

こちらも幹本に同じく、ノートを貸してと頼まれたことのある女子、高口《たかぐち》だ。真剣に心配されているのがわかり、真次はくすぐったくなりながら「ありがとう、でも違うよ」と言った。

「えっと、お金はたしかに、いろいろ大変だったんだけど……親戚が貸してくれることになったんだ。送り迎えしてくれてるのは、けがしてるからで、それもその親戚が手配してくれて」

「え、で、でも外国人だったよ？」

「あの、亡くなった兄とあちらのかたとの間に、子どもがいるんだよ。それで、相手は外国に住んでたから、つきあいがいままでなくって。最近になってやっと都合がついて、日本にいらしたんで、面倒みてもらうことになったんだ。送り迎えしてくれてるのは、そのひとの、部下っていうか……運転手さんなんだ」

もっともな疑問に言い訳も思いつかず、事実を大幅にぼかし、多少のごまかしをくわえて伝えたところ、「そうなのかあ」と幹本は驚いた声を発した。

「外国にいたんじゃ、お葬式とか間に合わなかったのもしょうがないね。でもよかったね、頼れるひとがいて」

「や、でもさすが四宮くんって感じ」

「なんで？」

「美青年はそういうドラマティックな話も似合うじゃん。……あ、ご家族亡くなったのに不謹慎なこと言ってごめん！」

あわてて謝ってくる高口に「気にしてないよ」と真次は笑ってみせる。

「自分でも、なんだか変なドラマみたいだなって思ってる。まだちょっと現実感ないんだ」

「……そっか」

口にした部分だけでも作り話めいていると自分でも思ったが、兄と両親を立て続けに亡くしたことは知られていたから「いろいろ大変だったもんな」と同情され、皆それ以上突っこんでくることはなかったのは幸いだった。

むしろ、思いもよらず気にかけてもらえていたことがわかり、真次としては嬉しかった。

「あのでも、ほんとにできることあったら言ってね」

「けがのこともあるし、なんか手がいるなら遠慮なくな。あ、でもノートはまたお願い」

幹本に手をあわせて拝まれ、真次は「おれのでよければ」と微笑んだ。

それからしばらくは、甥っ子っていくつなの？　と女子たちが質問してきて、携帯で撮った写真を見せると「カワイイ！」「天使みたい！」と騒いでいた。

大学生活も三年めになって、こんなに大勢とにぎやかに話すことになるなんて、思ってもいなかった。

なにより、ごくひさしぶりに味わう「ふつう」な状況に、真次は知らぬ間にリラックスした表情になっていたらしい。その顔をじっと見ていた女子のひとりが、ぽつりと言う。

「……なんか四宮くん、きれいになったね」

「え？」

「あ、男子にきれいって言うのも変か。でも、なんていうんだろ？　もともと美青年だったけど、それに磨きがかかった感じ。お肌もつやつやだし」

「ふ、服のせいじゃないかな。一時期はほんとにお金なくて、質屋とかにだしちゃったんだけど、その、親戚が買ってくれたりしたんだ。それに、最近はごはんちゃんと食べてるから」

まさかエステと美容院で磨きこまれたとは言えず、ごまかすために言った言葉だったのだが、学友たちの同情をいたく買ってしまったらしい。

「質屋ぁ⁉　なにそれ、そこまで困ってたの⁉　ごはんも食べてないって、やっぱり大変だったんじゃん！」

「言えよもう……いらねえ服とか、おれの譲ってやるし」

「いやアンタのは四宮くんに似合わないだろ。つうか横幅違いすぎるって」

「だったらフリマにだして、そのぶんカンパとかはできただろ」

雑《ま》ぜ返しつつも、気遣ってくれるのがありがたかった。うっすら涙目になった真次が「みんな、ありがとう」とつぶやくと、逆に気まずそうな顔になる。

「んなたいしたことねーし。おおげさだろ」

「うちのゼミ的には、四宮先生が学業をおさめてくれないと、むしろ困るっつうか。教授、毎回四宮くんねらい打ちでディスカッションさせてたから、休みの間はうちらがあてられて四苦八苦だったたっつうか」

あてにしすぎだろ、と誰かが突っこみ、真次は笑った。

なにもかもなくした気分でいたけれど、ここにもちゃんと自分の居場所はあったらしい。

それがなんだか、泣きそうなくらいに嬉しかった。

＊　＊　＊

グイードとの夕食は、必ずホテルのレストランでとる。

けがをした腕の扱いにもだいぶ慣れてきた真次は、洋食やイタリアンの場合にはリゾットやスープのショートパスタを、中華料理ではお粥《かゆ》か丼《どんぶり》ものを頼んで、スプーンか蓮華《れんげ》ひとつでことたりるようにした。固形のおかずの場合は箸ですぐ口に運べるものをとグイードが注意してくれるので、どうにか手を借りる事態は免れている。

この夜の夕飯は中華で、しゅわしゅわと音をたてる海鮮おこげに舌鼓を打っていると、紹興酒をすするグイードがじっと真次の顔を見ていた。

「なんですか?」

「きょうはきげんがよさそうだなと思ってね。なにかあったのか？」

ぷりぷりした海老《えび》を咀嚼していた真次は、グイードの興味深そうな視線に「ああ」とうなずいた。

「大学でちょっと。認識をあらためたというか」

「どんなことを？」

真次はこの日、大学で起きたことをグイードに話した。学生のたわいもない話などおもしろくないだろうと思うのに、彼はしっかりと目を見て話を聞いてくれる。

ひととおりを話し終えると、紹興酒のグラスをかたむけたグイードはおかしそうに笑った。

「きっと皆、真次と話すきっかけができて嬉しいんだろう」

「え、そうですか？」

「あまり自覚はないようだけれど、きみは黙っていると近寄りがたいんだよ。言われたことはないのか？」

「ええ、まったく」

高校時代からこっち、仁紀以外とはあまり濃いつきあいをしてこなかった理由のひとつには、他人から親しげに話しかけられるということがすくないせいもあった。ちいさいころからおとなしく本を読むほうが好きだったし、たいていは社交的だった裕真の影にかすんでいるような少年期だった。

人見知りの自覚がある真次はそれでも不自由を感じてはいなかったが、グイードが言った「なるほど、おいそれと声もかけられなかったということか」という言葉には、納得がいかなかった。

「あまり人好きのするタイプじゃないんだと思っていたんですけど。同じような顔でも、裕真みたいにオープンな性格ではないので、知りあうとたいていは兄のほうと親しくなってましたから」

ひそかなコンプレックスを口にすると、グイードは「だがそれは、きみが裕真と比べて劣っているということではないよ」と言った。

「そ、そうなんですか？」

「単なる資質の問題だ。広く浅く、誰とでも仲よくなれるのはたしかによいことかもしれないけれど、真次はむしろ、絆《きずな》を作ったひとりひとりを大事にするほうだろう。だからそれほど手を拡げられない」

言いあてられ、驚きながらうなずく。

「ぼくはキャパが狭いので、相手のことがちゃんとわかるまでは、あまり踏みこめなくて」

「狭いのではなく慎重なんだ。それに、きちんとひとを見定めるのは大事なことだ。なかには、トラブルの種を持ちこむタイプもいるからね」

きれいな箸使いでアワビのオイスターソース煮を口にしたグイードの言葉には、通り一遍ではない重みがあった。彼自身、社長としてさまざまな人間と対面してきたからだろう。

「学生時代の友人は、貴重なものだ。大事にするといい」

「グイードも、そういうおともだちっているんですか？」

「アレッシオがそうだ。小学校が同じだった。あちらが二学年したで」

そんなに長いつきあいだったのか。真次が驚くと「彼も苦労していてね」とグイードはなつかしいような目をしてみせた。

「下町育ちで、あまり裕福ではなかった。当初は高校も、卒業後にすぐ就職する専門高校にいくしかないと言っていたんだが、頭もいいしもったいないからと、わたしが援助するから大学まで通うよう説得した」

「……あなたが？」

奨学金だとか、父親に頼んでではないのか。目をしばたたかせる真次に「当時も自由になる金はあったし、株もやっていたから」と、とんでもないことをさらりと言う。

「そ、そうなんですか。あの、高校とかもいっしょに？」

「いや、わたしは中学からイギリスに留学したから、その時期は同じ学校に通ってはいない」

「あ……パブリックスクール、ですか？」

当然とうなずかれ、ため息がでた。英国のパブリックスクールは、入学する際には学力もさることながら、家柄や財力がないとはいることができないと聞いている。

ちなみに大学はと問えば、案の定イギリスでも名門の大学名を口にされた。本当にエリートなんだなあ、と真次はしみじみしてしまった。

「国を離れている間、まじめに勉強しておけと言ったら、アレッシオは苦い顔をしていたな。卒業後は、わたしの右腕になるという約束をとりつけておいたから、よけいにいやだったのかもしれないが」

「そんなこと、ないと思います」

身近で生活するようになってまだ日が浅いが、傲慢な支配者かと思いきや、グイードは懐にいれた人間にはとことんやさしく、親身になるのだと知った。

そうして大事にされた人間は、彼に恩を返そうと必死になる。アレッシオしかり、シエラしかり。ジュリアスは……まだわからないけれど、たぶん彼も似たような感じだろうと真次は推察していた。

「グイードがやさしくするから、みんな応《こた》えようとするんです、きっと」

「できることをできる人間がしているだけのことだけれどね」

まじめに褒めたのに、さらっと流された。もしかすると、この程度の讃辞は聞き飽きているのかと思ったが、こちらを見る目がやさしくなったので、ちょっとは喜んでいるらしい。

「できることでも、しないひとはいますから。やっぱりやさしいと思います」

重ねて言うと、軽く肩をすくめてみせた。これは照れたときの仕種だと、なんとなく呑みこめてきた真次はちいさく笑う。

（でも、なんだか変なの。愛人って、こういうのでいいんだっけ）

当初はひどく身がまえていたが、十日ほど経ったいま、あまりに平穏にすぎる生活に、真次は拍子抜けしていた。

もっとうしろぐらく、じめっとした言葉の印象があったけれど、まるっきりグイードの示してくる態度はオープンで、誰に隠しているわけでもない。

むろん、けがをしているせいで、いわゆる夜のおつとめはいっさい協力できないわけだし、あくまで夕食時のデート――と、グイードは言い張っている――も、ティナへ目撃情報を渡すための行動なのはわかっている。

しかし空き閨《ねや》はごめんだ、などと言ったわりに、けがが治るまではと悠長なことも言うのはなんだか矛盾している気がした。

正直、世界が違いすぎる相手となにを話せばよいのやら、と思っていたが、聞き上手なグイードのおかげで気詰まりな時間をすごしたことはいちどもない。

おまけにグイードは自分が呼びだしたときにはなにがあろうとついてくるように、と言う態度をとるけれど、大学の用事や友人づきあいについてまで、拘束してくることもない。

――学生なのだから、きちんと勉強もして、遊びなさい。

そんな寛大すぎる愛人生活というのはありなのだろうか。それともまだはじまったばかりだからこその、のんびりかげんなのだろうか。

（でもやっぱりこれ、グイードの懐が深いからだよなあ）

お世辞でもなく、グイードはやさしい。なんでもできるからこそ、その手を他人にさしのべるのにためらわないのだろう。

それからなにより、家族を大事にしているのが真次には好ましかった。

裕真の件で想像はついていたが、アンジェロやパオラになにか問題が起きると、グイードはすぐさま駆けつける。

「会社の社長って、もっとプライベートもないくらい忙しいと思ってました」

そう告げると、グイードはきょとんとした顔をした。

「唐突に、どうしたんだ」

「いえ、ほら。いまぼくと食事してるのはまあ、あの件のことがあるからだけど、この間のアンジェロのときとかも」

つい先日、アンジェロが軽く熱をだし、パオラがパニックになっていたときなどは、大事な会議の最中に抜けだして医者を呼び、泣いている妹につきっきりになっていた。

「お仕事中なのに、すごいなと思って」

なかなかできることではないと心を打たれた真次だが、グイードはむしろ怪訝そうな顔になる。

「家族のための時間すらとれないで、なんのための仕事なんだ。ましてアンジェロはまだ赤ん坊だし、パオラはいま違う国にいて、ほかに頼れるものがない。わたしがそばにいるのは当然だろう」

「……そうですね」

同意はしたものの、そこまで大事にされているパオラがすこしうらやましいと思う。真次の父親はいわゆる仕事人間で、ろくに接触もなかった。

真次は名前のとおり『裕真の次』の子どもだった。いままでどこにいても年子の兄と比べられたし、圧倒的にはなやかな兄の陰でおとなしく生きてきた。

なのにいま、グイードに振りまわされて、ぐいぐいと違うステージに押しあげられているのが不思議な気がする。

「あの、ほかのごきょうだいとも、仲がいいんですか？　お兄さん、いるんですよね」

「ジャンカルロか？　仲は……悪くはないけれど、仕事に関してはぶつかることも多いな。ただパオラについては、わたし以上に溺愛《できあい》しているよ」

じつのところ、日本に裕真を捜しにいけと言ったのは、長兄のジャンカルロだったそうだ。

「どんな手を使ってでも自分のまえにつれてこいと、大変な剣幕でね。ただ……事実がわかったあとには、残念なことだったと言っていた」

「ありがとうございます」

グイードは裕真のことを、真次のまえではけっして悪く言おうとしない。むろん、亡くなった人間への礼儀もあるだろうけれど、こちらの気持ちを慮《おもんぱか》ってくれているのはわかる。

「真次にも、いろいろよくしてやるようにと言われた。歳はそう離れていないんだが、兄は当主になったせいか、すっかり父親気取りなところがあるんだ。まあ、それは父が存命時にも似たようなものだったけれどね」

「そうなんですか？」

「こう言ってはなんだが、祖父や兄と比べると、父の商才はそれほど鋭いものではなかったんだ。おかげで若いころから、ジャンカルロが父をサポートすることも多かった。晩年には、愛人のところに住まいをかまえて、ほとんど仕事もしていなかったから」

「え……」

さらりと言われた「愛人」の言葉に真次はたじろいだが、グイードは気づかなかったのか、ごく自然な調子で話を続けた。

「父も病気がちでね、海辺の街で穏やかに暮らしたいというから、望みはかなえてやりたかったしね」

「お父さまのこと、大事になさってたんですね」

「そうだね。いろいろあっても家族だし、亡くなったいまでも愛しているよ」

グイードの父親にも愛人がいたというのが、なんとなく真次はショックだった。だが、亡き父を「愛している」と言いきる彼の声に複雑なものを感じて、細かい事情などとても問うわけにもいかない。

ひっそりうろたえていると、さきほどまで話題にしていたアレッシオが席に近づいてきた。リラックスしていた表情をふっと引き締めたグイードが目顔で問うと、アレッシオが真次へと目礼したのち、耳元でなにかをささやく。うなずいたグイードは、優雅な仕種で立ちあがった。

「真次、悪いけれど今夜はこれでおひらきにしよう」

食事はあらかた終わっていたため、真次もうなずく。

「お仕事ですか？　こんな時間なのに？」

「海の向こうはまだ昼間だからね。デザートがくるから、ゆっくり食べていきなさい。アレッシオをおいていくから」

真次はあわてて自分も立ちあがった。

「いえ、いいです。ぼくも部屋に戻ります」

「そうか、では――」

デザートを持ち帰りにするかと気をまわそうとするグイードを止め、とにかくいいから、と真次はその背中に手を添え、軽く押すようにした。

「忙しいんだから、ぼくのこととかいいですから。お仕事がんばってください。あ、でも、無理はしないでくださいね」

グイードは一瞬目をまるくし、微笑む。そしてふっと長身を屈《かが》ませると「Grazie.《ありがとう》」とささやき、優雅な所作で頬にキスをした。

ちゅ、とかわいらしい音をたてて離れたそれに真次は真っ赤になる。それを眺めて笑みを深めたグイードは「では」と告げて颯爽《さっそう》と歩いていく。口づけられた頬に手をあてていた真次は、周囲の視線に気づいてはっとなり、そそくさと退出しようとした。

「あれ？　アレッシオ」

てっきりグイードについていくと思っていた彼は隣を歩いていた。いいのか、と視線で問えば、いつものアプリをさしだして【部屋まで送ります】と告げられる。

ホテルのなかだし、ひとりで平気だとこちらもアプリを使って伝えるけれど、アレッシオは【ボスの命令】と引かない。

「頑固だなあ、もう」

ため息まじりにつぶやいたのは日本語だったのだが、ニュアンスで伝わったらしい。表情があまり変わらない彼の黒い目が、わざとらしくじろっと真次を睨んだ。

「はい、おとなしくエスコートされます」

手をあげてよい子の顔を作ると、浅黒い顔に苦笑がにじんだ。なにしろ大きいから、怖いというイメージがさきに立つけれど、そういう表情をするとなかなか男前だなあと思う。

そしてふと、シエラとの会話を思いだし、スマートフォンをとりだした真次はちまちまと文章を入力したのち、変換したそれをアレッシオに見せた。

【アレッシオはパオラに好きだって言わないの?】

ストレートな文章だから、おそらくニュアンスもそのまま伝わったのだろう。彼はめずらしくうろたえた顔をし、まさかというようにかぶりを振る。そしてふと目を伏せ、彼もまたアプリで言葉を返してきた。

【パオラはゆうまが好き。まだ忘れていません】

短い文章で、あっと息を呑む。

(ばかだ。そうだよ、おれ……こんなこと)

無神経なことを言ってしまったと反省し、あわてて「Sucusi.《ごめんなさい》」と、へたくそなイタリア語で詫びる。すこしせつなそうに微笑んだアレッシオは、気にしていない、というようにかぶりを振る。

「マッグサン、ハ、ヤサシイ。ワタシ、オコッテナイ、キニシナイ」

こちらも片言で返され、とんでもないと首をすくめる。しかも真次が単語ひとつをやっと口にしただけなのに、アレッシオは一応文章になっているのもまた情けなかった。

(もうほんと、だめだめだ)

このところ、パオラも元気になり、以前ほどに裕真の思い出話をすることもなくなったのでうっかりしてしまった。しょんぼりした真次の頭を、アレッシオの大きな手がそっとたたく。やさしくされるとよけいに情けなく、ますます肩を落とせば、ん、と首をひねったアレッシオがまたなにごとかを入力した。

【ボスはまつぐさんに夢中です】

「ちょ……！」

あわてて顔をあげると、にやっとアレッシオが笑ってみせる。真っ赤になって、自分の腿《もも》より太そうな腕にパンチをいれると、真次の拳のほうが痛かった。

「コレ、デ、チャラ?」

「……変な日本語覚えてさ、なんなんだよ、もう」

むくれてすたすたと歩いていく真次のうしろから、アレッシオがひっそりと言った。

「カナシイ、ワスレルノ、ワルクナイ。ダイジダケ、ノコル、イイ」

そしてまた頭を撫でられる。子ども扱いされていると思っても、いやな気分ではなかった。

(そうだな。哀しいのは忘れても、大事な気持ちは変わらないんだ)

そうやってパオラもいつか、裕真のことを思い出にできればいい。できることならそのあとで、いま隣を歩く無骨な男のことを振り返ってくれたら、真次としては嬉しいけれど、これればかりはわからない。

「おれ、アレッシオも好きだよ」

あえて日本語で語りかける。すると大男は目をまるくしたあと、いままで見たなかでもいちばん大きな笑顔を返してくれた。

＊　＊　＊

『んん、おいしい！　このガナッシュがたまらないわ……！』

ホテル最上階ラウンジのティールームで、パオラはおいしそうにケーキを頬張《ほおば》る。アンジェロは昼寝の時間とかで、息抜きの間はベビーシッターに頼んできたそうだ。

『もう一生、これだけ食べていたい……っと、だめね、そういうことを言っては』

『口にするくらい、いいんじゃない？』

真次《まつぐ》が笑うと、だめよ、と彼女はかぶりを振った。

『アメリカのことわざよ。願いごとをするときは、よく考えてからにしなさい。本当にかなってしまうかもしれないから、って』

Be careful what you wish for. It just might come true.　両手を組みあわせ、パオラは仰仰しく言ってみせた。『そんなことわざあるんだ』と、真次は感心する。

彼女との会話は基本英語だが、最近は翻訳携帯も頼りにしていた。アレッシオとのやりとりを見られて、パオラが『わたしもほしい』と言い張ったのだ。

ときどき手を止め、お互いの画面を覗《のぞ》きこんでは奇妙な翻訳に首をかしげたりするけれど、最近ではそれも楽しい作業になっている。

チョコレートをふんだんに使ったケーキをつつきながら、パオラがほうっと息をつく。

『こういうのはアンジェロ抱っこしてると、食べられないから……わたし、悪いマンマかな』

『パオラは、いいお母さんだよ』

おためごかしでなく、本心だった。まだ若い彼女だが、真次が見る限りたいていはアンジェロといっしょにいて、楽しそうに子育てをしている。

『ありがとう。でも日本もいい国よ！　赤ちゃんつれていると、みんなやさしいの。あ、そうでなくても親切なひとは多いけど。ごはんもおいしいし、ずっといたい！』

にこにこと笑うパオラに苦労の影は見えないけれども、つい先日、シエラから聞かされた話を思いだし、胸がちくりとした。

——わたしから見ても、いま、日本にいるほうがパオラさまも楽なんだと思うわ。

いまどき未婚の母もめずらしくはないと真次は思うけれど、国に戻れば名家の出身であるパオラは、出産前後、かなりのゴシップ記事に悩まされたそうだ。

——街も歩けないくらいになって、本当につらそうで。だからこそ、裕真《ゆうま》さんに会いに行くというのを、ボスもお兄さまも止められなかったみたい。もうしばらくしてほとぼりが冷めるか……べつの相手と結婚するまで、居場所はないでしょうね。

だから、真次が別人であったと知っても彼女は帰国しないのだろうとシエラは言っていた。そう言われて、あらためて大変なことをしでかした兄に、こっそりと真次はため息をつく。けれどパオラ本人は、そうしたことをいっさい表にださないし、いつでもあかるい。それが真次にはせつなかった。

『わたし裕真がいなくなったのはとても哀《かな》しいけど、出会えたことは嬉《うれ》しいの。アンジェロをくれたから。大事にするの。わたしのおかあさまみたいに、いいマンマになるつもりよ』

『おかあさんは、やさしかったの？』

『ええ。とっても。いつもいっしょにいてくれて、やさしくしてくれて、手作りのメレンダ《おやつ》がとてもおいしかった』

仁紀《ひとき》に聞いた情報では、パオラの母親は十五年まえに亡くなったという。四、五歳ごろの記憶など真次にとってはあいまいだけれど、幼いころに母をなくしたからこそ、パオラには鮮明に残っているのかもしれないと思うとせつなかった。

ビスコッティにクロスタータ《ジャムのタルト》、スフレ、プロフィテロール《ミニシュークリーム》。パオラは目をきらきらさせて、ちいさいころ食べたスイーツを語る。彼女があまいものを大好きなのは、それが幸福な子ども時代の象徴だからだろうか。

ふわふわした、愛されるためにいるようなパオラ。いつもかたい顔をしているグイードも、彼女に対してはとてもあまい目つきをする。

『泣くと、いつもぎゅっとして、おでこにキスをしてくれた。寝るまで手を握っていてくれた。とても嬉しかった。わたしもあんなふうに、子どもにしてあげたいの』

愛されたぶんだけ、ほかの誰かを愛してあげたい。そう語るパオラはまだ若いけれど、おかあさんの顔をしていると真次は思った。

『それで、またいつか……裕真と同じくらい好きになれるひとができたらね、この子のパパになってくれたらいいなって、お兄さまは言ってくれるけど。まだ考えられない』

ちょっとだけ赤い目をするけれど、未来をあきらめない彼女も、それを見守るグイードのことも、とても好ましい。

それだけに、責任もとれず死んでしまった兄に対して、真次は複雑な気分になる。

(ちょっとコトがでかくなりすぎたよね)

病気による死は彼自身望んだものではなかった。それは純粋に哀しいことだと思うのだが、はたして生きていたとして、この事態に裕真は対応できただろうか。本気でつきあうつもりがあったなら、彼女を一年も放置するのはやはり、男としてどうなのだ。

(そのへんも深く考えてなかったんだろうなあ……悪気はなかったにしても)

複雑な心境が顔にでてしまったのだろう、パオラが心配そうに眉《まゆ》をひそめた。

『なあに?』

『あ、いや。そ、そうだ。パオラは仕事とか、どうしてるの?』

とっさにごまかすため適当なことを言うと、パオラは『いまは、マンマをやるのがお仕事』と笑った。それもそうだった、と真次が頬を掻《か》くと、照れ笑いをしながら彼女は言った。

『でも、ちょっとだけお兄さまの会社も手伝ってるの』

『えっ、そうなの？』

『ええ。最近はアンジェロ見ながらお部屋でラフ描くのがせいぜいだけど、レストランで使ってるカトラリー選んだり、内装の提案したり』

『どんなの？』

問いかけると、彼女はスマートフォンの画面を操作して、ラフの写真を見せてくれた。テーブルセッティングとディスプレイの提案らしい。パーティションで区切った客席の絵を拡大すると、クロスのうえにおかれた花やキャンドル、カトラリー類が、ラフとはいえかなりの腕前だとわかる筆致で色つきで描かれているのがわかる。

『これはバレンタインのセッティングで、こっちはクリスマス。お皿もグラスもぜんぶ違うものにしてるの。あ、あとこのワインのラベルはわたしが描いたの』

ランドルフィの領地でできたブランドワインのうち、パオラの産まれ年にできたものは、出荷時に彼女の描いたエッチングふうの絵を使ってラベリングしたそうだ。

『ちょっとどころじゃないよ。ちゃんとしたプランナーで、デザイナーじゃないか』

てっきりあまやかされたお嬢さまかと思っていたが、しっかり仕事として携わっていたらしい。感心していると、照れたように彼女は笑った。

『ありがとう。でも、うえのふたりがすごすぎるから、末っ子はいろいろ大変なの』

『ああ……まあ、わかんなくは、ない。ぼくも弟だから』

きょうだいは、最初のライバルでもある。幸いにして真次もパオラも兄らといがみあうことこそなかったが、相手がはなやかであればあるほど、コンプレックスを抱えることになる。

『裕真はほんとに、なんでもできたから。そのぶん、簡単に放りだしちゃったけど』

『自由人だったのよね。ハンサムだったし、茶目っ気があったから、ちょっといいかげんでも許せちゃうの』

ちょっとなつかしい顔をして、パオラは微笑《ほほえ》んだ。彼女が訃報《ふほう》を聞いてからもう二週間以上が経《た》つ。涙ぐみつつも笑って裕真の話を聞けるようになったことに、真次はほっとする。

グイードとはあれこれ話したが、パオラ本人には遠慮もあって、あまり突っこんだ話はできていなかった。いいことだけを語ってきたが、やはり気になる。

『パオラは……裕真のこと、恨んでないの？』

『そんなことしないわ、なぜ？』

きょとんとする彼女に、一年もほったらかされていたことはどうなのだと、真次は気まずく思いながら問いかける。パオラは『うーん』と小首をかしげた。

『連絡がなくて不安にはなったし、子どももできちゃったから混乱もしたわ。寂《さび》しくてたくさん泣いたりもした。でも、裏切られたとは思ってなかった』

『どうして？』

『真次がいちばん、わかるんじゃない？』

　ああいうひとだもの、と微笑んだパオラは、真次の兄である裕真のふらふらしたところを正しく理解していたのだろう。

『本当を言うと、結婚は無理だろうって思っていたの。避妊もね、気をつけてくれていたのよ。でも百パーセントではないから。いなくなって二カ月もして気づいて、一応知らせなきゃって思って連絡したけど、返事がないのもなんだか、裕真らしいと思ってた』

大騒動にはなるだろうけれど、シングルマザーとして生きていく覚悟はついていたという彼女に、真次は混乱した。

『でも、日本にまで捜しにきたのに？　パオラはそれでいいの？』

なんとなくなにかが嚙《か》みあわない。そう思っての問いに、パオラは苦笑いする。

『それは違うの。捜すって言ったのはジャンカルロとグイード、お兄さまたち。わたしは本当を言うと、あのひとたちが裕真になにかするんじゃないかって心配できちゃったの。真次を見つけてあわてて飛びついたのは、とにかくさきに話しておかないと、と思ったからなの。すぐにグイード兄さまがくるって言っていたから。まあ、でも……顔を見たら嬉しくて、泣いて取り乱してしまったけれど』

そうだったのか、と真次は目をまるくした。

あのとき、あまりに泣いていたパオラのインパクトが強すぎたし、グイードの話しぶりからも、てっきり彼女こそが裕真を捕まえに日本にきたのだと思っていた。そう言うと、パオラは『だからそれはあくまで、お兄さまたちの考え』と立てた指を振ってみせる。

『まえにも言ったけれど、裕真は生きていてくれれば、アンジェロをかわいがってくれたと思うの。でも、お兄さまたちが期待していたような、ちゃんとした夫になったかどうかはべつの話じゃないかしら』

恋人としては最高のひとだった。楽しくてあかるくて、魅力的で。けれど、添い遂げる未来を想像しようとしてもむずかしかったのだとパオラは言った。

『だからね、またイタリアにくるって言われても、わたし本当は……信じていなかった。それも裕真だから、しかたないって。でもいつかアンジェロに会ってくれたらいいなって』

彼女の声が震え、長い睫毛《まつげ》に雫《しずく》がたまる。真次の胸まで、苦しくなる。

(おれは、思い違いしてたのか)

若くてどこか危なっかしくも見えるパオラの予想以上の大人ぶりと、翡翠《ひすい》の目に浮かぶ、静かな諦念《ていねん》に胸を打たれた。

その瞬間、自分でもまさかと思いながら気にかかっていたことが、唐突に頭をよぎった。むしょうに、あせるような気持ちがこみあげて、真次はぐっと喉《のど》を鳴らす。気づかず、パオラは語り続けた。

『でも、まさか本当にすぐイタリアにいくために、お金貯めようとしてたなんて知らなかった……わたしに会いにきてくれようとしてたなんて。子どものこと、手紙が届かなくて教えられていなかったのに、それでも会おうとしてくれたなんて』

『パオラ、あのね』

ぎゅっと細い指を握るパオラに、真次はなんと言えばいいかわからなかった。しばしためらったあと、そっとその手に自分の手を添える。

『亡くなる直前の裕真の貯金は、二百万円くらいあったんだ。……でもね、日本からイタリアに、ただ旅行するだけなら、そんなにお金はいらない』

『……そうなの？』

おひめさまの彼女は、ふだん自分の財布からなにかを支払うということをほとんどしない。ホテル内に限っても、このティールームをはじめとするすべての施設の利用料金はグイードづけになっている。まして日本からイタリアへの渡航費用などぴんとこないのだろう。戸惑うような顔をしてみせるパオラに、真次はうなずいてみせた。

『短期間なら十回はイタリアにいける金額だよ。だからただ顔を見るだけなら、あんなに働く必要はなかった』

パオラはこの会話の着地点がわからないのか、不安そうな顔になる。

これからさきの話をするかしまいか、真次はここまできても迷っていた。推察が正しいという確信はないし、もしかしたら、もっとつらい気持ちにさせてしまうかもしれない。

それでも、もういない兄の心を、彼女に持っていてほしいと思った。

――アレッシオはパオラに好きだって言わないの？

無神経にあんなことを言ってしまったのは、胸の奥深くにしまいこんだ複雑な罪悪感から、目を逸《そ》らすためだったかもしれない。純粋にアレッシオとパオラならお似合いな気がしたのも事実だけれど、せめて彼女が幸せになるなら、兄に言い訳がたつ気がしたのだ。

でもそんなもの、ただのごまかしでしかない。

パオラのために言うべきは、次の恋をそそのかす言葉ではなく、あきらめたように笑った彼女がちゃんと思われていたと知らしめるものなのだ。

『事故があった日、ぼくは裕真の免許証と住民票を持ってたよね。それは兄の部屋にあったものだったんだ。そしてふつうなら、住民票なんかわざわざ取り寄せて持っていたりしないんだよ。必要があるから、持ってたんだ』

どういうことだろう、とパオラが目をしばたたかせる。真次は自分も涙ぐみそうなのをこらえて言った。

『その書類があった棚の横には、イタリア就労ビザの申請方法について、裕真の字でメモをとった紙が貼ってあった。見つけたときは意味がわからなかったから、適当に剝《は》がして片づけてしまったけど』

ひゅ、とパオラが息を呑《の》んだ。真次はじっと彼女の目を見てうなずく。

裕真の部屋から引きあげた荷物は、ひとまとめに実家の彼の部屋へと放りこんでおいた。

退院後、ホテルに移ることになった真次は、仁紀とともに一度だけ実家に寄った。そのついでに兄の荷物のなかで、なにかパオラに渡せるものはないかと探したところ、そのメモがでてきたのだ。そして遅まきながら、兄の真実に気づいた。

『イタリアで働くことができるように、つまり旅行よりもっと、ずっと長く、パオラのそばにいるための準備を、していたんじゃないのかな』

ぽろぽろと、翡翠の目から涙が落ちる。これは真次が感じた後悔よりもっと深く、重い気持ちの涙だ。けれど冷たい涙ではない。それは嬉しいからこそ哀しくて、とりもどせないなにかを思って流す涙だった。

『もっとはやく気づけなくて、伝えてあげられなくて、ごめんね』

パオラは無言で髪を乱すほどにかぶりを振った。そして真次の目にも涙が浮かぶ。

あのメモの意味に気づいたとき、真次は後悔した。裕真を信じきれていなかった、理解できていなかったのは、自分のほうこそだった。痛いくらいに反省し、罪悪感も持った。

——どうも確信的な言葉ではないようだが、裕真とは、あまり話さなかったのか？

グイードが怪訝《けげん》そうに問いかけてきたことを思いだす。

もっと話しておけばよかった。派手でお調子者で、女好き。そんなふうにしか思っていなかった兄の本心を、ちゃんと聞いておいたなら、いまの後悔はなかったはずなのだ。

おそらく二百万という金額は、半年で貯めたものではなかったのだろうと思う。以前からの貯金にくわえ、あれこれとモノを処分したりもしていたのだろう。ある程度の服やアクセサリーは残っていたけれど、兄の部屋は以前に比べてずっと持ちものがすくなかった。

まるで、いついなくなってもいいように……部屋の主の意思とは違う結末になってしまったけれど。

『貯金に励むまえに、連絡のひとつもないことを疑問に思わないのは、裕真らしいけどね。パオラが心変わりするとか思わなかったのかな』

泣き笑いの顔で言うと、パオラもそのとおりだとうなずいた。

『ほんとに……ばかなんだから……！　裕真はいつもそうだった。夢中になるとまわりが見えなくて、そのうち大変なことになるわよって、わたし、小言を言ったのよ……！』

なにかズレている兄のことを、ふたりで笑って、ふたりで泣いた。

裕真とは、とくべつ仲が悪くも、よくもなかった。二十代の男兄弟にありがちなお互いへ無関心な関係、そんなふうに真次はとらえていたけれど、思えば裕真のほうは歩みよろうとしてくれていたのかもしれない。

イタリア旅行の土産《みやげ》だって、わざわざ真次を訪ねてきて渡してくれたし、またいくんだと嬉しそうに語ってもいた。あのとき真次がちゃんと、話を掘り下げるなり理由を聞くなりしていれば、もっとはやくパオラのこともわかって、手紙がこないなあと暢気《のんき》に不思議がる兄をいさめられたかもしれない。

すべては仮定でしかなく、しかもとりもどせない過去だ。

『真次、わたしにそのメモをくれる？』

『相変わらず汚い字のメモを？』

『相変わらず汚い字のメモを』

目の縁をまっかにして微笑んだパオラに『今度持ってくるよ』と真次はうなずいた。

ずきずきと胸が痛くて、息が苦しい。せつなくて、でも、悪い思い出ではないのだ。

やっと本当の意味で彼のことを悼《いた》むことができたのかもしれない。

『お茶が冷めてしまったわね』

照れ隠しのように言って、パオラは涙を拭《ぬぐ》う。真次も照れくさくなり、洟《はな》をすすった。話を変えようと思ったのか、真次の顔をじっと眺めたパオラは、唐突に言った。

『真次は顔はよく似てるけど、裕真と違ってかわいらしい感じよね』

『そ、そう？』

そう、とパオラはうなずいた。そしてしみじみとため息をつく。

『しまったなあ、と思ったの。お兄さまは真次みたいなきれいな男の子、好きなのよね』

『え』

ぎくっとした真次は、微笑んだ顔のまま硬直する。

『女でも、ああいう系統の顔ばっかりだった。中身はまあ……ともかくだけど』

ところどころ携帯アプリを使っているとはいえ、ニュアンスが複雑な言葉まで翻訳できるわけもなく、勢い、会話はかなりストレートなものになる。おかげで真次は冷や汗をかいたり赤くなったりすることも多い。

だがこのときほどパオラにあせらされたことはなかった。

いまのいままでパオラへ自分の立場をどう説明されているかということを失念していた。よもやグイードも、妹にまで愛人の話をするわけがないと思いこんでいたからだ。

(いや、でも、この口ぶりは)

パオラは間違いなく、シエラたちと同じ認識で真次に相対し、そしてあっさりと受けいれている。本当にそれでいいのか!?　と叫びたくなったが、当のパオラは平然としている。

『わたし、グイード兄さまとは、顔の好みがいっしょなのよ』

『そ、そうなんだ』

『そうよ。だからずっと、裕真には会わせなかったんだもの』

ぷんとむくれてみせる彼女はまだ少女のようにも見えたけれど、その言葉にどきりとする。

『裕真は、性格もお兄さまの好みだった。気が強くてあかるくて、自己主張が強くて。いままでの相手は男でも女でも、そういうひとが多かったし』

おとなしい自分とは正反対だ。ずきりとした痛みを真次はやりすごすことに決めた。しかし微妙な顔になってしまったのだろう、パオラはあわてたように言う。

『あっ、でも真次のことはとても気にいっていると思うの。わたしも大好きよ』

『……ありがとう?』

ここで礼を言う場面かどうかわからなかったが、それ以外に言いようもなく、真次はひきつった笑いを浮かべる。

『お兄さま、最近ずっとご機嫌だし、見捨てないでね』

妹に推奨される愛人とは、いったいどういうことなのだろうと真次は遠い目になる。シエラにも似たようなことを言われたが、グイードはあれで『ご機嫌』らしい。たしかに最初のころよりは微笑む回数は増えたのだが、やはり無表情にかまえていることも多いと感じる。ただ、外国人の表情を読むのはむずかしいので、自分が勘違いしている可能性もあるが。

(いったい、いままでどんなんだったんだろ)

さりげなく訊《き》きだそうとしたけれど、『それは本人に聞いたら?』とパオラは微笑む。

『ひとつだけ言えることは、いままでお兄さまはどんな相手とつきあおうと、毎日いっしょに夕飯をとったり、自分の部屋に寝泊まりさせたことだけはなかったってこと』

『それは――』

とっさにティナの件を口走りそうになったけれど、グイードと交わした契約書の文言――ご丁寧に真次にも読めるよう、日本語だった――に、「アレッシオ以外の人間には誰であろうと秘密厳守」とあったため、釈明することもできやしない。

もごもごと口を閉ざした真次の代わりに、パオラは『わかってるわよ』とウインクした。

『けがをしているから、って言うんでしょう？　でも以前におつきあいしていた女優さんでも、そこまではしてなかったわよ』

『あ……ダニエラのこと？』

パオラはにわかに顔をくもらせた。

『彼女は本当にお気の毒だった。会ったこともあるけど、気さくでいいひとだったのに。ティナがまさか、あんなことまでするなんて、アンナベッラ伯母《おば》さまもかわいそう……』

言いながらなにかに気づいたのか、パオラははっと顔をあげた。

『そうか、もしかして真次をいっしょにいさせるのは、ティナから護《まも》るためなのね？　日本にもきたって言っていたし、わたしも気をつけるよう言われたし』

じっさいには逆で、真次こそが防波堤なのだが、それは言えない。あいまいにうなずくと、パオラは宝石のような目をさらに輝かせた。

『いやだ、お兄さま本気なのね……！　すてき！』

『え、えーっとパオラ……ぼく、男なんだけど……？』

『そんなのどうでもいいわよ。じっさい、真次のおかげで最近わたし、自由の身だし』

どういうことだと首をかしげた真次に、パオラは愚痴を言った。

『いままで、なんだかんだで監視されて身動きとれなかったの。いまもお目付役はついてるけど、以前に比べるとぜんぜんゆるいし、なによりグイード兄さまの意識が違うところにいってるのがまるわかりだから、息が楽なの。まえはあれするなこれするなって、とてもうるさかったから』

溺愛《できあい》がいきすぎたと言いたいのだろう。じっさい真次も、グイードのあのかまいっぷりには驚いている。おそらく末子長女のおひめさまをかまいつけていたぶんが、真次へといま分散しているのだ。

『愛されるのも大変だねえ』

『真次は息苦しくない？』

『ぼくは、べつに』

ぜったいの存在から見守られている気分はとても心地よかった。裕真にだけ注目が集まり、ひっそり目立たず生きてきた真次にとって、グイードのこまやかな気遣いは——たしかに面食らうことも多いけれど——嬉しいことなのだ。

『あれだけのひとが、ぼくみたいなのを相手してくれるだけでも、すごいことだし』

グイードはひどく多忙で、レストランチェーンの日本進出以外にも、企業を立て直すプロジェクトまで手がけているらしい。

むろんむずかしい話はよくわからないけれど、庶民感覚でちょこちょこと質問をはさめば「盲点だった」と返してくれたりする。

『ばかにしないで話も聞いてくれるし、あのひと見てるだけでも勉強になるよ』

洗練された立ち居振る舞い、考えかた。たぶん真次が真似《まね》できるものではないし、あんなふうになれるとはとても思えないけれど、本当に上質な人間のそばにいるだけで学ぶべきことはたくさんあるのだと知れた。

『あ、もちろん、グイードがやさしいから、だけど』

しどろもどろにそう言うと、パオラは一瞬驚いたような顔をしたあと、『んふふ』と楽しげに笑った。

『そう。じゃあ真次とはちゃんとお話してるのね、よかった』

『え、どういう……？』

訊き返しかけて、意味を悟った。いままでは要するに言葉のいらない――大人のおつきあいが大半であった、ということだ。なんとなく赤くなると、パオラは微笑ましいとでもいうように目を細める。彼女のほうが年下とはいえ、母親でもあるせいか、精神的なさばけかたは真逆のようだ。

『お兄さまってかなり束縛体質だと思うのだけど、そのわりにガールフレンドにはそっけなかったのよ。用事は一点に絞られてるって感じで。でも真次には、忙しくてもちゃんと気を遣うし、話もしているし。きっと本気なのね』

『それは……どうかな……』

なにやら大幅な誤解を生んでしまった気がする。

（それは一点に絞るべき用事が、腕のけがでできないせいだと思うんだ……）

などと言うこともできず、真次はこっそりとため息をかみ殺すだけだった。

＊　＊　＊

事故から三週間が経過し、ようやく真次のギプスがはずれた。骨折は治ったが、まだリハビリが必要とのことで、病院にも通いつつ、グイードが手配してくれた理学療法士にも手伝ってもらうことになった。

「……うーん、やっぱり筋肉はへたってますね。でもきれいに骨もついてるし、入院中から指さきのほうはこまめに動かしてらしたみたいですね。痺《しび》れもないし、これならしばらくリハビリすれば、すぐ筋肉も戻せると思いますよ」

「そうですか、よかった」

ベッドに横たわり、萎《な》えた筋肉の血流をよくするための温感マッサージを受けながら、真次はほっと息をついた。

腕の単純骨折で経過はよかったとはいえ、固定してたせいで肩や肘《ひじ》、背中までがこわばっており、また無意識にかばう動作をしたため身体が傾いてきていたそうだ。

「このまま放置すると腰痛の原因になりますし、きっちり治しましょう。あとは肩や手首のストレッチも、自分でできる方法があって——」

ホテルまで出張してきてくれた療法士の女性は、日常気をつけなければならない点や今後の施術に関して、細かい説明をしてくれた。

身体《からだ》は無理のない範囲で動かすこと、急な動作には気をつけること。

「でも基本的にはふつうに生活してくださってかまいません。ただ、まだ感覚が戻りきっていないと思うので、けがをするまえと同じつもりで動くと、ものを落としたりしますから気をつけてください。あ、それとくっついたといってもダメージを受けた場所には違いありませんし、肉が落ちてるってことは防護することもむずかしいですから、しばらくは、骨折した場所をぶつけたりしないように」

あかるくさっぱりした口調ながら、療法士という仕事に見あって世話焼きらしい女性は、そんな感じで話をしめくくった。

お世話になりました、と頭をさげてドアまで見送った真次は、マッサージ後の気だるい身体でのろのろとリビングに戻り、ソファに座る。とたん、室内のインターホンが鳴り響いた。

あわててドアへ向かうと、ワゴンを押して現れたのは祖母ほどの年齢の女性、グイードがこの部屋専属で頼んでいる清掃スタッフだった。

「失礼いたします。お片づけにまいりました」

「あ、え？　はい。よろしくお願いします」

真次の骨折した腕ではベッドまわりを片づけるのもままならなかった。きょうはとくに、リハビリのマッサージなどで器具やタオルを使ったため、施術後にくるのは聞いていた。

（でも、もう腕、動かせるんだよなあ）

今後は自分で片づけをすると言うべきなのか。けれどそれは目のまえのひとから仕事を奪うことになるのかもしれないと思うと、言いだしにくかった。

――最近、年齢のせいで身体がきかなくて。ここのお仕事は楽で助かるんです。

初日、恐縮する真次に彼女はそう言っていた。見聞きしたことをいっさい口外しないという契約の代わりに、このスイートだけという狭い範囲の清掃にしては破格の契約料が払われているそうだ。

しかし健康な男子である自分が、年配の女性に面倒をみられるのはどうも落ちつかない。判断がつかずおたおたしていると、にっこりと彼女が微笑んだ。

「おそれいりますが、こちらでおくつろぎくださいませ」

「え、あ、はい」

ホテルの制服にエプロンをつけた年配の女性に言われ、リビングに戻るといつのまにか用意されたお茶とクッキーが目のまえにおかれた。

「こちらはリハビリ後にお飲みいただくようにと先生が。お掃除はすぐに終わりますので」

「よ、よろしくお願いします」

てきぱきする女性にこの場は任せるしかあるまい。真次は頭をさげ、いい香りのする薄い色のハーブティをすする。身体をあたためる効果があるのだそうだ。

広すぎるスイートでは、別室で誰かが掃除をしていようと、ほとんど気配も感じない。はあ、とため息をついた真次は、握力アップのため、ゴムボールをぐにぐにと握る。

「筋トレちょっと大変だけど、がんばらなきゃあ……」

正直、無事にギプスがはずれてほっとした。やはり片腕の使えない生活は不便だったし、夏場とあってギプスが蒸れてかゆいことかゆいこと。思わず壁にたたきつけたくなったことは何度もあって、そういうときはグイードがギプスの端からでた部分に「気休めだが」とかゆみ止めの薬を塗ってくれたりもした。

風呂にはいるときもビニール袋を巻かなくていいし、髪を洗うのにいちいち美容院に――これまたグイードが手配してくれていた――いかなくてもいい。

けれど、いよいよ言い訳がなくなったのだと、三週間ですっかり白くなった腕を眺め、真次はごくりと喉を鳴らした。

——ギプスがとれてからのほうが本番だ。つまり真次の身体にも問題はない。

メンタル的にはかなり問題も多い気がする。とりあえずこの三週間、あまりに穏やかすぎたせいでうかうかとしてしまったが、こうして両手を動かせるようになってしまえば、グイードを止めるものはなにもないのだ。

「真次、どうした?」

「……っ」

びくんとソファのうえで飛びあがった真次は、手にしていたゴムボールを取り落とした。ぎくしゃくと振り返れば、いつの間にか部屋にはグイードがいた。

「お、おかえりなさい」

ベストにシャツ、スラックスというういでたちのグイードは、身を屈《かが》めて足下に転がったボールを拾い、真次にさしだしながらわざと目をしばたたかせる。

「もう一時間まえには戻っていたよ。真次はマッサージ中で部屋にこもっていたから、気づかなかったようだけれど」

「そっ、そうなんですか、すみません」

グイードは、「謝ることはない」というように指さきを振ってみせたのち、真次の腕を見て微笑んだ。

「ギプスは無事はずれたな。おめでとう」

「……ありがとうございます、これでだいぶ楽になります」

一瞬言葉につまった真次には気づかない様子で、グイードはそっと手首をとりあげる。右腕と見比べた彼はかすかに眉を寄せた。

「三週間とはいえ、だいぶ左右の太さが違うな」

「夏場でしたから」

ギプスをはずして間もない腕の皮膚は、グイードの親指がそっと撫でてくるだけでもくすぐったく、いちいちびくりとしてしまう。過敏な真次の反応に、彼はふっと笑った。

「なにか意識しているのかな」

声の調子が、とたんにあまくなった。真次は痺れたように感じる腕を離してほしいと思いながらも、いよいよきたのだという予感に薄い肩をすくめる。

「あの、腕、治りましたので」

「うん?」

「その、ぼくは――」

「終了いたしましたので、これで失礼いたします」

「うわっはい!」

背後からかかった声に、真次は飛びあがった。そして、手を握られたままの状況にもうろたえるけれど、グイードは離してくれない。

（び、びっくりした、びっくりしたっ）

おたおたしているうちに、穏やかな微笑を浮かべたスタッフの女性は会釈をして去っていく。グイードはと見れば、彼女のほうを見るでもない。彼にとっては、本当に使用人やスタッフというのは意識の外にいるのだなあ、と感じた。

（もしかしたら、おれもあんなふうになっていたのかも）

たとえば真次が、それこそ清掃アルバイトのスタッフとしてでもグイードと出会っていたなら、不可視の存在としてスルーされた可能性は高い。想像したとたん、はじめて彼を見たときの冷たいまなざしを思いだしてぶるりと震えた。

そして、胸が苦しいくらいに痛くなる。

「どうした？　真次」

「あ、いえ」

ここに自分がいるのは、たくさんの偶然が重なった結果でしかない。そしてなにより、与えられた役割があるからだ。

「さっきはなにを言いかけたんだ」

翡翠の目に見つめられたままやんわりとうながされ、真次はごくりと喉を鳴らした。

「あの、その……いつ、し、寝室を移れば……いいのかなと……」

ひとことつむぐたびに恥ずかしくてうなだれていった真次に、グイードはふうっと息をついた。吐息ひとつにもびくびくしていると、彼は意外なことを言った。

「まだこの手はリハビリが必要なのだろう」

「は、はい。でも一応、ふつうに日常生活を送って、気をつけて動かしながらって」

軽く腕を揺らされ、おそるおそる顔をあげる。困ったように笑うグイードはずいぶんやさしい顔をしていて、心臓が勝手に跳ねた。

――そんなに長い間、冷たいベッドに寝るつもりはない。

あの言葉を言われてから、三週間。真次としては、ギプスがはずれ次第……と覚悟を決めていたつもりだったが、「無理はしなくていい」と言われて驚いた。

「いじらしいことを言ってくれるのはいいけれどね。こんな細い腕で、体力も戻りきっていないだろう」

「いや、あの」

細いのはもともと貧弱だからで――と言いかけるけれど、三週間の間にすっかり色が違ってしまった腕に唇を落とされ、真次は息を呑んで赤くなった。

「急《せ》かすつもりはないが、はやく健康になりなさい。でないと愉《たの》しめるものも愉しめない」

「は……」

うなじまで真っ赤になって、こくこくとうなずく以外にできなかった。同時に「愉しむ」という言葉にも冷や汗がでた。

二丁目の写真のおかげで、グイードはおそらく真次が手練《てだ》れ――とまではいかないにせよ、それなりの経験豊富なタイプだと思っていることだろう。

（愉しませろとか言われても、おれ、なんにも、できません……）

やっぱりこれは虚偽の申告で契約したことになるのだろうか。いまからでも、根本の部分で事実誤認があると訴えでるほうがいいのだろうか。しかしあんな写真を見られて、信じてもらえるものだろうか？

ぐるぐると目をまわしながら考えこんでいると、グイードがそっと薄い皮膚を撫《な》でて手を離した。ほっとするような残念なような気分でいると「じゃあ着替えて」と彼は言った。

「着替え？」

「やっとギプスもとれたし、スーツも着られるだろう。お祝いの席を予約しているから」

「いつもすみません……」

恐縮しつつ、さきほどスタッフの女性が片づけた客用寝室に向かった。そしてベッドのうえにおかれたものに気づいて「えっ」と声をあげる。

リボンのかかったそれは、大ぶりの箱だ。おそらくさきほどの女性がこっそりおいていったのだろう。ちいさなカードには『真次へ』とやや右あがりのきれいな字で書かれている。

「しゃべるだけじゃなくて、書けるとか……」

どれだけグイードはマルチなのだろうと、もはや脱力しながら箱を開ける。あらわれたのは、細身のすっきりしたスーツだった。またブランドものだろうかと思いながら上着を広げ、タグの部分に目をやった真次は膝《ひざ》から崩《くず》れ落ちそうになった。

「Matsugu Shinomiya……って、オーダー……ですか……」

刺繍《ししゅう》された自分の名前にくらくらする。けれどいまさら断るわけにもいかず、着心地のよさそうなスーツを撫でた。もうこうなれば、暫定愛人としての制服だと思うしかないだろう。

「真次？　着替えにてまどるようなら――」

「自分で着られますから！」

ドアごしに声をかけてきたグイードに大あわてで答え、真次は着替えにとりかかった。

そのあと連れていかれたのは、おそらくこのホテルでも最上級のフレンチレストランだった。グイードがどうしても仕事であけられないときを除いては、毎回あちらの店、こちらの店と連れ歩かれていたけれど、この店はなかでももっともグレードが高い。

（フランス料理とか、ろくに食べたことないんだけど）

たしかカトラリーは外側から使うのだったか。聞きかじりの知識を必死に思い起こしつつ、すべて時価というメニューをひらいてしゃちほこばる真次に、グイードは微笑んだ。

「あの、マナーとかわからないんですが」

「そんなにかたくなる必要はないよ。どこであれ、おいしいものをおいしく味わえばいい」

「でも」

「では、わたしを真似て。わからないことは、料理をサーブされたときに訊いてみるのもひとつだよ」

それなら、と真次はほっとする。食前酒をだされ、ちいさなグラスに満ちたピンク色のそれを口にしながらゆったりとしたグイードの様子を見ているうちに落ちついてきた。

（相変わらず注目は浴びまくってるけど……）

グイードのように無視、どころか意識すらない、という超然とした態度はとれないものの、視線のさきがあくまで彼に集中していることに気づいてからは、だいぶ気が楽になってきた。

しみじみとあらためて思うが、本当にうつくしい男だ。金の髪に翡翠《ひすい》の目と、ただでさえ日本人の憧《あこが》れる『外国人美形』の典型という特徴をしているうえ、すべてのパーツが優雅に整い、その所作も指さきまで完璧《かんぺき》に意識が行き届いている。

そういえば裸もきれいだった……とうっかり思いだした真次は、無意味に咳《せき》払いをするふりでよぎった残像を振り払う。

（おれなんか、おまけにすらならないよなあ）

じっさいのところ、ふたりいっしょにいる姿を見られたからといって、自分を愛人だと思う人間などほとんどいないのではないだろうか。きょうの午前までは片腕を吊《つ》った状態だったし、そんな相手の面倒をこまやかにみる紳士というのは、彼自身の評価を高めこそすれ、邪推するほうがむずかしい気がする。

ギプスという目に見えるかたちのリミッターがはずれたいま、本当に自分たちはそれらしく見えているのか。はたしてこの作戦とも言えない作戦は、うまくいっているのかどうか。

「真次、わたしの話は聞こえている？　それと、前菜は崩さずに食べたほうがいい」

苦笑したグイードに言われてはっとなった。どうやら長いこと上の空だったらしく、気づくとひとくちサイズに盛られた野菜と魚介のソースあえが、無惨《むざん》なことになっていた。あわてて掬《すく》いあげ口に運ぶが、いくつかが皿のうえに落下する。

「ご、ごめんなさい……ちょっと考え事していて」

「なにか悩みでも？」

問われて、真次はしどろもどろになった。穏やかに問いかけてくるグイードだが、彼は基本的に自分の命令には逆らわせない雰囲気がある。

「えと……なんかほんとに、こんなので、っていうかぼくで、だいじょうぶなのかなと。はたから見ていても、正直介護されているようにしか、見えてなかったんじゃないかとか……」

つらつらと考えこんでいたことを打ちあけると、グイードはくだらない、と言いたげにため息をついた。

「食事相手のわたしをほったらかして、いったいなにを考えているかと思えば」

真次は首をすくめた。まるで子どもだ。マナー以前のことをしてしまった、と赤くなる。

グイードはふっと目を細めると、火照《ほて》った頰に指をふれさせてきた。びくっと震えたとたん、おかしそうに喉を震わせた。

「急かさないと言ったのだから、そんなに緊張しなくてもいいのに」

口のはしにソースがついていたらしく、彼のきれいな指がそれを拭っていく。だがこれは子ども扱いなどではなく、もっと濃いニュアンスがこめられたものだった。証拠に、唇の汚れていない部分までもグイードの指はたわめ、弾力を味わうようにゆったりと撫でてから離れていった。

(え)

グイードはじっと真次の目を見つめ、心の奥まで見透かすような視線で支配したあと、汚れた指さきを自分の口もとに運ぶと、わずかに舌を見せて舐《な》めとった。

(え、なに、これ)

心臓がざわざわする。全身の皮膚が過敏になって、小刻みに震えだす。爪《つま》さきまでじいんとなにかが走り抜ける。翡翠の目から逃げられず、紅潮した頰が戻らない。薄く口を開くと、熱っぽいため息が隙間《すきま》を吹き抜けていった。唇が乾いて、無意識に舌でなぞった真次はグイードの目がその動きを見つめていることに気づき、また動揺する。

一瞬で濃くなった性的なにおいにくらくらする。そしてグイードがなぜ、こんな不つりあいな擬装愛人にあせったふうでもないのか理解した。彼は真次をその気にさせようと思えば、視線ひとつでできる自信があったからなのだ。

「心配いらないと言っただろう。真次はわたしの言うことを聞いていなさい」

「……はい」

傲慢《ごうまん》にもほどがある言いぐさだったが、反抗心などこれっぽっちも芽生えなかった。ただ赤くなって薄い肩を縮めるしかできない。真次の姿を眺めたグイードは、ふっと唇をほころばせて「真次」と名前を呼んだ。

けれど続く言葉はなく、怪訝に思った真次が顔をあげると、彼はさきほどとは一転、ひどく冷ややかな顔をしたまま真次の背後にあるなにかをじっと見ていた。

(な、なに?)

「見ないほうがいい」

鋭いひとことにびくっとした真次は、振り返ろうとしていた身体をこわばらせる。グイードは叱《しか》りつけるような口調をちいさな声で詫《わ》びたけれど、さきほどまでのからかうような顔色はすっかりと失《う》せていた。

いったいなにが起きたのかとおろおろしていた真次は、自分の背後から高らかなヒールの音が近づいてくるのを感じ、まさかと息を呑んだ。

「いや、ティナではない。だが、同じくらい厄介《やっかい》だ」

顔色を読んだグイードが小声でささやいてくると同時に、真次の目のはしをあざやかな赤いドレスがよぎった。

彼女の胸はさほど大きいわけではないけれど、デコルテが深いラインになっているためほとんど谷間がまる見え、背中はといえばお尻《しり》のまるみが覗くぎりぎりまで布地がなく、クロスしたヒモが編み目のようにかかっているだけというきわどいデザインだ。

そのきわどいドレスを着た、人工的なほどつややかなプラチナブロンドの美女は、案の定グイードの目のまえで足を止めた。

『ひさしぶりね、グイード！』

『アリッサ、いったい――』

『会いたかったわ』

アリッサと呼ばれた彼女はグイードの言葉を遮るようにしなだれかかり、強引に口づけてきた。ひとまえだというのに舌まで使うそれは激しく情熱的で、真次はぎょっとした。

グイードは顔色ひとつ変えないまま、首にかかった腕をやんわりと、しかし抵抗をゆるさない力でほどいた。

『悪いが食事中だ。連れもいる。遠慮してくれないか』

猛烈に押しだしの強い美女に、真次は及び腰になっていた。一瞬だけ真次に視線を流したアリッサは、青い目に強烈な侮蔑《ぶべつ》をにじませたあと、完全に無視した。

『つれないのね、あんなに楽しい時間をすごしたのに』

はね除けられたというのに、懲《こ》りずにグイードの肩に腕をまわし、膝に乗りあがらんばかりの体勢をとる。完全に突っぱねるには突き飛ばす以外になく、グイードは苦々しげにため息をついた。

『わざわざ日本にまで追いかけてきたのか』

『そうでもしなければ、会ってくれないでしょう？　ねえ覚えてる？　このドレス。あなたが贈ってくれたのよ』

『そうだったか？　よく覚えていない』

唇がべったりとグロスで汚れた状態で、なのにグイードはすこしも気品を失っていない。アリッサはといえば、そんな彼を楽しそうに細めた目で見つめている。

（な、なんだこのひと）

なんとなく横顔に見覚えのある気がするが、もしかしたらグイードのゴシップ写真のうちのひとりだろうか。驚きすぎたのと、まるっきりハリウッド映画にでてくるような美男美女の恋愛駆け引きを目の当《ま》たりにして、真次は現実感のなさに唖然《あぜん》となった。

『きみとの関係はとうに終わったことだし、精算も済んでいる』

『あんなジュエリーひとつで？　納得いかないわよ』

ドレスにあわせたのだろう、これもあざやかな色をした長い爪がグイードの顎《あご》をくすぐる。

グイードはついに、彼らしからぬいささか乱暴な所作で絡まった腕を振りほどいた。

『……ほかになにがほしいんだ』

『わかってるくせに。いちいち言わせるの？　こんなところで』

英語でかわされるきわどい会話に、真次はさすがにおたつくしかなかった。どうすればいいのかわからず目をしばたたかせるだけの真次に、グイードが一瞬だけ微笑みかける。その表情はアリッサに向けるものとまるで違い、あたたかくやさしいもので、不満そうに眉をよせた彼女はグイードの顎を摑《つか》んで強引に振り向かせた。

『ジャグジーで三人で遊んだの、楽しかったわよね？』

『小切手でも切れば満足か？』

『いやね、そんな話じゃ』

むっとしたようにアリッサは口を尖《とが》らせたが、冷ややかなグイードの目に気づいたのだろう。『そうね』と微笑み、なにごとかを耳打ちする。これもわざと首をかたむけ、遠目には耳に嚙みついているようにしか見えないだろう。

要求を聞き終えたグイードは、軽く手をあげて終わりを示した。

『わかった、手配させる。だがこれ以上しつこくするなら――』

『しないわ。干されるのはいやだしね。それと一応言い訳するけど、今回はたまたま日本で仕事があったから、ついでにきてみただけよ。気のない相手を追いかけまわすほど、悪趣味じゃないの』

そこで、ちらりと真次を見る。値踏みするような目の奥には好奇心ともうひとつ、なにか読みとれない色があった。

『それにしても、あなたがオトコノコに宗旨替えしたなんて、びっくりね』

『きみに関係あるのか？』

『ないわね。でもやっぱり悔しいかしら』

だから意地悪してあげる。ささやいたあと、最後にもういちどグイードの唇へねっとりと口づけて、アリッサは楽しげに笑いながら去っていった。

したたかで強烈で、あけすけなやりとりにぽかんとしていた真次は、彼女の残り香に鼻をくすぐられてようやく我に返った。

ナプキンで汚れた口を手早く清めたグイードに、おずおずと問いかける。

「えっと、あのかたは？　女優さんとか、ですか」

「モデルだ。ごく短いつきあいがあったがあのとおりの性格で、面倒も多かったからすぐに別れた」

なるほど、とぎくしゃくうなずきながら、真次はこっそり思った。

（それにしてもみんな、アクティブだなあ……）

アリッサといいティナといい、その気はないと言っている男を追いかけるために、海外まで飛ぶなどと、真次には考えられない行動力だ。

変に感心してしまった。というより親密な様子を見せつけられ、ちくちくする胸について考えたくないあまり、他人事《ひとごと》として遠い意識のままでいるほか、なかったのだ。

「もう一年は会っていなかったはずだが、どこで嗅《か》ぎつけたんだか」

アリッサがどう面倒なのかは、真次をあからさまに見くだしてくる顔や、人目もはばからない様子を見れば一発でわかった。しかし嗅ぎつけたとは穏やかでない。

「偶然、って言ってたましたけど」

おずおず口にした真次に、グイードは「真次は素直だな」と苦笑した。その表情はさきほどまでの冷たいものではなかった。

「東京とひとくちに言っても広い。仕事できたアリッサが、わたしがいるホテルに偶然？しかもすでにきみのことを知っていたようだ。これはどういうことなんだ？」

あ、と真次は口を開けた。また彼は笑う。あてこするような台詞《せりふ》、牽制《けんせい》するようなまなざしは、たしかにライバルに対してのものだ。

「じゃ、じゃあわざと」

「狙《ねら》って邪魔しにきたんだろう。証拠に、食事もせずに退出していった。あんな格好までしてきてね」

「場合によると、ティナの差し金、とか……？」

ありえない話ではない、とうなずいたのち、グイードは「心配はいらないだろうが」と言った。確信があるのかと真次が問いかけたところ、彼はなんでもないことのように言った。

「それなりの待遇は約束したからね。条件を呑んだほうがわりがいいと思ったんだろう」

「条件……」

「それこそ、関係の終わった相手に対しての対価というやつだ」

そのドライな言いぐさに、真次はいまさらながら愛人を引き受けるなどと言ったのを後悔しはじめた。

（あんなん、おれ、無理だよ……）

ジャグジーでどうとか言うのは、おそらく複数プレイのことなのだろう。そういう大人の遊びなど、とてもではないけれど、つきあえない。

なにより、あのグイードの冷たさは見ているほうの心臓に悪かった。

（おれも、あんなふうにお払い箱にされるのかなあ）

想像しただけで、ひどく哀しくなってくる。

そのあとはあまり会話もはずまず、せっかくの食事の味もよくわからなかった。真次の様子がおかしいことに気づいたグイードも、無理に話しかけようとはせず、いままでいちばん静かな夕餉《ゆうげ》の席はお開きになった。

スイートに戻るなり、無意識に肩で息をした真次に対し、グイードは心配そうな目を向けてきた。

「せっかくお祝いをしようと思っていたのに、アリッサのせいで気分が壊れたな。悪かった」

「グイードのせいじゃないですから。……着替えてきていいですか？」

「コーヒーでも？」

「……汚すの心配だから」

数時間まえに贈られたばかりのスーツを指で示して、ぎこちなく笑う。及び腰とも言える真次の態度に、グイードが訝《いぶか》るのは当然だった。

「真次、どうした？　その服は着心地が悪かったのかな」

「いえ、そうじゃなく……」

問われて、とっさに目を逸《そ》らした。なんだか身体が重たい気がするのは、さきほどのアリッサもまたグイードに服を贈られていたと知ったからだ。

（いや、うん。あれもシエラさんが選んだのかもしれないんだけど）

急にこの〝制服〟が息苦しく感じて、とにかくすぐに脱ぎたくてたまらなかった。考えていたよりもこの役割はずっと厄介で、荷が勝ちすぎる。いまさらになって、真次は怖くなっていた。

「真次？」

「……あの、本当にぼくでいいんですか」

真っ青になっている真次に「さっきのアリッサのせいか？」と問いかけてくる。ぎくしゃくとうなずいてみせると、グイードは顔をしかめた。

「変な場面を見せて悪かったが、あれはあくまで彼女が強引に――」

「いえ、そうじゃなくて。なんていうか、その。い、いろいろ愉しんでもらうような技とかなにも、ないです。それでもいいですか？」

「……は？」

めずらしく、虚を衝《つ》かれたような顔になるグイードをちらちらとうかがい、真次は消え入りそうな声を絞りだした。

「ごめんなさい、三人で、とか、そういうのは本当に無理……」

さすがにグイードは顔をしかめた。これもめずらしく、何度かためらうように口を開閉したあとに、手のひらで顔の半分を覆う。

「あれは、相手がおもしろがってつれてきただけだ。きみにそんなことを要求する気はない」

「でも、その、し、したんですよね？」

「あちらが勝手に盛りあがっていたから、追いだすのも面倒で放っておいた。積極的に参加したわけでもない」

隠してもしかたないと思ったのだろう、グイードは認めた。つまり不参加だったわけではないのだ。なんとなく遠い目になって真次は問いかける。

「それって、ヨットのバチェラーパーティー、ですか？」

話しているうちに、はっきりと思いだした。アリッサに見覚えがあると思ったのは、あのトップレス写真で見たからだ。ものすごく胸が重苦しくなって、この不愉快さはなんだろうと思っていると、グイードがはっとしたように真次を見た。

「……あれも見たのか」

「ええ、まあ、トップレスとか、すごいなあって」

もじもじして目を逸らす真次に「そのときじゃない」と憮然《ぶぜん》としたグイードは言った。

「そ、そうなんですか？」

「過去がまっさらとは言わないが、あれはアリッサと仲間たちが悪のりして脱ぎまくっただけだ。いくらなんでも公衆の面前で破廉恥《はれんち》な真似はしない」

密室だった場合はべつということか。なんとなくうろんな目で見ると、グイードはかすかに咳払いをした。

「記事については、いちいち撤回してまわるのもばかばかしくて放っておいたが、真次が見るようなら消させよう」

　あっさりと言ったグイードに、そんなことできるのかと真次は目をまるくした。

「日本にいたきみに探し当てられるくらいなら、いずれアンジェロの目にふれることもあるだろうしね。教育上、よくはない」

　相変わらずなんとなくずれている返答だったが、ちょっとだけほっとしたような、しないような。

（でも、なあ。誤解っていうなら……）

　いまのうちに、はっきりさせておいたほうがいいこともある。なんども訴えようとして聞く耳を持ってくれなかったけれど、真次に分があるいまならば、いけるだろうか。

「あの、いまさらですけど。ぼくも誤解されてること、あります」

　そっと手をあげて発言の許諾を得ようとする真次に、グイードはうなずいた。

「どんな誤解を？」

「ぼくの、その、二丁目……ゲイタウンにいたときの写真の話ですけど、あれ、違うんです。誰ともそういう関係じゃないです」

「……ん？」

　どういうことだ、とグイードが目をしばたたかせた。

「あれはぼくの友人で、女装というか仮装が好きなのがいて……」

こうなればぜんぶ打ちあけるまでだと、真次は順を追って仁紀のこと、それから二丁目でのアルバイトのことを説明した。

信じてもらえるかどうかは微妙だったが、そこまでこなれていると思いこまれても、応《こた》えることができない。ハードな要求をされても無理だし——がっかりされるのもまた、哀しい。

「……そんなわけなので、ついでに言うと、ベッドの経験ははっきりいって、ない、です」

思いきって白状したのに、グイードはしばらく黙りこんでいた。めずらしくも唖然として、次の言葉を探せないようだった。

「誰とも？　でもきみはもう、二十一歳だろう」

ありえない、と言わんばかりの彼のリアクションに、真次は真っ赤になりながら「それでも、ないものはないんです！」と声を大きくした。ここまでくればもう、恥はかきすてだといらぬことまで暴露した。

「ついでに言えば、ろくにキスもしたことないですから。高校時代につきあってたひとと、二度しただけで、あとはふられましたし！」

それも舌をいれて押し倒そうとしてきたのを拒んだら関係が終わったのだ。言わなくてもいいことまで申告している自分がすっかりキレていることを、真次のなかにいる冷静な誰かがしらけた目で眺めていた。けれどグイードはあきれるどころか、真剣な顔でこちらの目を見つめてくる。

「それは本当なのか？　キスをしただけ？」

「こんなことで嘘《うそ》ついてもしかたないでしょう。だからほんとに、いろんなこと期待されても無理で……えっ？」

いったいなにが起きたのか、真次にはわからなかった。グイードが高い背を屈めてきたと思ったら、腰を抱かれ、背中から首筋にすっと手のひらが這《は》い、あっという間に唇があわさっていた。

（え）

整いすぎて硬質な印象があった唇は驚くくらいにやわらかく、さらりとしていた。軽くひらいたそれが、やさしくこすりつけられる。茫然《ぼうぜん》としていたせいでゆるんだままの唇はあまい圧力にひらかされる。濡《ぬ》れた粘膜がめくられるようにしてあらわれ、お互いのそれが重なり、ほんの軽く吸われるだけで密着度はさらに増した。

（なに、これ）

それは、高校生のころ経験した、不器用に押しつけあい、わけもわからず舌をいれられただけのキスとはまるで違う行為だった。やさしくついばまれるうちに唇が充血し、じんじんと痺れはじめる。どうしたらいいのかわからず、かすかにあえいだ瞬間を狙ってそろりとさしこまれた舌に、神経をじかに舐められた気がした。

「あ、ふ」

肉厚の舌がゆっくりと口腔《こうこう》へ忍んでくる。ぞくぞくして、反射的に首を反らすとさらに口がひらき、一気に押しこまれたやわらかいものが真次の内側で蠢《うごめ》いた。まるでそれ自体が独立した生き物かのように複雑に、そして的確に性感をあおる。脚が震えると、グイードの長い脚を挟みこまされる。

（あ、おなかに）

身長差のせいで、当然ながら腰の高さも違う。ベルトのバックルとは違うかたいなにかがちょうど真次のへそのあたりを押している。あからさまに欲望を知らしめ、隠そうともしないグイードの仕種《しぐさ》にまた頭が煮えそうだった。パニックに陥っている間もゆったりとしたキスは続き、グイードは真次を味わうように長く濃く舌を絡める。

「う……ちょっ、ま……っ痛い！」

どうにかして逃れようと腕をつっぱったとき、骨折したほうの腕に鋭い痛みが走った。はっとしたようにグイードはキスをほどく。

「あの、い、いきなり、こういうのは」

息があがっていて、舌がもつれた。お互いの唇が濡れて光るのが直視できず視線をうろつかせていると、グイードがそれに気づいて、長い指で唇を拭ってくる。思わずびくっとした真次は、過敏な自分に顔を赤らめて目を伏せた。

「すまなかった。けがのことを忘れていた。治ったとはいっても、まだ痛むのだろう」

「いえ……」

そう言うなら、もう指を離してほしい。口づけの余韻を惜しむように、しっとりと腫《は》れたそこをいつまでもグイードは撫でつづける。長く、爪のかたちまで整ったうつくしい指。労働を知らない支配者の手は、やさしいのに抗《あらが》えない。

「真次、いやだった？」

問われて、しばしためらう。いやではなかったし、気持ちよかった——と思う。嘘をつきたくはなくて、恥ずかしさをこらえながら横に首を振ると「では、またしても？」とささやかれた。ぞくぞくしながら、今度は縦に首を振る。

「そうか。では次のキスのときは、わたしの舌を吸ってくれると嬉しい」

ただされるがままだったことをやんわりたしなめられた気がして、真次はますます赤くなった。

「へたくそで、ごめんなさい」

「かわいらしくていい。これから覚えてくれれば」

「面倒じゃ、ないですか？」

「すれたタイプにはもう、飽き飽きしてるからね。真次は反応が素直で、充分愉しめる」

それはそれで、なにを教えられるのかと怖い。それでも、勝手に想像していたように期待はずれだと見捨てられなかったことが嬉しくて、腰にまわった手をほどこうとも思わない。

「では、もういちど」

うながされ、また口づけられた。今度は心構えがあったぶん、さきほどよりは受けいれられたと思う。ちいさな声でときどき、こうしてほしいと教えられ、舌を吸うタイミングや力かげんを覚えさせられた。

（いっぱいになる……）

やわらかいものに口腔を満たされて、こんな場所に感覚があったのかと驚かされる。そのたびびくびくと震え、無意識のまま喉声をあげていた真次は、不意に身体のバランスが崩れたことに驚いた。

「えっ？」

ふわっと足下が頼りなくなった次の瞬間、ソファに押し倒されていた。え、え、とおたつき、まさかこのままいきなりか、と身体をこわばらせる。覆い被《かぶ》さってくるグイードの顔が、天井のあかりのせいで逆光になってわかりづらい。けれど翡翠の目だけが強い光を放っていて、縫い止められたように動けなかった。

（まって、……こわい）

怯《おび》える真次の心中は、顔に表れてしまったのだろう。そっと髪を撫で、「安心しなさい、急がないから」とグイードは言った。ほっと息をついた真次に「ただし」と彼は言い添える。

「きみが自分から望んでくれれば、いつでも」

真っ赤になった真次は「まだ遠そうです」とうめくように言うのが精一杯だ。

「無理強《じ》いはしない。積極的に参加してくれるのを期待するよ」

「が……がんばります……」

「でも、わたしのキスには慣れなさい。舌にも、ね」

うなずくと、頬に手を添えて顎をあげさせられた。うえからのしかかられての口づけは、立ったままするそれと違ってもっとなまなましい。すこしずつ体重をかけてくるグイードの腰にあるものを意識させられるせいかもしれない。たぶんこれはわざとだ。真次が彼にとってセックスをする対象であることを、言葉でなく教えこもうとしている。

「……いつかこんなふうに、きみのなかにはいりたい」

淫《みだ》らなキスで翻弄《ほんろう》される合間、わずかな息継ぎの時間をくれたグイードは言った。目をまわす真次が答えられずにいると、耳たぶを長い指でいじりながらまた口づけられる。

「ん、ん、んんん……っ」

貴族の血を引く男のキスは、優雅なたたずまいに比べて獰猛《どうもう》といってもいいほどだった。舐められ、かじられるこの唇が、もう自分のものではないような気がする。ふれたはしからグイードのものになって、彼に染められていってしまう。

覚悟はついていないくせに、不安なくせに、食べられることについての嫌悪はまるでない自分はおそらく、近いうちに陥落させられるだろう。

怖くて怖くて、どきどきする。真次は左右の太さが違う腕を、そっと広い背中にまわした。

＊　＊　＊

それから危惧《きぐ》していたティナの来襲はなく、真次も次第にホテルを根城とする生活に慣れはじめていたころ、月が変わり、八月になった。

大学は夏休みに突入したため午前シフトのアルバイトから戻った真次がスイートルームのリビングに足を踏みいれると、めずらしくソファで居眠りをしているグイードがいた。

部屋着のカットソーとやわらかそうな布地のボトムを身に纏《まと》い、足下は裸足《はだし》。軽く足首を組みあわせるようにしてソファの肘掛けに載せ、頭のしたには反対の肘掛けとの間にクッションを挟んでいる。

（このでかいソファでも、このひとには狭いのか）

見あげるほど長身の男性が寝転がっていると、印象として〝長い〟という言葉になるのだなあ、と真次はソファから飛び出た長い脚を眺めてしみじみする。

そしてはたと、本日も送迎をつとめてくれたアレッシオを振り返った。

「アレッシオ、グイード、仕事は？」

ごく短い単語での会話なら慣れてきたらしい彼に問うと、「ボス、ヤスミ」という返事があった。めずらしい、と目をまるくする真次に彼は指を立てて、静かに、というジェスチャーをする。

「わかった、静かにするね。ありがとう」

こくりとうなずいたアレッシオは、同じ階にある自分の居室へと向かう。勤勉な彼の部屋はエレベーターのすぐ脇《わき》にあり、ボディガードの部下と交代でこのフロアへ訪れる人間をカメラで撮影し、モニターチェックを二十四時間おこなっているそうだ。

ドアまで見送った真次はグイードのもとに戻った。ソファの脇にちょこんと腰かけ、見飽きない美貌《びぼう》を、相手が眠っているのをいいことにじっくりと眺めて堪能する。

いつもきっちりと整えている前髪が乱れ、かたちのいい眉にかかっている。寝顔はふだんよりもいくぶんゆるんでいたが、疲れているようにも思えた。

(まあ、疲れるよね)

ここ数日は会食が続いたとかで、グイードは夕飯どきにも顔をあわせることはなかった。おかげで会話もなく、ちょっと寂しいと思っている自分を否定できない。

かといって、顔をあわせたらあわせたで、取り乱しては笑われる羽目になる。

――真次は本当に、うぶだったんだな。

耳をくすぐりながらささやかれた言葉を思いだし、ちいさく震えたとたん、目のまえで横たわる男の喉から「くくく」という声がした。

「……そんなに見つめられると穴が空きそうだ」

「！　ご、ごめんなさいっ」

目を閉じていたグイードが、くすくすと笑いながら身を起こす。乱れた前髪をかき上げる仕種も、Ｖ字の襟もとから覗いた鎖骨もやけに色っぽく、文字通り真次は飛びあがり、勢いでしりもちをついてしまった。

「そのうちキスでもしてくれるのかと思って待っていたんだが」

「や、無理ですほんと……」

しおしおと床にへたりこんだまま言うと、裸足の足を床につけたグイードがちょいちょいと指さきを動かした。「おいで」の合図に逆らえず、真次はおずおずと這うようにして近づく。

「おかえり、真次」

「……ただいま、です」

子どもにするように、腋《わき》に手をいれて身体を持ちあげられ、膝に載せられる。そのまま当然のように唇を寄せられ、真次はぎゅっと目を閉じた。

「ん……っ」

緊張しながらキスを受けると、軽くついばんだあとですぐに離れる。

キスひとつで世界が変わる、などとどこぞの恋愛映画か漫画のキャッチコピーのようだけれども、真次にとってはそうとしか言いようがなかった。

グイードはいちど解禁になったらあとはOKととらえたのか、いままでのなにもなさが嘘のように、ちょいちょいと手をだしてくるようになった。おかげで毎日そわそわするけれど、相変わらず寝室もべつのままだ。

けれどなにより真次をあたふたさせるのは、フィジカルな接触だけではない。

「きょうも無事に、なにごともなく？」

「はい、アルバイトして、アレッシオに送ってもらって」

ならいい、とうなずくグイードの目が、キスをしたあの日からとんでもなくあまい。隙あらば抱きしめられるし、こうして膝に載せられるのも、恥ずかしいからと何度拒んでもやめてくれない。

「あの、グイード？　離してくれませんか？」

「いやだと言ったら？」

「……ごはんが作れません」

子どものような脅し文句を言うと、「それは大変だ」とおおげさな顔をしてみせながら腰にまわった腕がほどかれる。

「きょうの献立は？」

「鶏とねぎを塩焼きにして、みょうがと茄子《なす》を塩もみにしたものと、あおさのおみそ汁。あと肉じゃがです」

いいかな、と上目遣いに見たグイードは「おいしそうだ」と微笑んだ。

「じゃ、待っててください」

ほっとしながらキッチンスペースに向かう。最新鋭のＩＨグリルの脇に置いた炊飯器では、帰宅時間にあわせてタイマーをセットしておいた白米が炊けていた。きちんとたたまれているエプロンを腰に巻き、冷蔵庫の中身を確認すると、夕食の準備にとりかかる。

（けっこう食べるからなあ。いっぱい作らないと）

真次ひとりであれば、一汁一菜で充分なのだが、グイードはかなりの量をこなす。すらりとして見えるのは縦に長いせいで、日本人の薄っぺらい体格とはやはり筋肉の厚みや骨格から違う。

しみじみとそれを実感したのは、あの広い胸に抱きしめられ、背中に腕をまわしたときのことだったけれど――。

（雑念、いらない）

うっかりまた頬が火照りそうな記憶を振り払い、真次は野菜を丁寧に洗った。

真次がこの部屋で料理をするようになったのは、アリッサとの遭遇直後から、この二週間ほどのことだった。

毎度毎度高級レストランのフルコースは、ごくつつましい生活を送ってきた真次には、いささか気後れするし、本音を言うと、洋食メインの食事はそろそろ胃が重たかったのだ。

ひとり暮らしは高校卒業後からまる二年、たいしたものではないけれど、それなりに料理はできる。猛烈に、焼き魚とみそ汁――それも高級料亭のものではなく、ふつうの「ごはん」が食べたくてたまらなくなった真次は、おずおずと提案した。

「よかったら、キッチン、使わせてもらいたいんですけど……」

グイードは「なんでもきみの好きなようにしなさい」とあっさり了解してくれた。

「わたしも食事につきあえないこともあるし、ひとりが楽なこともあるだろう。もちろん、外に食べにいきたければそうしたらいい」

寛大な言葉で許可を得て、真次はほっとした。

その翌日、グイードがいない間に真次はいそいそと料理をした。豆腐と椎茸《しいたけ》のみそ汁に、ほうれんそうのゴマあえと鮭《さけ》の塩焼き。ごはんも炊ける万能鍋があったので、それで炊いた。和食器のたぐいは、これも気の利くシエラが用意してくれたので、部屋にもともとあったブランド洋食器に盛りつける事態だけは避けられた。

みそ汁をすすり、ひさびさの「ごはん」にひとり満足していたところ、はやめに仕事を終えたグイードが帰ってきてしまってあわてた。

「それは、真次が作ったのか？」

「え、はい……あの、よかったら召しあがりますか？」

超がつきそうな豪華な部屋に似合わない食事をじっと見つめたグイードに、なんとなく問いかけたところ、うなずかれたので驚いた。

やはり、ひとりで食べるのは味気なく、いっしょに食べられるのは単純に嬉しかったのだが、ダイニングテーブルで向かいあったグイードに、しみじみと真次はつぶやいた。

「……中華でも使ってましたけど、お箸《はし》、じょうずに使うんですね」

「日本にくるまえに、徹底的に練習したからね」

取引先と料亭などでビジネスディナーをとることもあるため、マナーについても完璧《かんぺき》に覚えたのだそうだ。このホテルにも和食の店はあったが、半個室タイプの内装のため、ティナに見せつけるという目的には適さないからと、はずされていた。おかげで和食を食べるグイードの姿を、真次は見たことがなかったのだ。

「外食産業に携わっていて、進出するさきの国の文化や食事を知らないわけにはいかないだろう。……それがわかっていたのに、真次には配慮が足りなかった。どこにつれていってもおいしそうにしていたから」

「いえ、ほんとにおいしかったんです！　それに、ちゃんと理由があったわけだし」

そもそも外で食事をするのは、おそらくティナがつけているだろう情報屋か調査員に見せつけるためであって、真次の胃袋を満たすためではない。

「わがまま言うつもりはなかったんですけど」

「そういうのはわがままとは言わない。シエラに、フルコースは日本人には食事が重たいと言われたし、無理のない範囲でつきあってくれればいい」

「あ、はい」

「それから、その」

こほん、とグイードは咳払いをした。

「もうすこしいただいてもいいだろうか」

「はい！」

鍋《なべ》で炊いたため、おこげのついたごはんはグイードに好評だったらしい。多めに炊いて翌日のお弁当にしようと思っていたぶんまで彼が食べてしまったのには驚いたが、「おいしかった」と言われて真次は有頂天だった。


それ以後、なんとなく毎日夕飯を作るようになった。食材に関しては、さすがにスーパーの袋を抱えてホテルに戻るのは場違いすぎたので、シエラに頼んで届けてもらっている。

支払いは彼女曰《いわ》くボスなので、野菜や魚の切り身ひとつとっても最高級品であるのは間違いないが、極力控えめな価格のモノにしてくれ、とこっそりお願いした。

（まさか、あの舌の肥えているグイードを相手に、ごはん係になるとは思わなかったけど）

グイードは案外、真次の料理が気にいってくれたようで、仕事を引きあげて食事をし、またオフィスに戻っていくこともあった。

しかしここ数日はそんな時間すらとれないほど忙しかったようで、そのうち弁当でも差しいれしようか、だが会食などの都合もあるだろうし——と、なにもできずにいたのだ。

（でも、いいのかなあ）

気を張る食事をしなくていいのは、正直助かる。しかし、本来の目的がすっかり置き去りにされてはいないかと、真次はひそかに気にしていた。

「あの、ティナさんに見せつけるのはいいんですか？」

だがそれに対するグイードの答えは、拍子抜けするようなものだった。

「最初のころ、さんざんつれまわしたし、もう情報は伝わっていると思う」

「そう……なんですか？」

本当に大丈夫だろうかと案じる真次をよそに、肉じゃがをつついてグイードが言う。

「しかし、この煮物はなんだか、シチューの具と似ているな」

こんにゃくをいれるパターンもあるようだけれど、真次の家の肉じゃがは、ジャガイモに牛肉、ニンジンとタマネギというシンプルなものだ。

「あ、じつはそれがもとだって説もあります。明治時代に、海軍大将の東郷平八郎がイギリスに留学していたとき食べたシチューを再現させようとしたんだけど、料理人は当然、見たことも食べたこともなくて、材料だけ同じにして作りあげたんだとか」

ただし、当時すでにシチューと作りかたの似たハヤシライスなどのメニューも洋食屋にあったとされ、単に牛鍋をアレンジしたのではないか、という説もあると真次は語った。

「なるほど。だがその海軍大将が無茶を言った、という話のほうがおもしろいな」

「本当のことより、そっちのほうが楽しいですしね」

「なんでも真実であればいい、というものではないだろう。夢があるほうがいい」

いかにも現実主義者っぽく見えるのに、グイードはそんなふうに言って微笑んだ。ふわりとなごんだ表情に、真次はどぎまぎする。

「ごちそうさま。おいしかった」

「おそまつさまでした」

丁寧に手をあわせて頭をさげるグイードに対し、淹《い》れたばかりのお茶をだしながら無意識の返しを口にしたあと真次ははっと息を呑んだ。

「どうした?」

日本茶をすすっていたグイードが、その手を止める。真次の目は赤くなっていた。

「……いえ、母の口癖だったんです。おそまつさまでした、って」

意味もろくにわからないまま、覚えてしまっていた言葉。怒濤《どとう》の日々だったせいもあって、もうだいぶ哀しみもやわらいだけれど、こういうときに喪失感は襲ってくる。

「ときどきね。ときどきなんですけど。おいしいもの食べたりすると、あ、母さんに教えてあげようって、思っちゃうんですよ。それから、料理しながら分量わからなくなると、まえみたいにうっかり電話しようとしちゃって……もう、いないのに」

携帯にはいっている母のアドレスと番号は、まだ削除できていない。家族の全員ぶんを解約もしたし、メールを送ってももう届かないことは頭でわかっているのに。

うつむいた真次の隣に腰かけ、グイードが肩を抱き、頭を撫でてくれる。

「すこしずつ、いないことにも慣れていくから」

「……はい」

「真次はひとりじゃない」

広い胸にもたれて、ほっと息をつく。なんども真次はうなずいた。そして、まずいなあと思う。最近すっかり、グイードにあまやかされることに慣れてきている。

「本当に、兄が迷惑をかけてしまったけど、アンジェロがいてくれてぼくは、嬉しかったんです」

「うん」

「ひとりじゃないなって。パオラにも、あなたにも会えた。シエラもいいひとだし、アレッシオも……ちょっと怖いけどやさしいいし」

先日の一幕を思いだし、くすりと真次は笑う。シエラに頼んで届けられた食材や和食器をこの部屋まで運んでくれたのはアレッシオだった。相変わらず日本語も勉強しているようで、段ボールを抱えたまま「真次サン、コレハドコニ置キマスカ」と訊かれたときには、驚いた。以前より発音もうまくなっていて、すごいすごいと褒めたはいいが指示を忘れて、強面《こわもて》の彼を困らせてしまった。

ただ、そのとき隣にいたジュリアスが、せせら笑うような顔をしたのだけは、ひどく気になった。

（あのひと、なんとなくいつも感じ悪いんだよなあ）

グイードのスタッフの間では〝真次係〟はシエラに決定してしまったようで、こまごました連絡や頼み事の大半は彼女に任せているし、勢い会話も多い。だがごくたまにシエラの手が空かないときなど、ジュリアスが代わりに訪れることもあるのだが、大抵は不機嫌な顔を隠しもしないし、用件以外は口もききたくない、というのがあからさまだ。

——ボスもどうかしてる。こんなやつに。

先日などはそう吐き捨てられて、目を瞠《みは》った。聞き間違いではないと思うが、真次は誰にも言わなかった。上司が面倒をみている男の愛人のために、仕事の手を止めろと言われたら、あんな反応になるのもわかるからだ。

まったく傷つかないわけではないが、すべての事情を打ちあけられない以上、しかたない。

ふっとため息をついたとたん、グイードが心配そうに名前を呼んだ。

「真次？　なにかあるのか？」

「あ、ううん。なんでもないです。おなかいっぱいで、ぼうっとしただけ」

だいじょうぶ、ありがとう。わずかに潤《うる》んだ目で彼を見あげると、深いグリーンの目にぶつかった。ふだんは翡翠色のそれが、濃い森のような色に変わっている。

（あ）

くる、と思ったときにはもう、唇がふさがれていた。一瞬で息を呑んだ真次の背中をさすり、ぴったりくる角度を探すように強く押しつけられる。食事のまえにしたような、やさしい挨拶《あいさつ》のそれではなく、舌でもてあそばれる淫靡《いんび》な口づけ。

あれから毎日キスをするようになり、口づけはだいぶ上達した、と思う。

そして——快楽も、たしかにすこしずつ植えつけられている。

といってもきわどいものではない。胸をさすられたり、腰から脚までをやわらかく撫でつけられたり、そういうソフトなふれかただった。

「……ん、あ」

そっと、こわばりはじめた乳首にグイードの指がふれる。はじめは大きな手で身体を抱きしめるついでに、偶然親指があたったような感じだった。けれどその指は、真次にそこを意識させるためだけにじっととどまり、気づいたのちにかすかな硬度を持ちはじめたとたん、かすめるような動きに変わった。

（あ、あ、やだ）

シャツごしに、なんども親指が往復する。薄い乳暈《にゅううん》のあたりを爪で引っ掻き、ほんのわずかな突起の段差をはじく。いたずらをするような手つきはいやらしいというよりもくすぐっているかのような雰囲気で、なのに口のなかいっぱいに彼の舌を食べさせられ、こちらの舌も食べられている。

ねっとりしたキスと、ふれるだけの愛撫《あいぶ》。無理強いもされなければ要求もない。けれど、日に日にまるでじらされているような気分がたかまり、キスが終わったあとに離れられず抱きついている時間は長くなっていく。

「キスがじょうずになった」

「そ……ですか？」

キスのあと、頬を撫でられて褒められるのも、恥ずかしいけれど嬉しかった。以前よりもグイードの表情がやわらかくなって、あの待ち受けの写真に近づいていく。

濡れた唇を、かわいい音を立ててなんどもついばまれる。胸のうえにある指はじっとそのままで、疼《うず》きだけが激しくなる。

いっそ、爪を立ててくれてもいい。きつくつまんだっていい。微妙な距離のある長い脚の間にあるものを、もっと押しつけてくれたら——震えてしまう腰の肉を摑んで、引き寄せて

くれたら。

想像だけでぶるっと震えると「寒いのか」とグイードが問う。違うともそうだとも言えないまま、抱擁《ほうよう》はほどかれた。

「シャワーを浴びておいで」

「……はい」

「ちゃんと、きれいにするんだよ」

やさしくうながされ、渋々と浴室に向かった。

服を脱ぎながら姿見が目にはいり、真次は赤くなる。

「うあ、もう……」

中途半端にたかぶったそこは、恥ずかしいくらいに濡れていて、下着の色が変わっていた。鏡のなかにいる自分の顔は上気して、とろけきっている。こんな顔をしているのに、どうしてグイードはこれ以上をしかけてこないのだろうか。

(どうして、とか訊けないし)

シャワーをひねって、頭からお湯をかぶる。わずかなぬるつきはその水圧で流れていったけれど、もどかしく火照った身体はしばらくおさまりそうになかった。

「……どうしたらいいんだろ」

ちいさくぼやいて、真次はシャワー室の壁に額《ひたい》をこつんとあてた。耳によみがえるのは、あの日グイードが言った言葉だ。

——無理強いはしない。積極的に参加してくれるのを期待するよ。

じらされてばかりいるうちに、あの言葉の真意を確信した。つまりあれは、真次から求めない限り、次のステップにはいかないということなのだ。

——ちゃんと、きれいにするんだよ。

からかうような声の含みを、もう真次は知っている。いずれ本当に手に入れると言われたとき、はっきりと「きみのなかにはいりたい」と言われてもいたし、そうできるようにしてくれと、これは要求されていた。

——未経験とはいえ、まるでなにも知らないわけではないだろう? アルバイトしていた場所も、場所なのだし。

よほど二丁目でのバイトがお気に召さなかったのか、それとも誤解させられていたことが気にいらないのか、そんなふうにちょっとだけ当てこすられもした。それでも反論できず、知ってます、と赤くなるのが真次にとっては関の山だった。

(そりゃ、知識くらいはあったけど、……さわったこともあったけど)

ごく拙《つたな》い、好奇心を満たすための行為と、なまなましく誰かのために身体を整えるのはわけが違う。でもまったくなにも知らないよりはよかったのかと思いながら、意識的に身を清める自分を肯定する。

（だって、愛人、だし……おれも、したいし。……でも、どうしたらいいのかな）

もうあとすこし、なにかきっかけさえあれば踏み切れるかもしれない。けれどそれは、どんなかたちをして、どんなものなのだろうか。

「なんでもいいから、どうにか……」

力なくつぶやいた真次は、なぜか走った悪寒《おかん》にぶるりと震える。

——Be careful what you wish for.《願いごとをするときは、よく考えて。》 It just might come true.《本当にかなってしまうかもしれないから》

パオラの言葉を思いだし、真次は顔を歪《ゆが》める。そしてあわてて、ぶるぶると濡れた前髪が額をたたくほどに首を振った。

「とんでもないことだったりするかもじゃん。変なこと考えるのやめよ」

自分に言い聞かせるよう、わざとあかるい声で言い放った真次は、頭にこびりついた考えを洗い落とすようにシャンプーをつけた髪を荒くかき混ぜた。

ことわざというものは、案外侮れないものだと真次が思い知るのは、それから二日後のことだった。

＊　　＊　　＊

その日真次はアルバイトを終え、いつものようにアレッシオの車でホテルへと戻った。これも毎度のごとく部屋のなかまで送ってくれようとしていたアレッシオだが、スイートルームのあるフロアに到着するなり、彼の携帯が鳴り響く。いいか、と目顔で問う彼にうなずくと、アレッシオは通話をオンにした。

「Pront《もしもし》……Julius?」

怪訝そうな声のアレッシオが呼んだのは、ジュリアスの名前だった。シエラ曰く、あちらもアレッシオをきらいだそうだが、彼もまたジュリアスをあまり好いてはいないようで、基本的に感情の乱れないアレッシオにしてはめずらしく、いやそうな顔をしてみせる。そして送話口を真次から隠すようにして、小声で叱責《しっせき》をはじめた。

（なんかあったかな？）

なにやら早口にまくしたてているアレッシオは、あきらかに揉《も》めているようだ。しかも真次には、言葉がわからないとはいえ聞かせたくない話らしい。相手がジュリアスだという点でもちょっと内容の想像がつき、真次はいつもアレッシオが着ている黒いスーツの裾《すそ》をつんつんと引っぱった。

「さきに、部屋に行ってる」

ジェスチャーつきで、数メートルさきにあるだけのスイートルームのドアを示す。アレッシオは難色を示すように顔をしかめたが、電話から伝わってきた罵倒《ばとう》じみた声に、またもや小声で怒鳴り返した。かなり余裕のない様子に、苦笑した真次はかぶりを振ってみせる。

「ちょっとだから平気。A dopo!《あとでね》」

電話と真次の応対に困った様子で、アレッシオは『すぐにいく』というようなジェスチャーをしてみせる。うなずいて、真次はポケットからカードキーをとりだした。

「……ん？」

まず違和感があったのは、ドアだ。鍵《かぎ》をスキャナーにくぐらせようとして、すでに解錠されていることを示す赤いランプが点灯していることに気づく。はっとしてノブを見ると、ドンディス・カードが裏返しになり『MAKE UP MY ROOM』の文字が表示されていた。

（おかしいな、こんなのだしていってないはずなのに）

しかし、もしかしたら自分よりあとにグイードがきて指示をだしていったのかもしれない。

本当に清掃業者が作業中なのかも、と迷いながら、真次はそっとドアを開く。

（え）

そして、あろうことか部屋のなかに闖入《ちんにゅう》者の姿を発見した。先日グイードが居眠りをしていたソファには、ミニスカートからすらりと伸びた脚を高く組み、テレビを見ながら悠々とくつろいでいる女性がいる。その横にはなにか、布のようなものが山盛りになっていて、真次はいやな予感を覚えた。

「Un cappuccino.Caldo per favore.《熱いカプチーノを一杯ちょうだい》」

「……は？」

唐突に、こちらを振り向きもせず言われた言葉の意味はわからなかった。けれどカプチーノ、という単語と、横柄に顎をしゃくった態度で、おそらくコーヒーを淹れろとでも言われたのが理解できた。

『ぼくはイタリア語はわかりません。いったい、どなたですか』

真次はかつてパオラに言った言葉を口にしたのち、警戒しながら問いかける。すると、ようやく振り返った彼女も英語に切り替えて鼻で笑った。

『あなたがマッグ？』

うなずいて肯定すると、あざやかに赤い色の唇を、ひどくいやなかたちに歪めた。表情のせいかあまり美人に見えないけれど、ひとを見くだすようなまなざしと態度、なにより写真で見た特徴にそっくりな彼女が誰なのか、すぐにわかった。

『あなたは、クリスティーナさんですね』

『気やすく名前を呼ばないでよ、オカマ野郎』

いきなりの罵倒に、真次は面食らう。啞然として立ちつくしていると、彼女はすっくと立ちあがる。長身のティナは、ヒールのせいもあって真次より背が高いくらいだった。

『サルが勝手にしゃべるんじゃないわよ』

そしてずかずかと歩いてきたかと思えば――いきなり、真次の頬をばちんと張った。

「い……っ」

『なんなのよいったい。どういうつもりなの、あの部屋はなに⁉　これはなんなの！』

ソファのうえにあった布を、ティナは床へとたたきつけた。それは真次がグイードに仕立ててもらったスーツで、ハサミをいれられぼろぼろにされている。

『いったいなんですか、これは』

『見てわからないの？　やっぱり低脳ね』

青ざめる真次のまえで、ティナはスーツだったものを踏みにじる。ヒールの底に蹴散《けち》らされ、いっそう哀れになるそれをじっと見ていると、彼女は興奮したようにせせら笑った。

『ああいやだ、こんなやつのきょうだいに、ランドルフィの血が穢《けが》されたなんて！』

『……なに？』

『パオラを孕《はら》ませたの、あんたの兄貴なんでしょう？　あの子もばかよね、外国人の、それもあんな貧乏くさい男にだまされて！』

続いた侮辱発言に、真次はしばし茫然《ぼうぜん》となった。

（なんなんだ、このひと）

会うなりの暴力と罵倒、ひとの服を探し出して切り刻むなど、常軌を逸している。もしかすると酔っぱらっているのか、それともなにかの病気だろうか――あまりのことに怒るよりも茫然としていた真次だったが、次の言葉で感情の沸点が振り切れた。

『アジアの小猿の子なんて、イタリア社交界では誰も認めないっていうのに。さっさと始末すればよかったのよ』

嘲笑《ちょうしょう》まじりに、ティナは言う。未婚の母、非嫡出の子、恥知らず――なかには母国語もまじって聞きとれない言葉もあったけれど、わかる範囲だけでもすさまじい暴言だった。

「……なんなんだ、あんた」

低くうなるように漏らした言葉は、日本語だった。

自分のことは、いい。兄の裕真についても言われてしかたない部分はある。けれどパオラやアンジェロを心ない言葉で貶《おとし》める権利は、彼女にはない。

なるほど、こんな相手であればたしかに、グイードも無茶をしようと思うわけだ。

ぎりぎりと歯を食いしばり、真次はティナを睨《にら》みつけたあと、自分が知る限りの単語を駆使して言った。

『あなた、頭おかしいんですか』

『なんですって⁉』

ぎっと睨みつけてくるティナに怯むことなく『だってそうとしか思えません』と真次は言いきる。

『すくなくとも、ひとの部屋に無断で侵入したうえ、こんなことまでするのは犯罪者でしょう。そんなひとに、大事なパオラとアンジェロのこと、あれこれ言われたくありません』

『はあ⁉　なによ生意気に！』

左肩を強く突き飛ばされる。とっさのことによろめくと、背後にあったサイドテーブルにぶつかった腕が、ひどく痛んだ。

「いっ……」

反射的に腕を押さえると、一瞬目をまるくしたティナはにやりと表情を変え、長く鋭い爪を左腕に食いこませてきた。

「うあっ、あ……！」

『あら、意外にいい声じゃない。サルのくせに』

振り払おうにも、治りかけの腕の痛みに身をよじるのが精一杯だった。本気で殴るか蹴り飛ばすなりすれば逃げられるだろうが、さすがに女性相手では——と躊躇《ちゅうちょ》した真次は、さらに腕をねじられ悲鳴をあげた。

「……っあぁあああ！」

「真次！」

次の瞬間、グイードとアレッシオが部屋へと飛びこんできた。アレッシオがティナの肩を摑んで引き剝がし、真次はグイードに抱きしめられ、痛みに震えながら息を切らした。

「大丈夫か、真次」

「……っ、はい」

脂汗をかきながら、なんとかうなずく。耳障りなティナの罵声が部屋中に響きわたり、アレッシオもまた応戦する。

「Lasciami stare!《邪魔しないで》 Non mi toccare!《さわらないでよ》」

「Che ci fai qui!?《ここでなにをしてる》」

「E a te che te ne importa!?《あんたに関係ないでしょ》 Lasciami in pace!《ほっといてよ》」

意味のわからない外国語で怒鳴りあいをされ、頭上を行き交う言葉はまるで弾丸のようだ。なによりぞっとするのは、ティナが罵倒するのはアレッシオに対してで、グイードがどれほど冷たく睨みつけようと、あからさまに媚《こ》びを売るような声で話しかけてくることだ。

「Sono felice di vederti,《会えて嬉しいわ》 Guido《グイード》…… Mi sentivo sola《さみしかったわ》……」

「Non volevo incontrarti《わたしは会いたくなかったし》 e non sono felice di vederti.《嬉しくもない》」

長い睫毛をしばたたかせるティナに対し、グイードはなにごとかを冷たく吐き捨てる。その後は彼女がどれだけあまったるい声を発しても、唇を引き結び、ひとことも応えなかった。

まるでティナがその場にいないかのようにふるまっている。それでも彼女はめげず、長い睫毛をしばたたかせ、にっこりと笑ってみせる。そしてアレッシオを振り返ってはまた罵倒し……まるでふたりのティナがいるかのようで、気持ちが悪かった。

（なんだよ、これ。怖い……）

身を縮めた真次はいっそ耳をふさぎたいと思うが、グイードが腕ごと抱きしめているからそれもできない。

「Boss, penso che Matsugu non si sente bene.《ボス、真次の具合が悪そうだ》」

真次の怯えに気づいたのは、ふたりがののしりあう間、顔に血管を浮かべながらティナの身柄を拘束していたアレッシオだった。らしからぬことに、舌打ちまでしたグイードが、つれていけ、と顎をしゃくる。息を荒らげたティナはアレッシオに拘束されたまま暴れ、部屋の防音ドアが閉まるまで延々と罵倒していた。

ヒステリックな声が聞こえなくなって、真次はほっと息をつく。安堵《あんど》したのは、グイードも同じようだった。

「……真次がイタリア語をわからなくてよかった」

ぼそりと零《こぼ》したあたり、そうとうなことを言っていたのだろう。ひきつり笑いを浮かべ、真次は小声で答えた。

「まあ、たぶん、英語でも似たようなことは言われたと思いますが」

「あの女は、ちいさいころに口を石鹸《せっけん》ですすがれなかったんだ」

それこそ罰当たりな言葉をいくつか吐いて、グイードは真次の左腕をさすり、抱きかかえたままソファへと座らせる。

「見せてごらん」

「だ、だいじょうぶです。摑まれただけで」

グイードが問答無用でシャツをまくりあげると、彼女の長い指のあとがくっきりと残っていた。一部はすでに青黒くなり、爪があたった場所には血がにじんでいる。

痛ましげに顔を歪めた彼は、またいくつか罵声のスラングを口にしたのち、真次の痺れたような手の甲をとってなんども唇を押しあてた。

「すぐ病院にいこう」

「本当に平気ですから。……それより彼女、どうやってここが？　それに、なんで部屋にはいれたんですか？　モニターで見ていたはずなのに」

問いかけると、グイードは一瞬苦い顔になった。

「細かいことはこれから調べる。ただ情報源はおそらく、アリッサあたりだろう」

ティナは一時期、美貌を活《い》かしてモデルをしていたこともあるという。アリッサとも派手な場所での遊び仲間のようなもので、そもそもはティナが紹介してきたのだとグイードは打ちあけた。

「……まあ、撒き餌《まえ》に食いついてきたんだから、上々ですか、ね」

青ざめたまま真次が言うと、グイードはますます顔をしかめる。

「ちっともよくはない。見せつけてあきらめればと思ったが、まさか自分で乗りこんできてきみに害を与えるなどとは、想定外だった」

「そうなんですか？」

「ああ。いままで、自分で手をくだしたことなどなかったのに……」

グイードは考えのあまさを悔やむように、真次の頬を撫でた。ひりひりした感触に、どうやら頬を張られたときに爪があたったのだろうと気づく。だいじょうぶ、と笑ってみせながら、真次は内心で思った。

（本当にいままで、自分でやってなかったのかな）

アリッサは単純に「こんなのが相手？」と理解できない顔をしただけだったけれど、ティナの向けてくる目は憎悪に近かった。けがをさせられたというモデルの件も、いままでぴんときていなかったが、あの女性ならさもありなん、という気がした。つめよってきた様子もなにもかも、予想以上に危険で、怖かった。

（考えてたよりやばいのかな、これ）

無意識のまま震えていると、グイードが抱きよせてくる。広い胸に顔を埋《うず》めると、グイードの鼓動がずいぶん乱れていることに気がついた。

「部屋をつきとめたってことは、この部屋も見られてるのかな？」

「可能性は、なくもない」

「じゃあ、いっそ……見せつけてやります？」

ささやいた声が、半分は本気で、半分は言い訳なのはわかっていた。

グイードは驚いたように真次の身体を腕の長さの分だけ離し、じっと見つめてくる。

「ぼくは、……ぼくなら、いいです」

いままで、ただ流されるままだった真次は彼の広い背中に腕をまわす。骨折が治ってよかった、と息をつけば、かつてないほどの力で抱きしめられた。

「腕は？　痛まないのか？」

平気、と首を振り、真次はますますしがみついた。自分でも身体の震えが止められない。おかしくもないのに、ひきつった笑いが漏れてしまいそうでたまらず、まだなにかを言おうとするグイードの唇に、はじめて自分から口づけた。

そして次の瞬間には、攻守が逆転していた。

「ん……っ」

キスは、いままでになく長く濃いものだった。おおぶりなソファのうえでじょじょに身体が崩れ落ち、そのうえにグイードが乗りあがってくる。

脚が絡まり、深い部分がふれあった。グイードはかたくなっていて、真次は息を呑む。

「真次」

耳を噛まれ、「これも見られてるからですか」と問いかける。

「もっと、見せつけるため……？」

「違う。だがもう、我慢するにも限界があるな」

皮肉な顔で笑い、グイードは身体を離そうとした。腕をさすられ、待たれていたんだと痛感した真次は、そのまま身を委《ゆだ》ねる覚悟を決める。

――Be careful what you wish for.

充分すぎるほど、よく考えた。いまの自分の〝願いごと〟は……決まっている。

それでも誘いを口にするのは恥ずかしく、情けないくらいに声が震えた。

「……べ、ベッド、に」

いきたいです、という言葉はほとんど声にならなかった。それでも問題はなかった。

グイードはすぐに唇を重ね、声も息も舌も唾液《だえき》も根こそぎ奪い尽くすくらいのキスで、真次の頭をめちゃくちゃにかき乱したからだ。

それでも不思議なことに、恐怖で震えていた身体はゆっくりと凪《な》いでいき、そしてティナへの怒りで呼び起こされた興奮は、違うなにかに変質していく。

「真次？　いいね？」

「ふぁ、は、い……っ」

声がうわずったのは、いままでやさしく撫でるだけだった指が、胸のうえでぴんとかたくなった場所をつねったからだ。全身に走った衝撃に、真次は涙目になる。じっとグイードを見つめると、同じくらいの強さで見つめ返されながら、両方の乳首を押し揉《も》まれた。

「あ、あ、あっ」

びくびく、と腰を跳ねさせる真次をじっと眺めたあと、グイードはおもむろに身体を抱きあげる。そして、ドアの向こうに声をかけた。

「Alessio!!」

「Si.」

短いやりとりは、人払いの合図だと真次にもわかった。そして、さきほどまでのやりとりがアレッシオにも聞かれていたのかと思うと、恥ずかしさで身体が蒸発しそうだと思った。見せつけてやればいい、などと言っても、やけくそまじりの強がりでしかない。あまいキスに溶かされたせいで、却《かえ》って正気になった真次は真っ赤な顔で目をつぶった。

（もう、なんで、こういうとこ、お金持ちは、っていうか貴族さまはっ）

やっぱりなにか感覚がおかしいと思いながらも、ふたたびキスをされるとわけがわからなくなっていた。

＊　＊　＊

グイードの手でシャワーを浴びさせられ、震えあがっていた真次は「覚悟がついたら」寝室においでと誘われた。それから二十分ほど湯船に浸《つ》かって悶々《もんもん》としたあげく、どうにか心を決めて、浴室からでる。

寝室のドアをあけると、タオル一枚だけを腰に巻き、ベッドのうえで横たわったまま待っているグイードがいて、自分もバスローブ一枚と同じような格好のくせに、真次は一瞬どう反応すればいいのかわからなくなった。手をさしのべられ、ベッドにのりあがりながらも震えていると、グイードはしかつめらしい顔でこう言った。

「真次はおくゆかしいから、これくらいはマナーとしてね」

「あは、……なんですか、それ」

緊張していたのに、そのひとことで思わず笑い、自然にキスを受けいれる。ふだんはすましているくせに、ときどき見せるこういう茶目っ気がとても好きだと思った。

(好き……うん、好きなんだ)

自分のなかでもあいまいだった気持ちを、心のなかできちんと言葉にする。そのとたん、ぎゅうっと心臓が摑まれたように痛くなり、勝手に目が潤んだ。このひとが好きだ。単なる好意というだけでなく、状況に流されたわけでもなく、純粋に恋をしている。

――きみからの視線は感じていた。好ましく思われているのは知っている。

ああして決めつけられたときは、まだ単なる好奇心と、ちょっとした憧れのような気持ちでしかなかった。けれど毎日顔を見て、やさしくされて、真次は本気になってしまった。本当にばかみたいだ。それなりに大事にされてはいるけれど、しょせんは契約の擬装愛人でしかないというのに。

いまさら、本気で好きになりましたなんて、言えるはずがない。

「真次？　どうかした？」

「いえ。緊張しているだけ、です」

ぎこちなく微笑んで、覆いかぶさってきたグイードの首に腕をまわす。なにか言葉をかけてくれようとしたのはわかったけれど、きつく目をつぶってすがりついた。

「も、もう、話す余裕、ない……」

「わかった」

かたくならないで、とささやかれ、シャワーを浴びるまえと同じ――いやそれ以上に熱っぽいキスに唇をふさがれてほっとした。ずっとキスをしていてほしい。ばかなことを口走りたくない。そんなふうに思っていた真次は、裸の身体に直接ふれられるということを、すこしばかりあまくみていたのかもしれない。

それからいくらも経たないうちに、室内は衣擦《きぬ》れの音と、真次が悶《もだ》えながらあげる声、ふたりぶんの荒い息で満たされた。

「あ……あっ、あっ、んん、いや、あ!」

いままで、なんどもキスをされてきたけれど、その合間に乳首をいじられることはあった。力かげんはやさしく、くすぐったくて、そのくせどうしようもなく性的なニュアンスの濃いふれかたに、まず気持ちが乱された。そのうち、舌を絡めるキスでたかぶった感覚が、指で転がされるちいさな突起に集約するようになった。

(うそ……なにこれ、なに、これっ)

つまみ、捏《こ》ね、押しこんで、指さきで弾《はじ》く。愛撫されるための場所だと教えるような手つきのせいで、そこは真次にとっての性感帯にされてしまった。

さきほど、シャツごしにつねられただけで強烈に感じた。ストレートに言えば、一瞬で股《こ》間《かん》が濡れ、痛いくらいに勃起《ぼっき》させられてしまった。

でも、その物欲しげに濡れた場所に、グイードはまったくふれようとしない。

「あっ、あっあっ」

いままでは口づけを受けただけで、きゅんと尖るように変わってしまった乳首を、グイードの舌が舐めている。転がすようにしたあと、舌裏をこすりつけて押しつぶし、周囲の肉ごときつく吸っては歯のさきで軽くかじる。そうしながら股間のまわりを撫でてはあおりたてる手はやまず、もどかしさが胸に感じるあま痒《がゆ》さとつながっていく。

「グ……ド、グイー、ド、あの……っ」

「うん？」

さわって、と言うべきなのかどうなのか、真次には判断がつかない。だからなんども彼の顔を見つめ、様子をうかがうように上目遣いになる。

「どうした、真次」

「あの、あ、の……っ」

長い指が、真次の太腿《ふともも》をゆっくりと撫でている。薄い皮膚をなんども往復され、むずがゆいような感触に身をよじると、自然に脚がひらいていく。できた隙を見逃さず、緊張しているせいでさきほどよりすこし萎えたペニスが彼の手に握られた。

「ん、ん……っ」

期待と歓《よろこ》びで、首筋がそそけ立った。思わず彼に抱きつくと唇がとろけそうなキスをされ、あえぎはうめきに変わる。

「ずいぶん、敏感だ」

たいしたこともしていないのに、と微笑むグイードは、いつもきっちりとセットしている髪を乱していた。ふだんより若々しく、そして濃密な色気をまき散らす彼に戸惑っていると、敏感な先端の粘膜を指さきでつままれる。

「うあっ、んっ！　そこ、そこは」

まるいかたちをたしかめるように撫でまわされ、腰が跳ねる。勢い、胸を突きだすような格好に背を反らすと、グイードの唇が左側へ吸いついてきた。真次は歯を食いしばって声をこらえる。

「ここは？」

「や、だめ、だめだめ、あっ」

全体を包むようにして揉みしだかれ、背筋が跳ねる。あっという間に手のひらを濡らしてこわばったそれの先端を、指の腹でくるくるといじられ、真次は腰が抜けそうな感覚を味わった。

身体が伸びて、縮む。グイードはほんのちょっと指を動かし、ほんのちょっと舌でいたずらするだけなのに、真次は身体をしならせ、ひねり、がくがくと前後に振ったりゆすったり、すこしもじっとしていられない。

「いや、だ、へん、おれ、へん……っ」

いつも彼のまえではとりつくろっている一人称すら崩れる。快楽の湧泉《ゆうせん》を握られたまま、あまえたようにすすり泣いてぐちゃぐちゃにされていく。混乱をきたす擬音語のとおり、脚の間は信じられないくらいに濡れて、そういう音をたてている。

「真次、そうだ。もっと見せて」

「あっ、いあっ、あふっ」

いつの間にか、ねとついた身体のさらに奥を探られていた。あ、あ、と声をあげるうちに、毎日慣らすようにしていた——さきほどグイードが浴室を去ってから、ことに念入りにした場所へ、ぬるりとしたものを纏う指がふれてくる。

だが彼が濡らすよりまえに、真次がすでに用意していたものがあふれそうになった。

「……おや」

ぬめりに気づいたグイードは、真っ赤になった真次の頬にやさしく口づけてくる。浴室で煩悶したあげく、もういっそのこととジェルをそこに注入したのは、あともどりができないことを自分に言い聞かせるための、儀式のようなものだった。

「いいこだね」

「せ……積極的参加……かなって……」

「ああ。とても嬉しい」

しどろもどろになって真次は言った。じつは仁紀がひとそろいプレゼントしてくれた秘密の小道具類を使い、ひっそりと準備していたのはきょうだけではない。慣れないうちはいろいろ大変になると、これも友人がくれた本で学んでいた。変則的とはいえ愛人ならば愛人らしく、せめて無駄な手間をかけ、彼をがっかりさせないようにしたかった。

なにより真次自身が、望んでいることでもあったのだ。

「無理をさせる気はないから、安心して」

「は……い」

抱きしめられると、こわばった彼があたっている。心臓が破裂しそうだと思いながら手を伸ばし、握りしめた。いつだか裸の彼を見て以来、本気になったらどうなるんだろうと想定していた以上のそれに怯《ひる》みそうになる。

(でも、もう……)

いまさら逃げるくらいならと、思いきって長い脚の間に屈みこみ、したこともないくせに舐めてみた。生き物の味、としか言いようがないそれにびっくりしたけれど、グイードがそっと髪や頬を撫でて褒めてくれたから、がんばろうと思った。

「……ちいさい口なのに」

ふふっと笑うからかいが、やさしくあまい声でぞくぞくした。彼のかたちにふくれた頬をつつかれ、思わず見あげると、怖いくらいの目で真次を見おろしている。

「ぜんぶ、わたしがはじめて？　ほんとうに？」

「う……ん、んっんっ」

こくこくとうなずけば、じゃあこれも、と言って、うしろに指がはいってきた。ぞわっと全身の肌が粟立《あわだ》ち、思わずそれから口を離してしまう。

「あっ、や、や、グイード……っふあ、あ！」

脳まで走った痺れに、一瞬でわけがわからなくなった。

ちゃんと食べているようやさしく命令され、口いっぱいに頬張りながら下半身の奥もまた、グイードの指でいっぱいにされる。内側をやんわりひっかかれて腰が跳《は》ね、気がついたら自分のペニスもグイードに食べられていた。

「どう？　真次？」

「わかんない……わかんない……あああ、ああ」

めちゃくちゃに泣いて、乱れに乱れた。反応も声も抑えることができず、恥ずかしいと言うたびに「それでいい」と褒められて、真次はどんどんだめになる。

「いいから、だめになっていなさい」

ぐずってもグイードはやさしかった。いちども冷たい目で見ることはなく、なんどもキスをしてくれた。そしてはっと、ふれられるたび期待しながらも、こうなることをためらっていた理由に思いいたり、真次はくしゃりと顔を歪めた。

思いだすのは、病院で目を開けたとき。二丁目の写真を見せられたとき。ティナを睨みつけたとき。

（あんな目で、もう、見られたくない）

グイードの翠の目で、あの凍りつくくらい傲慢な目で、蔑《さげす》むように見おろされると心がぼろぼろになってしまう。逆に、あたたかく見つめられるのは好きだった。褒められるのも、認めてもらえるのも。からかわれることだって、本当は好きなのだ。

彼のことが、好きで、好きでたまらないのだ——。

「どうした？」

首筋に腕をまわし、あまえるように鎖骨に頬をこすりつける。息を切らした真次は、かすれた声でささやいた。

「おねがい……や、やさしく……して」

この関係が終わる日がきても、冷たくしないでほしい。そう願っての言葉だったけれど、言うタイミングも、場所も、違うニュアンスを持たせすぎた。

「もちろん、やさしくする」

「う、うれし……えっ？」

はっとしたときには、ありえないくらいひらかれた脚をありえない恥ずかしさで抱えあげられ、どろどろになった奥にグイードが押しあてられていた。

「もうすこし慣れてからと思ったけれどね、もう、しかたない」

「えっ、ま、まって、まって」

「待たないよ」

「やだ、まっ、――――！」

荒い息を吐く男に貫かれたその瞬間、真次が喉から迸《ほとばし》らせたのは、悲鳴ではなくあますぎる艶声だった。そのまま馴染《なじ》ませることすらせず、脳がシェイクするほど身体を揺さぶられても、ただただ快楽だけに襲われ、真次はしゃくりあげる。

「も、やだ……やさしく、ないっ」

「痛くしていないだろう」

「そうじゃ、なくっ……あ、ん、ん……っふ」

抗議しても意味はなく、唇が腫れるほどのキスとはじめての情熱で、けっきょくは溶かされる。彼のものに突かれるたび、身体のなかにあまい痺れ薬を送りこまれて、それが血管から染《し》みこみ、全身に行き渡っていく気がした。

「真次……真次……」

この声もずるかった。まるでこちらに夢中になっているかのような響きで名前を呼ばないでほしい。熱っぽく、肩に、頬に口づけながらきつく抱きしめないでほしい。

(あたまが、とけちゃう)

は、と息を漏らしたグイードの、ふだんはかたく結ばれていることの多い口もとがゆるんでいた。だらしない、というほどではない。おそらくほかの人間に比べれば、ほんのわずか、息をつく程度の隙間にしか見えないかもしれない。

だがこうなってはじめて、彼の唇が肉厚でやわらかなラインを描いていることに、真次は気づいた。いつも隙のない硬質な男が見せた、かすかなゆるみはすさまじくエロティックで、それは強引すぎた行為よりもずっと、慣れない身体を感じさせた。

「ああ、ああ、もう……もうっ」

なかでグイードがずっと動いていて、ぞくぞくして、気持ちよくて——感じてしまう。

意味もなく、だめ、だめ、と繰りかえしてはかぶりを振る。湿った髪をかきあげ、淫《みだ》らに歪んだ真次の顔をじっと眺めた男は、翡翠の目を森の色に深めてこう言った。

「言っただろう? 無理はしなくていい。好きに、感じて」

そっちの意味か、と嚙みついてやりたくてももう、とろけたような声しかでない。

せめても広い背中を引っ掻くことだけが、真次にできる精一杯の抗議だった。

コトが終わって、とにかくなにがなんだか、と思っていると、首筋に手をさしいれられる。

「飲みなさい」

ぬるくなったスポーツ飲料は、どこかヒトの体液のような味がした。浸透圧がそれに近く作られているのだからあたりまえなのかもしれないけれど、なんだか妙になまなましくて飲みづらい。

というか——ヒトの体液の味、を知ったのも、そもそもはじめてのことだったけれど。

「真次は本当にはじめてだったんだな」

「だから、そう言ったじゃないですか……」

妙に嬉しそうな顔で言われて、真次は困った顔で笑うしかなかった。

「いまさらだが、なぜはじめに、もっとちゃんと言わなかった？　しばらく誤解したままでいたじゃないか」

真次はあいまいにかぶりを振った。すごい剣幕で決めつけ、聞く耳を持たなかったのはそちらのほうなのに——などと言って、いまのあまい空気を損ねたくはない。枕に顔を埋めていると、背骨をそっと指が撫でていく。

「羽根でも生えそうな身体だ」

（そっちこそ）

グイードやパオラは日本人が想像する典型的白人のルックスをしている。健康的に鍛えているけれど、根本的な色素の違いか、彼の肌は白い。

ブルーブラッドというのは、貴族たちの肌が透きとおるほど白く、静脈が浮いてみえることからきた呼び名だそうだ。庶民や下層階級のものはめったに風呂にもはいらず、肌が薄汚れていたり、人種が違ったりして、青い血管が見えることなどなかったから、らしい。

（でも、このひとはまさにそうだ）

成功者で、支配者でもある。どんな美女も美青年も、きっとよりどりみどりだろう。どれだけあまやかされても、真次と同じ気持ちを持ってくれているなどと、到底思えなかった。

彼がいったいなにを思って自分などを抱こうと思ったのかは、いまもってわからない。むろん契約愛人については、都合がよかった、という着眼点からの発想だとわかってはいるけれど。

（毛色の変わったペット、みたいな感覚なのかも）

それでも嬉しかった。ちょっと意地悪で強引ではあったけれど、ひとつも痛い目に遭わされたりしなかったし、骨が溶けそうなくらい、気持ちよくしてくれた。

だからこそ、怖い。心も身体も夢中になったらもう逃げられない。

（いきなり、愛人になれとか非常識なこと言ってくる相手なのにな）

でも頭がよくて仕事ができて、部下にも慕われている。家族想いでやさしい。真次の作った、ただの「ごはん」をおいしいと言って食べてくれて、親でもそこまでしなかったというくらいに気を配り、話を聞いてくれる

(好きにならないわけがない。……なりすぎて、苦しい)

いっそ状況に流されるまま自覚しなければよかった。それでも、はじめて恋い焦がれるという気持ちを知って、空っぽだった心のなにかが満たされているのも事実なのだ。

受けいれよう、と思う。未来のことは考えず、ただ、このいま、グイードからもらえるものを大事に抱きしめて味わっておこう。

そうすれば、きっと思い出だけは残る。それだけは、真次のものにできるのだ。

(そんなに好きか、おれ)

ちいさく震えると、グイードが「どうした」と気遣うように声をかけ、抱きしめてくる。潤んだ目で見あげていると、重なった身体の変化がわかった。痛みはまだあって、それでもあと何度こんな夜をすごせるのかわからないことを思えば、無理してでも受けいれたい。

「真次、誘惑するな」

「……してません」

そう言いながら、拙い仕種で脚を絡め、首筋に唇を押しあてる。うなったグイードが強く押さえつけてきたときには、真次はすべてを委ねていた。

＊　＊　＊

身体の奥にあまったるい怠《だる》さを感じて目がさめる。そして腰にまわった重たい腕のおかげで身動きがとれず、半覚醒《かくせい》状態の真次はしばらく無意味にじたばたともがいた。

「……真次、おとなしく寝ていなさい。ゆうべは遅かったんだから」

「寝ていなさい、じゃないです。朝です。アルバイト、遅刻します」

どうにか腕から抜けだし、ベッドサイドのボタンを押すとカーテンが自動で開いた。窓の外から、あかるい朝の光が差しこんでくる。グイードはまぶしそうに目を細め、枕へと端整な顔を突っ伏させる。かたちのいい後頭部についた寝癖を撫でて、真次は微笑んだ。

「おはようございます、グイード」

「……おはよう」

むすっとした顔をする彼は、指さきを曲げてちょいちょいと真次を呼ぶ。しかたない、と思いながら、いまだに照れる朝のキスを頬に贈った。長い腕に捕まえられないうちにさっと身を起こし、裸の身体にガウンを羽織る。

「まだグイードは寝ていてください。きょうは午後からでいいんでしょう?」

「いや、起きる」

うっすらと生えた髭《ひげ》を手でこすり、寝乱れた髪をかきあげる彼の顔は、不機嫌そのもの。きれいな筋肉の乗った身体を隠そうともせず、浴室へ向かおうとするグイードを追いかけ、真次は自分のそれよりひとまわり大きなローブを肩にかける。

「部屋をでるときは、これだけでも着てください」

「ああ……」

うなずいたグイードは、あくびをかみ殺しながら袖《そで》に手をとおす。

寝室をともにするようになって、もう一週間。グイードは寝起きが悪いことを知った。顔は最悪にしかめているが、案外素直に言うことを聞いたりもするのがおかしい。

「シャワー浴びますか？　さきにコーヒー？」

「真次と一緒にシャワーを」

抵抗しても無駄なことはこの一週間で思い知らされたため、真次はさして反抗することもなく、肩にかかった長い腕を甘受する。

「……髭は自分で剃《そ》ってくださいね」

わかった、とうなずくグイードとともに浴室に向かうとちゅう、いったいどういうタイムスケジュールで動いているのかわからないアレッシオが、朝食のトレイをテーブルに載せているのが見えた。

「Buongiorno.《おはよう》」

「オハヨウゴザイマス」

お互いに片言で挨拶しあい、ちらりとグイードに目をやったのち、苦笑する。ごゆっくり、というようにアレッシオが手で浴室を示し、真次は赤くなりながらも背後にぺたりとへばりついた男を浴室へと引きずっていった。

（なんだかなあ、もう）

一線を超えて以来、グイードの態度がますますあまくなっている。あまやかされるのはむろんだが、あまえられるようにもなったせいで、糖度は十倍増しといったところ。

もはや初対面のあの冷たそうな男と同一人物とは思えないレベルだ。

セックスは、毎晩。負担が大きいため、挿入にいたることは数回に一回といったところだけれど、肌をふれあわせ快楽をわかちあうのは、はじめて抱かれた日からひと晩たりとも欠かされたことがない。そして昨晩は、グイードも真次もお互いをほしくてたまらなくて、しっかりとつながったまま深い時間まで身体を揺らしあっていた。

眠りにつくまえに一応身体を清めてはいたので、シャワーは寝汗を流す程度だ。それもグイードがお互いの身体をお互いに洗うようにと仕向けたので、うっかりすると朝から大変なことになってしまう。出勤に時間がかからない彼はともかく、真次は遅刻しそうになったこともあって、以来、すこしはやめに起きることを心がけていた。

（ちょっとただれてるかなあ……）

大きな身体をスポンジでこすってあげながら、ほんのしばらくまえとは激変してしまった自分の生活——そして、心と身体に真次は思いを馳《は》せる。彼の身体を洗う間も、泡のついた手であちこちを撫でられるので、くすぐったくて身をよじってしまう。

「もう、いたずらはやめてください」

今朝は性的な接触ではないけれども、恥ずかしくないわけではないのだ。前面は終わったからと背後にまわり、広い背中に石鹼をこすりつける。「真次はすぐに赤くなる」と肩を揺らして笑うから、力をこめてスポンジを動かし、痛いとうめかせることに成功した。

「降参だ、真次。悪かった」

「だったらおとなしくして……わっ」

不意打ちで両手首をとられ引っぱられて、泡のついた背中に顔がぶつかりそうになる。言ったはしから、と文句を言おうとしたところで、グイードがため息まじりに言った。

「真次はわたしになにもねだらない」

「なんですか、急に」

きょとんとした真次に、「うーん」とグイードはうなりながら、握った手首を指で撫でる。こまめなリハビリと筋トレのおかげで、もう左右の腕の太さは大差なくなってきた。それをたしかめ、ほっとするようにやさしくなぞる彼の手に、真次がひっそりときめいていると、グイードはまたため息をつく。

「愛人というのはね、真次。相手にあまえるのも仕事のうちだよ」

さらりと言われた『仕事』という言葉に、自分でもびっくりするほど胸が痛んだ。けれど、そんなことを言われてもと真次は眉を寄せてしまう。

「あまえてます、なにもかも。いろいろお世話になってるし。食費も生活費も、学費まで」

「それは親族として当然の面倒をみているだけだろう」

なにを言いだす、という顔をされて、真次は眉を寄せてしまった。このあたりが、自分もグイードも、ラインが微妙になってしまうゆえんなのだ。親戚だから金銭援助はあたりまえだと言われ、気にするなと言われる。それとは別途のお手当——とはいえ現金を受けとるのは気が引けたので、なんなら貯金してくれと言っておいた——がだされ、それに関しては愛人らしくふるまえと言われる。

スタンスが、ごっちゃになってよくわからない。ましてグイード基準で決められていることなど、真次はうまく理解できない。

(ふつうに、恋人じゃだめなのかな)

そう考えて、いっそ契約はなしにしてほしいと言いかけたこともある。けれど、ただの思いあがりかもしれないと落ちこむのは、次のような言葉を言われてしまうときだ。

「なにかほしいものだとか、そういうのはないのか?」

「とくには……」

物欲はないし、必要なものならすべて持っている。困り果ててつぶやくと、グイードはまたため息をついた。

「あまやかし甲斐《がい》のない愛人だな、きみは」

また、ずきんと痛みが走る。今度はさきほどよりも大きく、握られた腕や爪さきまでが疼くように脈打った。気づかず、グイードはすべての指を絡めるやりかたで握りしめ、手の甲に口づける。

「いくら疲れているときにはやめなさいと言っても、食事を作ろうとするし」

「それは、おいしいって言ってくれたから……」

それとも日本の庶民食では、本当はいやだったのだろうか。すうっと体温がさがるような錯覚を覚えて真次がうつむくと、しょげた身体をくるりと反転させられ、やさしく抱きしめられる。

「真次の作ってくれるものはとてもおいしい。ただ、義務のように思ってはいないか？」

「そんなことないです。なにか、ぼくにできることないかと思って、それだけ」

「だったら料理をするより、わたしのほうを見る時間を増やしなさい」

そんなことを言われて、赤くなる以外どうすればいいのだろうか。たしかにグイードは、部屋にいる時間のすべてを真次にふれてすごそうとする。だが夕食の準備があるとその腕を抜けだしたことは一度や二度ではなかった。それが不満だということなのだろうか。

（それってなんか、ラブラブの恋人同士、みたいじゃん）

そっと考えて、真次はうつむいたまま――グイードにはけっして見えない角度に顔を伏せたまま、皮肉に唇を歪めた。

本当のところ、グイードが言わんとすることの意味に真次は気づいていた。セックスをするようになってから、以前よりも冷静に振る舞おうとするのが気にいらないのだ。しかし真次にしてみれば、こういう防御策をとらざるを得ない。

どれだけあまったるく接してくれても、最終的に真次は、日本にいる間だけの愛人だ。グイードの任期はそうとうに長いらしく、本人も日本が気にいっているというけれど、いつか終わりはくる。

（慣れたくないんだ。わかって）

心のなかでだけ、ほんのすこし壁を作らせてほしい。だがそんなことを訴えるのは無粋すぎるし、いまさらなんだと言われるのも怖い。だから真次は、用意しておいた答えだけを口にする。

「最初に言いましたよね？　できるだけ、ふつうの生活させてくださいって」

「それは聞いたが」

「ぼくにとっては、のべつまくなし抱っこされているのはやっぱり、その、恥ずかしいので……上手にできなくて申し訳ないけど、シャイな日本人ってことで、許してください」

できるだけ自然に見えるように苦笑すると、グイードは三度のため息をついて抱きしめてくる。「真次はむずかしい」とぼやくように言うのがすこしおかしくて、声をあげて笑った。

「単純ですよ、ぼくなんか」

「きみの自己認識は大幅にずれているから、それは聞きいれられないな」

そのあとはすこしだけふれあって――激しく高めあうのではなく、やんわりしたスキンシップにとどめ、合間に何度かキスをして、シャワーを終えた。

＊　＊　＊

『真次、ケーキがバラバラ死体になっているわよ』

パオラの声に我に返った真次は、はっとして手元の皿を眺める。そこには彼女の言ったとおり、見るも無惨に突き崩されたモンブランがあった。どうも真次は食べものをまえに考えごとをするとき、それをつつきまわしてしまうのがくせらしい。

『ごめん、行儀悪いことしちゃった』

『いいけれど、むずかしい顔をしてどうしたの？』

夏休み中のため、大学近くのレストランでのアルバイトは、基本的に午前中か午後の三時までのシフトになっている。大学の課題やレポートはあるものの、基本的に日中は暇になる真次は、昼寝するアンジェロをナニーに預け、ラウンジでお茶をするパオラにつきあうのが習慣になっていた。

『どう、っていうか……なんでもないよ。それよりアンジェロは元気？』

最近はあまり、アンジェロに会っていない。原因はやはりティナで、真次を狙ってきているのだとしたら、無防備な赤ん坊の近くに寄ることははばかられたためだ。

『元気にしているわよ。それよりあなたの元気がないのはどうしたの、ってわたしは訊いているんだけれど』

やさしい顔でなかなか手厳しいパオラにぐうの音もでないでいると、彼女は勝手に推論をたてていた。

『まあ、お兄さまのことよね。それともティナのことかしら』

パオラがちらりと視線を向けたさき、ラウンジの隅にはアレッシオが立っている。あれほど大柄なのに、気配を完全に殺しているため、ともすると近くにいるのを忘れてしまうほどに静かだ。以前は、ホテル内であればここまで厳重に注意を払ってはいなかったのだが、ティナが部屋にもぐりこんだあたりから、彼はほとんど真次から離れないようになっていた。

この日、グイードはどうしても顔をださなければいけない会合があるとかでホテルにはいないのだが、そうしたときはなおのこと警戒が強化される。

『彼女、あれからどうしてるの？』

真次があの日の恐怖を思いだして身震いすると、パオラは『さあ』と肩をすくめた。

『どうって、いまのところおとなしいけど、なにやってるのか微妙みたいよ』

アレッシオに取り押さえられて退場したティナだったが、しょせんは親戚同士のいざこざ、強制出国させることもできず、また監禁しておくわけにもいかない。グイードのほうからかなりきつく言って、「行動は見張らせてもらう」と言うのが精一杯だったそうだ。

『いまのところ宿泊ホテルにこもってるらしいけど……真次はなにも聞いていないの？』

『聞かなくていいって言われちゃって』

そっと、ティナに痛めつけられたほうの腕を握りしめる。顚末《てんまつ》を知っているパオラは、怒りもあらわに鼻にしわを寄せた。

『まえより危険度は増してるわよね、あのひと。正直、アブナイ薬でもやってるんじゃないのかしら。以前はあそこまで凶暴じゃなかったと思うんだけど……それとも、もうそろそろ期限がくるからあせってるのかな』

いずれの仮説も否定できない、と真次は腕をさすった。

『はやくいなくなってくれればいいんだけど。いまのままじゃ真次も落ちつかないわよね』

パオラがため息まじりに言う。それでも黙りこんだままの真次に彼女は『ねえ、いったいどうしたの』ときれいな眉をひそめた。

『悩みがあるのなら言って？　真次のこと、わたしは弟ができたと思っているんだから』

『……年上なのに？』

『裕真と結婚してたら、義理のお姉さんだったでしょう？』

だから言いなさい、とつめよられ、真次はしばしためらったのちにいまいちばん頭を悩ませていることを零《こぼ》した。

『グイードの言う愛人って、どういうのなんだろう……』

彼の性格が理解できるようになっていくにつけ、それこそ庇護《ひご》する相手と認識しているはずの親族相手に「愛人になれ」などと言ってきた意味がわからなくて戸惑う。

そしてパオラをはじめ、周囲が真次に期待しているのは、あきらかにもっと深いなにかだ。グイードの支えになり、大事にしてやってくれと、あれだけいろんなひとに言われる彼が、そんな浅薄な関係を作りたいと言ってくるのには違和感がありすぎた。

なにより、第一目的だったはずのティナに関してのことが、あれ以後うやむやになってしまっている。

鬱々《うつうつ》と考えこんでいた真次のまえで、パオラは目をしばたたかせ、首をひねった。

『どういうって、どういうこと？　あなたはお兄さまのお気に入りだし、それに愛人？』

突然、真次は彼女にこれ以上の隠しごとをしているのがつらくなってきた。思わずアレッシオを盗み見る。相変わらず静かな彼はこちらの会話を把握している可能性もあったが、もうそれで守秘義務違反だと責められたなら、いっそ契約も反故《ほご》にしやすい気がする、と真次は開き直った。

『あのねパオラ、ぼくがグイードの愛人になった理由なんだけど——』

ひととおりを順序立てて語るうちに、パオラのきれいな目はみるみるうちにまるくなり、「Oh mio Dio!」だとか「Dio!」だとかつぶやきながら、何度もかぶりを振っていた。しかも話が進むにつれ、目がだんだん据《す》わっていく。真次は不安になったが、もうこうなればと思って先日のティナ来襲のくだりまでを話し終えたころには、パオラはすっかり頭を抱えていた。

『愛人契約……。我が兄ながら、どうしてそんな飛んだ発想になったのか、理解に苦しむわ』

うめくような声でパオラは言ったが、真次は逆にほっとした。どうやら自分の疑問とパオラがいま『信じられない』とつぶやいている感情は同じ種類のものだと知れたからだ。

『まず誤解させていてごめんなさい。わたしは単純に、真次とはつきあっているのだと……そうとしか言われていなかったし……』

言いかけて、パオラはまた首をひねった。そしてぶつぶつと、口のなかでなにかを繰りかえしたあとに『ねえ』と真次へ顔を近づける。

『もしかしたらグイード兄さま、言葉を取り違えているのではない？』

『え？　あんなに日本語が堪能なのに？』

『でも、恋愛沙汰《ざた》の細かいニュアンスまで把握してるかはわからないじゃない。Mistress《ミストレス》と、

Lover《ラバー》。どちらも日本語にしたら〝アイジン〟なのでしょ。それに日本語では〝あいするひと〟と書くのよね？』

ほらこれ、と手元の翻訳ツールでパオラは検索してみせる。イタリア語、英語、日本語の三種類でやってみせると、たしかに『Lover』は恋人とも愛人とも訳されていた。結果に、真次はほんの一瞬だけ希望を見いだし、だがすぐに『でも』と肩を落とした。

『契約の件はどうなるの？　ふつう恋人同士で契約しないだろ。それに……お父さんの愛人の話もしていたから、間違いじゃないんじゃないかな』

『ああ、ルイーズのこと話したの。じゃあ、間違いじゃないのかな……いや、でも』

父親の愛人というデリケートな話題にもかかわらず、うーん、と首をひねるパオラは平然としていた。意外に思って目をまるくしていると、彼女に目顔で、なあに、と問われる。

『あの、お父さんの愛人って、いやじゃないの？』

『ああ、ルイーズとお父さまのことは、お母さまが亡くなったあとからみたいだから』

それなら、と真次はほっとした。

『たしかにルイーズには、それなりのお手当を渡してはいたようだけれど……』

ルイーズは過分な報酬はいらないといい、田舎にちいさな一軒家をもらうにとどめ、宿屋を営んでいたという。グイードの父親も、ほとんどそこに移り住んで、夫婦のように暮らしていたそうだ。

『……だからお父さまの面倒をみてもらう代わりに、みたいなところもあったのよ。家政婦兼、みたいな感じだったから、わたしもそんなに変だと思わなかったわ』

『ルイーズさんとお父さんは、再婚しなかったの？』

『詳しくは知らないんだけれど、親族が大反対したとか……。もともとが使用人だったこともあって、むずかしかったみたい』

おそらく、身分差というやつなのだろう。日本に住んでいるとぴんとこないが、海外の階級社会はいろいろむずかしいらしい。

『それはともかく、うーん。いろいろ考えたけれど、やっぱりあのお兄さまが愛人って変よ。それも赤の他人ならともかく、親族でもある真次にそんなこと言いだすなんて』

『や、やっぱりそうだよね』

ふたり揃って首をひねったけれど、これという結論はでてこなかった。そして真次からすると、もっとも重要度の高い事項が無視されたままというのも引っかかるのだ。

『そもそもの理由に、ティナへの防波堤だってことがあげられてたんだ。けどこの間のことで、なんの防御にもならないって証明されたというか、むしろぼくの身辺警護が強化されちゃった感じで』

『たしかに本末転倒だわね。おまけにそれでお兄さまは契約解除を言いださない……』

んむむ、と頭を抱えたパオラは『だめ、わかんない！』と両手をあげた。

『お兄さまは頭がいいけれど、基準が自分なのよね。で、最善をわかっているつもりなの、いつでも』

それはわかる気がする、と真次はうなずく。

『ただ、ちょっとその……独善的、でしょう？　これであってるかな』

『あってる、あってる』

『ね！　自分がいちばんわかってるんだ、って顔しちゃって』

むずかしい単語については翻訳アプリを駆使して話しかけるパオラの花のような笑顔にはっとなった。

『どうしたの』

『あ、やっぱり似てるなって思って。その……あの、これ』

以前、仁紀から送ってもらった笑顔のグイードの写真を見せる。パオラは『なつかしい』と笑ったあとに、ため息をついた。

『むかしはね、よく笑うひとだったの。でも……お父さまが亡くなってから、ジャンカルロもグイードも、あんなふうになっちゃった』

『あんなふう？』

『病院で会ったころのお兄さま、すごく怖くなかった？』

真次はうなずく。あれはてっきり、パオラの件で怒っていたせいなのかと思っていたけれども、パオラは『違うのよ』と言った。

『お父さまが亡くなってから何年も、あんな顔してたの。いっぱい、いやなことがあって』

重たい責任、鵜《う》の目鷹《たか》の目の連中や、財産狙いであからさまな女たち。持たざるものにはない悩みが、兄たちから笑顔を奪っていったのだとパオラは哀しげに目を伏せた。

『家のなかが、ずっと息苦しかった。だから、裕真を好きになったの。あのひといつもあかるくて、元気で……いっしょにいると楽しかったの』

『……そう』

せつなそうで、でもやさしい思い出にひたるパオラは真次の顔をじっと見ていた。生前、よく似ていると言われた兄の面影を探しているのだろう。こちらまでせつなさが伝播《でんぱ》しそうだと真次が思っていると、パオラは思いがけないことを言った。

『ねえ、真次は、グイード兄さまの〝裕真〟になってくれるんだと思うの』

『え……』

『真次といっしょにすごすようになってから、お兄さまはむかしの顔になったの。だから愛人でも恋人でも、なんでもいいと思うの。いっしょにいて、笑わせてあげて』

そう言われて、なんと答えればいいのかわからず、真次はあいまいに言葉をにごした。どうしたものかと思っていると、アレッシオがこちらのテーブルに近づいてくる。

「マツグサン、パオラサマ、時間デス」

『マンマの休憩時間は終わりね』

片言の日本語の意味がわかったかのように、パオラが立ちあがる。彼女もまた所作が優雅だけれど、グイードと違ってちょっとおっちょこちょいなところがあった。

数歩もいかないうちに絨毯《じゅうたん》に足をとられ、よろけたところをアレッシオが支えた。

『きゃ！　……あ、ありがとう』

微笑んだパオラに、アレッシオは表情こそ変えないが穏やかな目を向ける。いい雰囲気だな……と真次がなごんでいたところで、背後からきつい声がかかった。

「おふたりとも、その暴力男から離れてください」

ジュリアスが剣呑《けんのん》な顔をして近づいてくる。そしてアレッシオを押しのけ、パオラから距離をとらせた。あんまりな態度に、真次は思わずむっとする。

「ちょっと、なんですかいきなり。乱暴じゃないですか」

「真次さんも、暢気にしていないで部屋にいてくださいよ。役立たずのボディガードのせいで、また殴られてもいいんですか」

ティナのことをあてこすられているのがわかり、真次は顔をしかめた。

ふだんから態度の悪いジュリアスだが、この日は同じ空間にグイードがいないとわかっているからか、いっそう横柄だし無礼だ。それとも恋敵がパオラを抱きとめたのが気にいらなかったのだろうか。

（どっちにしろ、いやなやつ！）

こんなのがグイードの部下にいるなんて、あまり嬉しくない。むかむかしたあまり、真次はついジュリアスに皮肉を返していた。

「あのとき、あなたからの電話で足止めされなければ、アレッシオはちゃんと護ってくれたと思ってますけど」

真次の反論に一瞬だけジュリアスは驚いた顔をして、だがすぐに「それは失礼」とせせら笑った。

「けれど電話一本で仕事ができないなんて、どれだけ無能なんだか」

「ちょっと、そんな言いかたないでしょう」

「だいたいこの男は信用ならない。貧乏育ちがどうとりつくろっても、上流社会になじめるわけがないでしょう」

日本語でまくしたてたジュリアスの目に、ティナと同じ選民主義の色を見た真次は顔をこわばらせる。言葉はわからなくとも気配と真次の表情で察したのだろう、アレッシオはいつものとおり無表情だったが、パオラがすっと目を据わらせた。

（わ……）

天真爛漫《らんまん》に見えるパオラだが、こうして傲然と顎をあげるとさすがにグイードの妹としか言いようがない。思わず息を呑んだのは真次だけではなかった。

『ジュリアス、言いたいことがあるなら、ちゃんとわたしにもアレッシオにもわかる言葉で言いなさい』

ぴしゃりと英語で言いはなったパオラに、ジュリアスははっと顔を歪める。

『こそこそ話すなんて感じが悪い。なんだか卑怯《ひきょう》な感じがするわ』

『パオラさま、わたしはそんなつもりは――』

『つもりがない？　じゃあ気が利かないの？　それともあなたは単純に性格が悪いの？』

天使のような美貌から次々放たれた辛辣《しんらつ》な言葉に、ジュリアスは絶句した。そしてなぜか真次を睨みつけてくる。見咎《みとが》めたパオラが叱責した。

『だから言いたいことは、真次ではなく、わたしにはっきり言いなさい』

『……なにもありません』

『そう。ではいきましょう、真次。アレッシオも』

『あ、ああ、うん』

アレッシオのたくましい腕に手をかけ、悠然と歩くパオラはジュリアスを一顧だにしなかった。拳《こぶし》を握った彼の顔が屈辱《くつじょく》に染まり、真次はその目にひどくいやなものを覚えた。

『ああいやだ。本当にわたし、あいつ大嫌い。なんで日本にまでつれてきたのかしら』

吐き捨てたパオラに、真次は驚く。

『で、でも信頼できるひとだから、秘書なんじゃないの？』

『勘違いがすごいのよ！　お兄さまのいないところで口説かれたこと、何度もあるの。じつは裕真に追い払ってもらったこともあって……というか、それがきっかけだったんだけど』

意外ななれそめに、真次は目を瞠った。

『そ、そうだったの？』

『そうなの。街で偶然ばったり会ったとき、食事しようってものすごくしつこかったのよ。腕摑まれて逃げられなくて。そしたら通りかかった裕真が、絡まれてると思ったのか助けてくれて。あのいやみな顔、殴ってくれたの。すかっとしたわ』

なるほど、と真次は思った。パオラにとって裕真は白馬に乗った騎士そのものであり、ジュリアスにとっての裕真は、殴られたうえに恥をかかされた張本人。そして真次は、その裕真にそっくりそのままで、好意も憎悪もそのままスライドされている、というわけだ。

「なんかもう、考えてる以上に、きみたちの人間関係複雑だね……」

『ん？　なんて言ったの？』

アレッシオにもパオラにも聞きとれないとわかっていての日本語でのぼやきに、ふたりは怪訝そうな顔をした。

本日発覚したあれこれを悩みのシチューに放りこんで煮こんだあげく、ますます不可思議な味にしあがってしまったらしい。

真次はなんでもないとかぶりを振り、嘆息するしかなかった。

＊　　＊　　＊

八月も後半にさしかかり、暑さはますます厳しくなっていった。

監視がついているという噂のティナだったけれども、完全に自由を奪うわけにはいかないのか、ちょこちょことしたいやがらせは続いていた。

といっても実際的な行動にでるまでにはいたらず、せっせとホテルに悪口を書いたカードや手紙が届くという、なんとも地味な行動だ。

本日はそれにくわえて、プレゼント包装された枯れた花が届いたり、真次の持っていたスーツ——ぼろぼろにされたあのオーダーの服は、速攻でグイードが新しく作り直させていたが——にそっくりなものを、これまたぼろぼろに切り刻んで贈ってきたり。

「性懲《しょうこ》りもないな」

スイートルームのリビングに不似合いないやがらせの品をまえに、あきれはてた声でうめいたのはグイードだ。

当初、これらの配送物を彼らは真次の目から隠そうとしていたようだが、いちど、ホテルのスタッフが間違えて手紙を直接真次に渡してしまい、発覚した。それ以後、一応どんなものがきているか確認したいと言って、グイードならびにシエラやアレッシオなどの立ち会いのもと検分することにしている。

「真次、こんな悪意まみれのものをわざわざ見ることもないんだ」

「でも気にしなければ平気ですから」

たしかに、日に三度も四度もいやがらせの手紙がくるのはうんざりするけれど、真次は半笑いの表情を抑えられない。

「なんていうか、ティナって違う方向で勤勉ですよね」

ぼろぼろスーツのうえにおかれていたカードをつまみあげ、真次はそこに書かれた「ばか」「おかま」「死ね」という日本語の単語を眺める。ティナにすると恨み節のつもりだったのだろうけれども、慣れない言語を無理して書いているため、どうにも幼稚園児の落書きにしか見えないのだ。感受性の豊かなパオラなどは、この拙さが却って不気味だと顔をしかめていたが、真次にはむしろユーモラスにしか感じられない。

「無理しなくていいんだぞ、真次」

「うん？　してないです。思ったより字も悪口のチョイスも幼稚でおかしいなあって……シエラ、片づけお願いできますか？」

「ええ……」

戸惑うようにうなずいた彼女は、不気味そうな顔でカードをつまみ、箱ごとどこかへ運んでいった。

(わりと過敏だなあ、みんな)

おそらく、海外文化の彼らとは、悪い言葉に対しての感覚も違うのだろう。罰当たりな言葉を使うと厳しく叱責される上流階級の彼らとは違い、真次は日本の庶民だ。このレベルのいやがらせは、小学生のころのローテーション的な意味のないいじめで遭遇もしているし、やりすごすこつも知っている。

日本人の必殺技「見なかったことにする」&「水に流す」だ。

「この手のものは、おおげさに言えば呪《のろ》いです。でも言霊《ことだま》だの呪《しゅ》だのっていうのは、やられたほうが意識しなければ効力はないんですって。だから捨てて忘れましょう」

中学生のころはやったオカルト漫画の知識で適当なことを言うと、グイードと、彼に解説されたアレッシオとが、双方感心したようにうなずいていた。

「真次は強いな。こんな卑怯なことをされて、気丈なことだ」

「さあ?　鈍感なだけかも?　あと日本人の特性で、ことをなるべく荒だてずに、なかったことにするほうが楽なだけかもしれません」

苦笑いで言ったのは、それこそいまの自分がいろんなことを、なかったふり、気づかなかったふりでやりすごしている自覚があるからだ。

「カードのたぐいだけですんでいればいいが。なにかあったらすぐに言いなさい。アレッシオにも言っておくが、もう二、三人警備を増やすことも考えているから」

「そこまでしなくていいです」

だいじょうぶ、と微笑んだ真次を、グイードは抱きしめた。アレッシオの目のまえであるのはわかっていたけれど、真次もその胸に頬を寄せる。

(卑怯なのは、おれだよな)

グイードへの結婚攻撃をやめさせるための愛人であったはずが、むしろこうして手間をかけている。本来ならば申し訳なく思い、身を引くのが正しいのかもしれないと思うけれど、心配そうに抱きしめてくれる彼の腕が好きだから、なにも言わず現状にあまんじている。

「ボス、そろそろ会議の時間ですが」

尖った声が聞こえ、真次は一瞬だけぴくりとなる。タブレットPCを手にはいってきたのはジュリアスで、彼はグイードの腕に抱かれた真次を見るなり、ほんの一瞬だけ唇をいやなかたちに歪めた。

「お仕事でしょう?　もうだいじょうぶだからいって。無理しないでくださいね」

そっとグイードの胸を押し返し、真次は微笑む。その頬をひと撫でしたグイードは、前髪をかきあげて額《ひたい》に口づけると、「きみも気をつけなさい」とささやいた。

「きょうは遅くなるから、夕飯はひとりで平気?」

「平気ですってば。いってらっしゃい」

グイードはそのひとことに微笑んで、身を翻して部屋をでていった。広い部屋にひとり残されたと思っていた真次は、すっと視界の端に大きな男の姿を認め、驚く。

「アレッシオ、仕事は？」

「イマ、ココニイル、シゴト」

さきほどのグイードの言葉は、どうやらいままで以上にへばりつかせるという意味だったらしい。まあいいか、とため息をついて、手持ちぶさたになった真次は、そうだ、と彼を振り返る。

「アレッシオ、和食は好きかな」

唐突に問われた彼は、睫毛の長い目をぱちくりとさせる。おいでおいで、と手招いて、真次は大男に夕食の手伝いをさせることに決めた。

真次はアレッシオに包丁を持たせ、「これとこの野菜を切って」と指示をだす。ところが、予想以上の見事な手つきで皮を剝《む》き、指示どおりきれいに切りわけたアレッシオには驚かされてしまった。

「すごいね、上手！」

「Grazie.　アリガトウ」

拍手をして、すこし無理にはしゃぎながら真次は料理にとりかかった。

高層ホテルの窓から見える光景は、夏の苛烈《かれつ》な陽差《ひざ》しに白っぽくハレーションしている。

なんとなくの予感だったけれど、この夏が終わるころ、真次の環境はまた大きく変化している気がした。

いやがらせはべつに平気だ。それでも、いつまでもこんな現実感のない生活が続くわけもない。おそらく、風が涼しくなるころには、なんらかの結論がでていることだろう。

だったらもうすこし、思い出を作っておきたい。グイードはもちろん、パオラやアレッシオとも。そして、ティナへの警戒を怠らないせいで、ろくに顔を見ることもできないでいる甥っ子、アンジェロ。

（ぜんぶ終わっても、まだあの子がつないでいてくれる）

この間、パオラには動画を見せてもらえた。ほんの数週間会えないだけで、あっという間に子どもは大きくなっていく。

あのふわふわした天使にさわりたいな、と思いながら、無骨なボディガードとの穏やかな時間を、できるだけ愉しんだ。

＊　＊　＊

アルバイトを終えた真次が店をでると、そこに待っていたのはアレッシオではなかった。車こそいつも彼が運転しているものと同じ車種だが、運転手が違う。

「……誰？」

「はじめまして。ＫＯ警備保障の島野《しまの》と言います。本日はアレッシオさんの代わりに、送迎をつとめさせていただきます」

ぴしりと頭をさげてみせた島野に、朝は申し送りもなにもなかったのにと真次は戸惑った。疑うわけではないけれど、判断に迷ったのがわかったのだろう。島野は気分を害するでもなく、携帯電話をとりだした。

「ランドルフィ氏に確認していただいてかまいません。こちらで」

「あ、いえ、自分のがありますから」

電話をかけて確認すると、コール四つほどでグイードとつながった。でるのが遅かったことから会議中かと察した真次が手短に問いあわせると、「真次の携帯にメールをしておいたんだが」とグイードは怪訝そうに言った。

「朝、ちょっとトラブルがあって、アレッシオをこちらによこすしかなかったんだ。そのことに関してもメールで説明してあったと思う」

「……それはグイードが直接だした？」

「いや、秘書室に頼んだ。シエラがやったんじゃないかと思うのだが」

いったん受話器から声が遠ざかり、しばらくしてすこしむっとしたような声のグイードが「すまない、請け負った人間が送りそびれていたらしい」と言った。背後ではシエラがなにかをジュリアスに怒っているのが聞こえ、ああやっぱり、と思った。

（あのひとのいやがらせのほうが、ティナのより地味ーにくるんだよなあ）

幼稚なティナの行動より、実際的に面倒の多いジュリアスの非協力的な態度のほうが面倒だ。しかしグイードに訴えようにも「うっかりした」「ミスだった」と言われてしまえばすむレベルのことばかりなので、逆に言いづらい。

「とにかくわかりました。このかたに送ってもらうから……うん、はい」

電話を切って、島野に「よろしくお願いします」と頭をさげる。まだ真次とたいして年齢も変わらなそうな彼は、あかるい笑顔で「こちらこそよろしくお願いします！」と体育会系らしい元気な挨拶をした。


この日のイレギュラーはこれだけで終わらなかった。無事に島野によって部屋まで送られた真次のもとに、アレッシオからメールが届いた。

【上司に言われた。わたしの上司はなにかを残している。三階の会議室に書類を持参してください。会議室、305です。その茶色の封筒はサイドボード上に配置されている。いま会議からでられない。必要です】

しばし考え、「あ、忘れ物届けてくれってことか」と真次は解読した。彼とのこみいった会話はアプリだよりだが、これはブラウザの翻訳ツールでも使ったのか、ふだんよりさらに微妙な日本語だった。

(でもめずらしいな、アレッシオがメールで頼みごととか)

急用時には必要なためアドレスをお互い登録はしているけれど、たいていそばにいるためメールのやりとりはほとんどない。

またグイードの仕事の用事の場合はシエラかアレッシオ、場合によってはコンシェルジュなどホテルの従業員が顔をだす。モノの受け渡しについても真次はいっさいノータッチだ。

グイードも会社のことについて、あたりさわりのない範囲の話はしてくれるし、たまに新メニューのサンプルを持ってきて意見を求められたりはするが、基本的に仕事には関わらせようとはしない。真次は部外者なのだし、それも当然の話だ。

なにより、さっき電話したときに言ってくれればよかったのに――と思い、確認のためにふたたびグイードへと連絡するが、なぜかコール音だけは鳴るものの、電話にでる様子がなかった。

「……なんかあったのかな。アレッシオ呼びつけるくらいだし」

彼の背後で聞こえたシエラとジュリアスの会話も、かなり剣呑な空気があった。もしかしたら緊急事態で、あの電話のあとに忘れ物は発覚したのかもしれない。

真次は電話を切って、サイドボードのうえを見まわす。目的の品はすぐ見つかった。

「茶封筒……これか」

会議中に必要だが、持って行き損ねたのかもしれない。真次はそれを手にすると、とりあえず急いで会議室のある旧館のほうへと向かった。

グイードがふだん借りている会議室は五階のほうだと聞いていたが、場所も違うらしい。

(う、はいりづらい……)

しんと静まりかえった廊下に並ぶ会議室のドア。どれも同じ造りで部屋番号のプレートがはまっている。それぞれの部屋が広いためだろう、その数は多くもなく、カーペットの敷かれた床も壁面も、防音になっているのか、足音ひとつ聞こえない。

「会議室、305です……と、ここか」

メールを読み返した真次は部屋番号をたしかめ、間違いがないことを確認するとドアをノックした。ややあって、細くひらかれたドアの向こうには、真次が見たことのない男がいた。

「マッグさんですね。オツカイ、ありがとう」

愛想笑いをする男の見た目は日本人に見えたが、ひどく微妙な発音だった。妙に平坦で、どこか奇妙なイントネーション。グイードのようになめらかでもないし、たまにアレッシオが話すように片言っぽくもない。

「……あなたは?」

「グイードの、カイシャの、シャインです。書類、クダサイ」

言われてスーツの胸元を見るが、いつもシエラやジュリアスらが胸につけている社員証がない。いやな予感がして、警戒した真次は封筒をうしろ手に隠した。大柄な男がドアの隙間をふさいでいるため、室内の様子は見えなかったが、誰の声もしない。

（なんか変だ）

「マッグさん、書類クダサイ」

「グイードかアレッシオに直接渡します。ここにいるなら呼んでください」

「書類クダサイ？」

真次が素直に従わないのが不愉快なのか、男は愛想笑いをやめ、強引に腕を伸ばしてきた。とっさに逃げようとするけれど、肩を摑んだ男に封筒をとりあげられてしまう。

「ちょっと、返して！」

「書類クダサイ」

同じ言葉しか繰りかえさない男が、ロボットじみて不気味だった。飛びつこうとしても真次に届かないよう高く手をあげ、あざけるようにひらひらと振ってみせる。

「なんなんだよ！　この……っ」

会議室に逃げこもうとする男を追うと、予想どおりなかには誰もいない。薄笑いを浮かべて逃げようとする男に摑みかかったところで、背後のドアがひらいた。

「真次！」

はっとして振り返ると、そこにはなぜかグイードとアレッシオ、シエラにジュリアスがいた。驚きに目を瞠った真次が状況判断をできないでいると、ジュリアスが「ああ、やっぱり」といやな顔をしてみせた。

「ほら、言ったとおりですよ。やっぱりですよ。ここにきた、これが証拠でしょう！」

いきなり両手を振りあげ、芝居がかった態度をとるジュリアスに、真次は面食らった。

「な、なにが？　やっぱり？」

「なにがじゃないですよ。とぼけないでくださいよ、真次さん。その書類、どこから持ちだしたんですか」

「え……？　は？」

なにがなんだかわからずにいる真次が硬直していると、男が逃げようと走りだす。あっと思うよりもはやくアレッシオが駆けだし、書類を奪いとってグイードへと渡す。しかしほっとしたのもつかの間、男はとんでもないことを言いだした。

「ゴメンナサイ、マツグさん。失敗シマシタ」

「……はい？」

「アレッシオもゴメンナサイ、見ツカテシマイマシタ」

一本調子の台詞が不気味で、ぽかんとなった。まるでへたくそな素人芝居でも見ているような気分で、日本語のわからないアレッシオも怪訝そうな顔をしている。

つかつかと近づいてきたグイードが、真次の持ってきた書類袋を一瞥《いちべつ》し、振ってみせる。

「真次、これがなにか知っているか？」

「え、いや、知りません」

グイードの問いにかぶりを振ると、わざとらしくジュリアスが鼻を鳴らした。

「とぼけないでください。その書類はね、今度のプロジェクトの企画書なんですよ。そしてボスとアレッシオしか保管場所を知らない。なぜそんなものをあなたが持っていて、しかもその男に渡そうとしてるんですか」

「……はあ」

いまだになにがなんだかわからず、あいまいにうなずくと、ジュリアスはこれまた派手な身振り手振りで真次を糾弾しはじめた。

「しらばっくれて。アレッシオと共謀して、裏切るつもりだったんだろう！」

「はい⁉」

「これだけよくしてくださったボスを裏切って、なんてやつなんだ！」

「え、ちょっとまじで、言ってる意味わかんない……」

真次はただただ、唖然とするばかりだった。すこしも事態が呑みこめず、思わずグイードを見ると、封筒の中身を検分していた彼は「たしかにそうだな」とうなずく。

「これは、あるプロジェクトの企画書だ」

「え、ちょっ……だ、だってさっき、アレッシオからメールが。忘れ物持ってきてって」

真次がつぶやくと、アレッシオに近づいたシエラが小声で耳打ちする。おそらく通訳したのだろう、彼は大きくかぶりを振り、「送ッテナイ」と言う。どういうことだと混乱した。

（え、なにこれ、なにこれ？）

まったく状況が見えないまま、なにかとんでもない事態が進行していることだけはわかった。立ちつくし、グイードを見ると、彼は不快そうにため息をつく。

「さっき、きみがそこの男——うちのライバル会社の人間に、重要書類を渡してスパイをおこなおうとしている、という匿名の連絡がはいってね」

「は、い？」

「それと同時に、わたしの会社に対するいやがらせのため、危険物をここにおいたというものと、真次を誘拐してここに拉致《らち》した、というものもあった」

「ふえ⁉」

なんだそれは。めちゃくちゃにもほどがある、しかも内容がばらばらの脅迫や密告が、いっぺんにやってきたということか。真次はますます混乱し、グイードはますます顔をこわばらせる。怒りを示して、彼のこめかみには青筋が浮いていた。

「ご丁寧に、場所だけは同じものが指定されていたから、やってきたわけなんだが。……これは、いったいどういうことなのか、説明してくれないか」

「え……」

ちょっと待って、どういうこと。冷ややかなグイードの声に真次はただ口を開閉させるしかできず、そのうしろでジュリアスは勝ち誇ったように笑っている。

シエラは無言で目を伏せ、アレッシオはじっと、真次を見つめていた。

（まさか、嘘だろ。そんなの信じたの？）

あまりのことに茫然となっていると、グイードがいらだたしげにテーブルに手をつき、きつい口調で言いはなった。

「さっさと説明しろと言っているだろう――ジュリアス！」

「えっ」

グイードが睨みつけたのは、真次ではなく自分の秘書のほうだった。今度青ざめたのは、にやついていたジュリアスのほうで、真次は目をしばたたかせる。

まったく、ついていけない。どういうことかわからない。取り残され、目のまえで上演される三文芝居じみた状況をただ眺めているしかできない。

「いいかげん、おそまつすぎる。なんだこれは。子どものお芝居でももうすこしマシな筋書きを書くだろうに」

「ボス……あの……」

「言い訳はあとで聞く。アレッシオ」

「Si.」

いつの間にかバンドタイプの拘束具で謎の男の腕をうしろ手に縛りつけたアレッシオは、おたついているジュリアスのもとへと近づき、その腕をひねりあげた。

冷ややかな顔でそれを見ていたグイードは、真次に「おいで」と手をさしのべる。よろけながら近づくと、ひとまえだと言うのにかまわず抱きよせられた。

「けがは？」

「な、なんにも……でも、あの、これ、なに？」

「すぐにわかる」

グイードはアレッシオへ顎をしゃくった。うなずいた彼は、ジュリアスと謎の男をふたりとも、備えつけの椅子に座らせ、その脚を椅子の脚に縛りつけた。

「あの、グイード」

「もうひとりゲストがくる」

見たこともないほど厳しい顔をしたグイードにたじろぐと、肩を強く抱かれた。そして数分後、わめき散らしながらアレッシオと同じくらい屈強な男に捕まえられたティナが、会議室へとはいってくる。とたん、びくっとしたのはジュリアスだった。彼女もまたジュリアスに向け、ひどく荒い口調でののしりとおぼしき言葉を吐く。

「Vaffanculo!《くそがっ》」

（あ、ヴァッファンクーロ……ってたしか映画で聞いたことあったような）

あれはニューシネマパラダイスだっけ。スラングだよな……と真次が遠い目をしていると、大きな手に耳をふさがれた。

「え、なに、グイード」

「真次は聞かなくていい。きみの耳が穢《けが》れる」

きょとんとした真次にシエラが噴きだした。さきほどからうつむいていたのは、べつに神妙にしていたのではなく、笑うのをこらえていたらしい。

「シエラ、笑うな」

「Mi dispiace.《ごめんなさーい》」

詫びらしい言葉をわざとイタリア語で告げたシエラはすました顔をしているが、唇がひきつっていた。じっとそちらを見ていると、苦笑いのシエラが咳払いをする。

「ごめんなさい、真次さん。ボスが過保護すぎるのと、ちょっと本当にばかみたいな顛末なので、笑ってしまって」

「……はあ。まあ、なんとなく状況は呑みこめたんですが。これ陰謀のつもりだったんでしょうか」

「そうみたいです。ちなみに、この三文芝居の企画立案は、クリスティーナ嬢でしょうよ。まさかジュリアスが乗っかるとは思わなかったけど」

同僚だった男を見つめ、シエラはやれやれとため息をついた。だが聡明な彼女の目は見たこともないほど冷ややかだ。

「ばかやったわね。とにかく、真次さんはいちど、お部屋に戻っていてください。あとのことはわたしたちで」

「でも……」

いまだに耳をふさいでいる男を見あげ、ちらりとうかがう。どうした、というようにグイードが眉を動かした。

「ごめんなさい」

「なぜ真次が謝る？」

手を離し、両頬を包んだグイードに「変だとは思ったけど、結果的にだまされちゃったから」とつぶやく。

「なにかおかしいって思った時点で、グイードに電話したんだ。でも通じなくて。もっとしつこくかけるなり、シエラとか、ほかのひとにも連絡いれて、確認とれるまで動かなければよかった」

そうすればよけいな手間をかけずにすんだかもしれないのに。最終的には自分のせいではないとはいえ、脇があまくてトラブルに巻きこまれたことに落ちこんでいると、グイードはひたすらやさしかった。

「真次が謝る必要はない。ティナのタチが、そしてジュリアスの頭が悪かっただけだ」

「え、でも――」

不用心だと叱るべきなのに、そっと頭を撫でたグイードは、真次の額に音をたててキスをする。思わず彼がふれたところを自分の指で押さえ、真っ赤になる。

「あらあら」

真次を眺めたシエラがおかしそうに笑ったとたん、ティナの金切り声が聞こえた。

「Cazzo!《くそったれ》 Pezzo di merda!!《こんちくしょう》　×××××!!」

ジュリアスに同じく縛りつけられたティナは、全身を揺らして抗いながら、真次をすさまじい形相《ぎょうそう》で睨みつけている。彼女の言葉の後半は、もはや言語にすらなっていなかったが、またもやグイードに耳をふさがれ、今度はシエラまで顔をしかめた。

「なに言われたの？」

「……言いたくない」

「まあ、あれです。英語で言うサノバビッチ」

グイードは苦い顔で返答を拒否したが、あえて日本語発音で言うことで、多少やわらげようとしたのはシエラだった。上司に睨まれたが、肝の太い彼女は肩をすくめる。

「あの、心配しなくても意味わからないし、それにおれ日本人だから、イタリア語でののしられてもぜんぜんダメージないですよ」

顔を包みこむようなグイードの手をぽんぽんとたたいて、「ね」と彼をなだめる。

「真次がよくても、わたしは不愉快だ」

「ボス、そう思うなら真次さんをさっさと解放して、帰しておあげなさいな。あんな女狐《めぎつね》といっしょの空気を吸わせてるほうがよろしくないですよ」

さらっと言ってのけるシエラの毒舌のほうがむしろ怖い。こくこくとうなずくと、グイードはまた額に、そして頬と鼻さきにもキスをして、やっと真次を解放する。

「―― Alessio.」

「Si.」

彼らの会話は、いつも短い。グイードが名を呼び、アレッシオが答える。それでも命令が通じないことはなく、アレッシオは、ティナをつれてきた同僚らしい男と交代すると、真次をエスコートしながら、シエラといっしょに部屋からでた。

なにがなんだかわからないうちに、ことがはじまって、終わった。全容はそのうちグイードが説明してくれるだろうが、どうしても確認したいことがあって真次はシエラへと問いかけた。

「ねえ、なんでグイードの電話、通じなかったんでしょうか」

「おそらく話し中のせいですね。ティナ嬢がひっきりなしに鬼電してましたから。思えばあれも、真次さんからの電話をとらせないためでしょう。あさはかですが、あれだけ執拗《しつよう》にやっていれば効果的だったということですね。結果、成功してますし」

俗語も堪能なシエラは、やれやれという具合に額をおさえてみせた。

「それと、どうしてアレッシオからメールがきたのに、彼は知らないんですか?」

「たぶん、真次さんの携帯の登録をジュリアスが入れ替えたんだと。確認してみては?」

言われてみると、真次は不用心に部屋のテーブルへ携帯を放置していることも多かった。放っておくな、とグイードやシエラに注意を受けたことは何度かある。目のまえにあるならともかく、スイートの広い空間でべつの部屋にいってしまえば、出入りを許されていたジュリアスにはいじり放題だっただろう。

「でも、届いたときアドレスも同じだったと……」

はっとした真次は、携帯のアドレス帳を確認する。よくよく見れば、登録メールアドレスの頭の部分、本来は『Alessio』だったものが『Alessi0』に変更されていた。

「ゼロとO《オー》が違ってる!」

「シンプルですが、一見わかりにくいですよね」

裕真の悪筆で住所を書き間違えたパオラよろしく、似て非なる文字にごまかされたらしい。本当におそまつな話だと思いながら、登録を修正した。

「真次さん、今後はパスワードでロックしてくださいな?」

「……そうします」

事態の原因になった携帯を手にお小言を言われ、真次はうなだれた。

＊　＊　＊

その夜、グイードがスイートルームに戻ってきたのは、深夜近くになってからのことだった。さしもの彼も、見たことがないほど疲労し、また怒りをたたえた顔で、真次は心底から気の毒になった。

「ひとまずは、これで完全にカタがついたと思う」

言うなりスーツの上着を脱ぎ、ネクタイをゆるめた彼は、どさりとソファに身体をあずけた。疲れきっている彼にコーヒーをすすめながら、話を聞いていいものかどうか真次は迷う。

「……訊きたいことがあるんだろう？　なんでも答えるから、言いなさい」

隣に腰かけ、困った顔をしていた真次の頰を指でつついて、グイードはそんなことを言った。その表情はさきほどまでの険しいものではなく、すこしだけほっとする。

「じゃあ、なにがいったいどうなったのか、教えてください。けっきょく、黒幕はぜんぶ、ティナだったんですか？」

「ああ、そういうことになる。さっきのいままで、泣いてわめいて大変なところを説得して、すべてしゃべらせた」

ティナが白状したところによると、ジュリアスを金と身体で巻きこみ、グイードのオフィスから書類を盗ませたのだそうだ。そしてあの妙な日本語を話す男も、ティナが雇ったアジア系の役者で、とくにライバル企業の人間とかそういうものではなかった。

怪しい気配に気づいていたアレッシオとグイードで、わざとジュリアスのまえで、グイードのオフィスの金庫にしまっておいたものだった。

「たしかに重要書類と言えば、そうなのだけれどね」

ジュリアスは企画書や計画書のたぐいだと信じていたようだが、じつのところそれらの本物を管理しているのはシエラのほう。

「ジュリアスもよくよく読めば、赤ん坊のゆりかごが企画書に載っていることのおかしさに気づいたと思うんだが」

「……え？」

「あれはパオラが国に戻ったときの新居の、買いもののリストなんだ」

複数綴《つづ》りの企画書の、書き出しについてはいかにもそれらしいものをシエラが作成。だが後半には、屋敷一軒を埋める家具や雑貨の一覧表があるだけだったそうだ。デザイナーで茶目っ気のある彼女はそのタイトルに、「P-Project」といかにも仰々しい文字で表紙をつけていた。

「あちらのスタッフに手配させるためのリストだったんだが、見抜く暇はなかったようだ」

ジュリアスは、パオラやグイードが真次を贔屓《ひいき》することに嫉妬《しっと》し、ついでにアレッシオも目のかたきにしていたことから逆恨みもあったそうだ。

「でも、あんなザルな計画に、なんでジュリアスが乗っちゃったんですか？」

そこまであさはかな男なら、グイードが雇ったりはしないだろう。そう思って訊《たず》ねると、彼はちいさくうめいた。

「……正気ではなかったから、らしい」

苦々しげに言ったグイードの言葉にいやなものを感じて、真次は眉をひそめる。

「ティナは、かなりのセックス中毒でもあってね。それを極めるために、あまりよくないものにも手をだしているという噂はあった。残念な話だが、日本よりもあの手のものが手にはいりやすいんだ。ぎりぎり、違法なものではないが」

「まさか……」

薬物のたぐいということか。はっきり聞きかえすことが怖くて、真次は首をすくめる。グイードも同じ気持ちなのだろう、真次の肩を抱き、頭をこすりつけてきた。

「……正直、ちょっとだけ疑ったんです。ぼくの服をめちゃくちゃにしたときの態度とか、ちょっとふつうじゃなくて」

同じ疑いを持っていたのだろうグイードは、深くうなずく。

「ジュリアスはもともと、まじめで融通が利かない男だったから、ひとたまりもなかっただろうな」

ティナについては、こちらの話を聞かないならば今回の件を司法に訴え、強制的に帰国させると脅かしたそうだが、ある意味巻きこまれたジュリアスについては思うところもあったのだろう。

「今回の件が表に漏れるのはまずすぎるから、国に戻って治療を受けることを条件に、訴えでるのはやめた。ティナについてもそうだ。聞きいれなければこのまま日本の警察に突きだすと言ったら、やっと条件を呑んだ」

真次は無言でうなずく以外、なにもできなかった。

「これで、ぜんぶ終わったんですね」

「そうなるな。ほっとしたよ」

肩の荷が降りた、と文字どおりに広い肩を上下させたグイードに、おめでとう、お疲れさまと言うべきなのはわかっていた。けれどついにこの日がきたか、と思うばかりで、真次はなにも言うことができない。

(これで、ぜんぶ言い訳がなくなった)

ティナの件も片づき、愛人は実際的には必要がなくなった。

支社長という立場からしても、いずれ本国に帰ることもあるだろう。次男とはいえ、貴族としての立場もきっとあって、もしかしたら奥さんをもらって子どもを作る義務も。

(そしたらきっと、つりあうおうちから、お嬢さんとか紹介されて……)

想像しただけで、胸になにか大きな杭《くい》が突き刺さったように感じた。思わず全身をこわばらせる真次に、グイードは怪訝な顔をする。

「真次、どうした？」

「いえ……」

この日がくるのが怖かった。大事にされればされるほど、だんだんつらくなって、だからティナのいやがらせだろうが、ジュリアスの態度が悪かろうが、平気だったのだ。グイードに捨てられる日がくること以上に、真次の苦しみはなかったから。

「とりあえずこれで、契約終了、ですよね？」

「ああ、契約は終わったな」

あっさりうなずかれ、やはり、と真次は目を閉じた。終わりはなんでも唐突で、簡単だ。

「じゃ……じゃあ、はやいところ荷造り、してしまいますね」

「ん？」

「あ、そうそう。腕も治ったし、片づけは自分でしますから。もうグイードさんのスタッフの皆さんを、わずらわせることはないですから」

空元気で涙目をごまかそうと、真次は無理やり笑ってみせる。だがグイードは、目を瞠ったまま固まっていた。

「真次はなにを言っているんだ？　どうしていまさら、グイードさんなどと言う？　それに、荷造りって言うのはなんのことだ」

「だってもう愛人じゃないんだから、この部屋にいつまでもいるのはおかし――」

そのとたん、部屋の温度が一気に三度ほど下がった気がした。

「真次は、なにを、言っているんだ？」

「え……と？」

にっこりとグイードが微笑んだ。けれど翡翠色の目が濃く暗くなり、感情を害したことを伝えてくる。どうして、とおたつきながら、真次は背筋を伸ばした。

「だ、だから契約は終わりましたよね？」

「ティナに関して、見せつける行動をとるという点において、きみの被る迷惑やプライベートを拘束することについては、そうだ」

「だから愛人関係も解消ですよね⁉」

「そんな話は一度もしていないし、認めるつもりもまったくないが？」

え、あれ、まって、と真次は混乱しはじめた。

「だ、だってこれって擬装愛人ってことで」

「セックスまでしておいて擬装はないだろう」

お互い変な顔で睨みあったけれども、「なにがおかしい」と言わんばかりの態度でいるグイードをまえにしていると、まるで自分が勘違いしているような気がしてくる。

おまけに彼は、責めるような口調でこんなことまで言った。

「まえまえから思っていたんだが、真次はわたしの愛人でいるのがいやなのか？」

「え、いやでは、ないですが」

だったら最初から拒否している。ぶんぶんと頭を振ると「そのわりにはいつも、逃げ腰な気がする」と彼は不服そうに言った。

「最大限わたしのために時間をとってほしいから、報酬も渡すといったのに、アルバイトをするのは曲げられないだとか条件をつけてくるし」

「えと……」

「セックスで恥ずかしがるのはしかたないにしても、なんだかんだと理由をつけて抱きしめれば逃げる。本当にいやでないなら、なぜそういう態度なんだ」

「……ちなみにうかがいますけれども、いままでの愛人さんたちはその……」

「いままでに愛人を作ったことはいちどもないが」

あれ、またなんか変な話になった。真次はくらくらしながら、言葉を探す。

「でもアリッサとか……そ、そうだ、ダニエラさんは⁉　けがしちゃった女優さん！」

「アリッサとは数回寝ただけでつきあってもいない。ダニエラはティナへ見せつける契約をしただけで、じっさいには挨拶以上のキスもしなかった」

あれー。気抜けした声が喉から漏れて、真次はどうにか正気になろうと頭を振る。

「まあ、その、そのあたりはなにか、言葉の行き違いがあったんだと思います。でもやっぱり愛人って不自然だし、区切りのいいところで終わりにするほうがいいと思います」

あくまでそれは、真次の心がこれ以上彼にかたむいたあとで捨てられるダメージを防ぐための行動であるけれど。ここまで言えばわかってくれるだろうと思ったのに、グイードはやはりグイードだった。

「なぜ区切らないといけないんだ？」

脱力しそうになりながら、真次は声を振り絞った。

「愛人っていうのはふつう、いつまでもいっしょにいるものじゃないでしょう！」

「どうしてだ。うちの父にはルイーズという愛人がいたし、彼女が亡くなる最後まで、むつまじかったし、大事にしていた」

「でも、亡くなった奥さまはいらしたでしょう」

パオラから聞いた、やさしくあたたかな母親像。そうしたひとがいたのだし、本来の伴侶《はんりょ》があっての話では――と言えば、グイードは苦くつぶやいた。

「母がやさしかった？　それはパオラの記憶違いだろう」

「でも、おかあさまのこと、とても嬉しそうに話していましたけど」

話が食い違っている。もしかしてグイードに対してと、パオラに対しての態度が違う母親だったのだろうか。そんなふうに考えたけれど、グイードに聞かされた事実はもっと複雑なものだった。

「幼いころの記憶が混同しているんだろう。ルイーズのことを母だと思いこんでいるのかな。彼女はもともと、わたしたちのナニーだったから」

なにかを思いだしたように、グイードの唇に笑みが浮かんだ。あたたかな表情に真次はどきりとする。じっと見つめていることに気づいたのだろう、彼は真次に苦笑してみせて、複雑な家庭についての話を続けた。

「母は、兄とわたしとを産んだあと、ひとりで好きに暮らしていた。もともと事業提携の契約で、お互いの親に決められて結婚したからな」

ルイーズのことを語るのに比べ、ひどくあっさりとした口調に驚く。恨んでいるというほどでもないようだけれど、実の母に対して、どこか突き放したような発言だった。

「母は、もともと情の薄いひとだった。男に対しても子どもに対しても、あまり興味を持てないタチで。ことさらひどくされたわけではないが……関心がなかったんだ。ただ、父もわたしたちもべつにきらわれていたわけでもなかったから、離婚は考えなかったようだが」

そして男児をふたり産んだあとには、義務ははたしたと言ってほとんど家に寄りつかず、趣味に没頭していたそうだ。

だがそこで、ふと真次は気づく。いやな予感がした。

「でもパオラは、かなり歳《とし》が離れてますよね……?」

「それも勝手な話でね。妊娠できるぎりぎりの年齢になったから、女の子がほしくなったと言って、父にねだったらしい。そのころすでにルイーズがいたから、父はむろん子作りに乗り気ではなかったし、拒んだ」

ふっと顔を歪めたグイードは「ここからさきは、パオラにはぜったいに言わないでくれ」と念を押し、真次はうなずいた。

「一応は伝統のある家で、当時のわたしたちはまだ若かった。兄も幼いころは病気がちだったし、もしも、なにかが起きたときのためにと——父は精子バンクに登録していた」

「え、あ……じゃあ、まさか」

「パオラはそれを使って、人工授精で生まれた子だ。むろん不妊治療などに使われるのと同じ、正当な方法だ。母も高齢出産といわれる年齢だったし、確実にしたかったといえばそこまでなんだが」

ふう、とグイードは息をついた。いつでもタフな彼にしては、疲れた表情だった。

「パオラが信じているように、父と母が愛をかわしたわけではなかった。……いや、そういう意味ではわたしや兄についても、医療の先端技術を使ったか、ナチュラルな方法をとったかというだけの話で、大差はないかもしれない」

皮肉な顔をするグイードがどこか痛々しくて、真次はかつて入院していたとき、彼がそうしてくれたように、大きな手をぎゅっと握った。目を伏せたまま微笑み、グイードはその手を握り返してくる。

「母も、けっして悪いひとではないんだ。ただどこか子どものようだった。自由で気ままで、憎めなかった。大人にも母親になるにも、適性がなさすぎただけだ」

グイードたちの母親は、オペラなどの演劇や、絵画、音楽が大好きで、パーティーを夜ごと渡り歩くのが生き甲斐の、ふわふわしたひとだったそうだ。

「目をきらきらさせて、いい画家が見つかった、あの歌手はこれから伸びると、わたしにも語ったよ。といって、男を作るわけじゃなく、芸術家たちのパトロネスでいることに満足していた。わたしや兄の学校の成績など気にしたこともなくて、あなたたちの好きなようにすればいいとあっさりしたものだった」

現実を生きるより、夢のような幻を追う女性だったと、グイードは冷静にそう言った。その口調は、母親を語るよりむしろ、ちょっと変わった知人について語っているかのように穏やかだった。それだけに、真次はせつなくなる。

「パオラについても、とにかく女の子を『産みたかった』だけのようで、そのあとは満足したからと、こちらまかせだった。母乳を飲ませたことも、いちどもない。どころか、抱いたことすらなかった」

高価なオモチャをほしがり、手にいれたことで気がすむわがままな子ども、それそのものだった、とグイードは実母を評した。

「パオラは、そのことは……」

「母についての実情は、よく知らないだろう。まだ幼かったし、結婚に絶望してほしくなかったから、わたしたちもあえて教えなかったが……すこし、夢を見させすぎた気はする」

長兄とグイードとで、親代わりとして大事に大事にかわいがってきた花のようなパオラ。それをうっかり日本からの旅人が摘《つ》みとってしまうなど、想定外だったのだろう。

「おかあさまは、いつ、どうしてお亡くなりになったんですか?」

「パオラが五歳になるかならないかのころ、チャーターした小型飛行機の事故で亡くなった」

世界各国を旅していた彼女にとっては、満足な死に様だったのではないかとグイードは目を伏せた。複雑すぎて、恨むことすらできない実母への感情に、真次はなんと言っていいかわからなかった。

「父とルイーズの仲は、母とのそれと違ってむつまじかった。ルイーズは子どもができない身体だったせいか、わたしたちをとてもかわいがってくれた。……残念ながら、その原因のおかげで、彼女も亡くなってしまったけれど」

「もしかして、それ」

「子宮癌《がん》を若いころにわずらっていたそうだ。治療も手術もしたし、もう平気かと思っていたんだが……気づけば肺に転移していた。それからはあっという間で、父の嘆きは深かった」

やさしいひとで、わたしも大好きだったよ。遠くを見るような目で、グイードは言った。

そしてようやくわかった。彼のなかにある「愛人」とは――契約的な結婚に縛られず、それこそ日陰の身であったとしても、ただ彼の父親に愛情を注ぎ続け、愛され続けたルイーズの姿をベースにしているのだ。

（そういうの、が、ほしかったの？）

子どものように勝手で、自分だけを愛した母親ではなく、ルイーズのような献身的な愛情を求めていたのだろうか。どこまでも完璧な男のなかにいる、子ども時代の歪んだ疵《きず》、それゆえの価値観に、なんだか胸が痛くなってくる。

それでも、なおのこと――だからこそ、グイードには奇妙な愛人などではなく、ちゃんとした恋人を作ってほしいと思った。

「でもそれは『愛人』だからいいんじゃないでしょう？　ルイーズさんだからだ」

「そうだ。だからわたしは真次を愛人にしたかった。ほかの誰でもなく」

嚙みあわない言葉に、んんん、と真次はこめかみを押さえる。

「だからぼくじゃなくても、やさしくて心根のいいひとと、ちゃんと結婚を」

「だから真次がいいんだろう？」

ますますわからなくなってきた。このひとと話しているといつもこうだと思っていると、そっと抱きよせられ、つむじにキスを落とされる。思わず赤面すると「真次はいつも赤くなる。かわいらしい」とグイードは楽しそうに笑い、ふたたび同じ場所にキスをした。

「はじめて会った日、誤解からひどい目に遭わせたのに、真次は冷静で、こちらの攻撃をやり返すような真似もしなかった」

「いや、一応、怒鳴り返したこともあったと思うんですけど……」

「たったいちどだろう？　しかも正当な抗議だ。あの程度、反撃にはならないよ」

苦笑してグイードは真次の髪を撫でた。

「おまけに自分が動けもしないくせに、パオラの心配ばかりして」

「それは、事情も事情だったし」

「家族を亡くしてけがまでしたのに、わたしがなにを言おうと毅然《きぜん》としていた。そのうえ、あれこれとパオラにやさしくしようとして、アンジェロのことを喜んで。シエラにもアレッシオにも思いやりを持って礼儀正しく接してくれたと聞いている。彼らは皆、きみが好きだ」

グイードがひとことひとことを紡ぐたび、めまいがする。そんなにいいものではないと、必死に真次は言いつのった。

「だって嬉しかったんです。兄が亡くなって、親もいなくなって……でもぼくに家族が、まだいるんだって嬉しくて。アレッシオもシエラもともだちみたいで、だからそれだけ――」

「それだけのこと、ではないと思う。こちらを訴えると言っても当然のことだったのに、治療費をだすというだけで恐縮して、必要以上のものはなにも受けとらず」

やさしい目を向けられ、真次は息を呑んだ。

「出会ってすぐ、このひとはルイーズと同じ魂を持ったひとだと気づいた」

その言葉は、おそらくグイードにとって最大級の讃辞だ。誇らしくも恥ずかしく、真次は真っ赤になる。

「だからはやく、わたしのものにしなければいけないと思った。放っておいたらパオラにさきをこされる可能性もあったし」

「え、そんなまさか」

ありえない、とかぶりを振ろうとした真次の頬を、グイードはそっとつまんだ。

「パオラも言っていただろう。顔の好みはそっくりだ」

どうやらあの会話は、きょうだいの間でも再現されていたらしい。だがそのとき自分を落ちこませた言葉も忘れられず、真次は目を伏せる。

「でも、パオラは言ってました。あなたは裕真みたいなタイプのほうが好きだって……気が強くて、しっかり自己主張するような」

むかし、闊達《かったつ》な兄と比べられたときのことを思いだし、真次の声が苦くなる。だがグイードは、いったいなにを言っているとばかりに苦笑した。

「真次は強いだろう。自分も曲げないし頑固だ。他人の世話になるのもよしとしない。自立心もある。……それが高じてゲイタウンで働いているのはどうも気分が悪かったので、それはやめさせたかったが」

「え？　でもあのときはなんか、違う感じで……軽蔑《けいべつ》してるっぽかったっていうか」

こちらから説明するまで、遊びがすぎると言っていたくせにどういうことだ。グイードを見れば「軽蔑と嫉妬は違うだろう」と悪びれず言われた。

「し、嫉妬？」

「そうだ。きみがほかの男とたわむれていること自体が――まあ、誤解だったのでほっとしたけれど――気にいらなかった。いろいろ言ったが、本音はそれだけだ」

次々に思ってもみなかったことを言われ、真次はパンク寸前だった。目をまわしかけているのに気づき、グイードはにやりとする。

「それに、あのタイミングで言えば、義理堅いきみは断らないだろうと思った」

いくら報酬とは別件だと言っても、真次の性格上気にしないわけがない。弱みを握っていたようなものだと、自覚していたと言われ、真次はあきれた。

「……まさか、ぜんぶ、計算尽《ず》くですか？」

めずらしく、にやりとグイードは笑った。そして真次の唖然とした顔を、そっと撫でる。

「悠長に待っていられなかったからね」

「な、なにを」

「きみがわたしを愛するようになるのを。はやく手にいれたかった」

「あ、愛？」

聞き慣れない言葉のせいで、どっと音をたてて血が頭にのぼってくる。

それはふつう、愛人に向けるものではないのではないだろうか。

「でも、あ、愛人とかって言ったら、ふつうはもっとドライな関係かなと思うでしょう⁉」

「ありきたりに交際を申し込むよりインパクトはあっただろう？」

いつぞやか、パオラと交わした会話を思いだす。

――Mistress《ミストレス》と、Lover《ラバー》。どちらも日本語にしたら〝アイジン〟なのでしょ。それに日本語では〝あいするひと〟と書くのよね？

彼女なりに知恵を絞った推論は、筋がとおっている気がしていた。そうであってくれればいいな、とも思っていた。

（でもパオラ。きみのお兄さん、もっと、とんでもなかったよ……）

日本人以上に日本語に長《た》けた男は、ちゃんとそのニュアンスがわかったうえで無茶ぶりをしてきたということか。

しかしここで負けまいと、投げだされていた問題に真次は噛みついた。

「でも、だって違うでしょう⁉　ティナがいろいろやってくれて、助けるために、だから」

「ああ。ティナはまったくいいタイミングで、トラブルを起こしてくれたものだった。きみは、困っている人間には同情する。やさしいからね」

つけこみどころがあって助かった。しゃあしゃあというグイードに、真次は唇を噛む。

それが事実だというならば、あれだけ恥ずかしい思いをしたのはいったい、なんのためだったというのだろうか。

「まさか、最初の最初から嘘で――」

「いや、あのときティナに結婚を迫られて面倒だったのは本当だ」

さすがにそこまで嘘つきではなかったらしい。力を抜きかけると、彼はにやりと笑う。

「ただ、あの程度の小娘を、わたしが本気で追い払えないと思われていたら、心外だな」

「……こ、むすめ？」

「手段はね、いくらでもあるんだよ。真次」

真次はぱくぱくと口を開閉させる。そしてはっとなってグイードを睨んだ。

「まさかけがさせられた女優さん……ダニエラってひとも、嘘？」

グイードはふっと眉を寄せ、目を伏せた。

「いや、それだけは本当だ。あそこまでティナが暴走するのは想定外だった。だからこそ、真次には完璧なボディガードをつけていたつもりだった。部屋に乗りこまれたあたり、これでもあまかったのだと悔やんだが」

そっと、折れたほうの腕を手にとり、撫でられる。

「きみには痛い思いや、怖い思いばかりさせてしまった。すまない」

「あなたのせいじゃないです」

「いや、十全ではなかった」

いちどした失敗は二度と犯さない。そして自分にも許さない。それがグイード・ランドルフィという男なのだと真次も知っている。だからこそ、起こりえるはずのなかった二度、三度のトラブルは、彼のプライドをいたく傷つけているはずだ。

口にだす何倍も悔やんでいるのがわかり、真次はそっと、彼の乱れた髪に指をふれさせた。やさしく撫でると、目を閉じたグイードが真次の肩に額を押しつけてくる。あまえるような仕種に、胸がきゅんとした。

(それにしても、十全なんて言葉知ってるひとが、愛人程度の日本語、取り違えるわけはないんだよね……)

ちょっとだけ微妙な気持ちになりつつ、真次は彼の髪を撫でつづける。

「それから、やさしい真次には朗報だ。ダニエラはオーディションをがんばって、この夏には初の映画出演が決まった。準主役だそうだ。むろん後押しはしたが、実力で得たものだ」

「よかった！」

ほっと息をつき、笑顔になった真次にグイードも微笑み、不意打ちで口づけてくる。真っ赤になって口を押さえると、髪を撫でられた。

(……って、待って！　ごまかされない！　やさしくされても、ほだされない！)

うっかりしたが、話はまだついていなかった。どんな顔をしてどんなふうにふれれば懐柔できるか知り尽くしている相手に無駄な抵抗と知りつつも、真次は必死になって睨みつける。

「あの、そもそも、ぼくにその気がなかったら、どうするつもりだったんですか」

「それも最初に言っただろう。きみの視線には気づいていた。なにしろ同じ部屋にパオラもいるのに、わたししか見ていないんだから。しかもあんな目で」

自信満々で言いきられ、頭を抱えるしかない。自分はどんな目をしたというのだろうか。

それ以上にこの傲慢とも言える言いざまはどうなのだと思うけれど、グイードだからしかたがない。

「とはいえ、あっさり落ちてくれそうにもないから、へたな策略をめぐらすことになった」

答えになっていない答えに、真次は顔をしかめた。

「真次は、たとえわたしに恋をしても、平常時ならばそれを隠し通すつもりだっただろう？」

「なんで……」

「きみの性格からすれば、想像にかたくないよ。真次はまじめで常識的だし、とても控えめだ。このままいけばただの親戚の位置にわたしを据えるだろうことも予想できたからね」

お見通しの発言に、真次はうつむくしかなかった。

「でも、おれが常識的だってわかってたなら、あんな……愛人とかいきなり言いだして、引くと思わなかったんですか」

せめてもの抵抗を、これもグイードは一蹴《いっしゅう》する。

からね」

「だからこそのインパクトだろう。それに当初は、もうすこし遊び慣れていると思っていた

長い指で頬をくすぐりながらグイードはいった。

「なにもかもはじめてだと知ったとき、どれだけ嬉しかったかわかっているのか」

「いえ、まったく」

てっきり経験値もない愛人などハズレを引いたと思っていたのかと。素直にそうこぼすと、グイードは苦笑した。

「けがのことも忘れて夢中でキスをしたのに、気づいてすらくれなかったとは」

「え」

「痛がらなかったら、あのまま奪っていたと思うよ。とにかくはやく、誰にも獲られるまえに、とね」

金色の睫毛に縁取られた目の色がとろりと濃くて、くらくらする。深い森の湖畔に、黄金色の夕陽がさしているようなうつくしい目。なんだかんだと無駄な抵抗をしたところで、これに見つめられたら真次はもう、身動きすらとれないのだ。

気づけばまた膝のうえに載せられて、何度も唇をついばまれていた。

「妹がねだったものを、あげなかったのは真次がはじめてだ」

頬をぴたりと寄せてささやかれ、頭が煮えそうになる。

「きみのやさしさも愛情も、すべてわたしひとりのものにしたい」

そう言いきられて、こっちの台詞だと思いながらしがみつく。

「無茶を言った男との約束をちゃんと守って、貞淑な恋人にもなってくれた」

愛人ではなく、恋人、とグイードは言った。はっとして真次は顔をあげる。

「このまま、ずっとわたしの腕のなかにいてくれれば、なんだってきみの望むものをあげる」

「……なにも」

あなただけいれば。そうつぶやいて広い胸に顔を寄せる。

「グイードがいてくれたら、本当になにもいらないんです」

その答えに感激したようなグイードの口づけはやはり激しくて、けれど真次ももう、抵抗する気などない。指を、腕を、足を、舌を絡めて、ぜんぶを混ぜあいたくて、全身ですがりつく。

「……はやく、抱いてください」

そして彼の唯一の恋人であり愛人であるべく、素直な言葉で求めたとたん、身体は空に浮きあがった。

軽々と真次を抱きかかえたグイードに何度もキスをされ、「いっしょにシャワーを浴びよう」と誘われて、逆らえるはずもなかった。

自分に関しては、下着まで運ばせて平然としているようなお貴族ぶりを発揮するくせに、こういうときのグイードは案外世話焼きだ。

真次の髪を洗い、身体を——これは石鹼の泡をなすりつけるついでに撫でまわされているだけだったが——洗って、奥深いところはとくに丹念に指を使い、泡立った全身をシャワーで流した。

「あ……ん」

ふかふかのタオルで包まれながら、髪を拭《ふ》いてくれたグイードが口づけてくる。

唇というのは、こんなにやわらかいものだったのだろうか。唾液でとろとろになり、しっとりとふくらんだそれをなんどもこすりあわせ、できた隙間をぴったりと重ねあわせる。これだけでも充分気持ちがいいのに、グイードはごくわずかな力をいれて吸い、そうなるともう離れられる気がしなくなってしまう。

「んふ……ん、う、ふっ」

舌さきも、信じられないくらい活発で器用に、したたかに動く。唇の内側、歯、上下の顎。頰を指で撫でられながらその裏側を舌に探られ、外からもなかからもグイードがやさしく圧力をかけてきて、それが妙に淫靡に感じて真次は喉声を漏らしながら身悶える。

舌の裏を、彼の尖らせた舌でぐいぐい押されると苦しくて、なのにそれが挿入のときと同じくらい力強いからたまらなくなる。

（あ……）

唇をほどいたグイードが、満足そうに笑った。

濡れてすこし濃くなった金髪も、けぶるようなグリーンの目もなにもかもが完璧だ。蜂蜜《はちみつ》を溶かしたようなまなざしに、胸のなかからあまくなる。

「本当に真次は、かわいらしい顔をする」

指の背で赤らんだ頬を撫でられた。どんな顔をしたかなど、自分でもわかっている。とろけきって、感じているのを隠せない表情に決まっている。

グイードの表情はやわらいでいるのに、目だけが強くて頭から食べてしまいたいと訴えているようで怖い。なのにぞくぞくした。こんなものでよければすべてあげるから、と両手をさしだす。強引に抱きこまれるかと思えば、両手の指をうやうやしく握りしめられ、そのひとつずつに順番に口づけられた。

「は、……は、あ」

息が荒くなるのは、左の人差し指をついばんだグイードが、次の中指を深く含み、薬指にいたってはつけ根のあたりをなんども噛んで、小指を舐めしゃぶるからだ。このリズムと吸う力を知っている身体は勝手に勘違いをして、ふれられてもいない脚の間をかたくする。むずむずして、足さきがまるまった。腰を抱きよせられると、高さの違う位置にあるお互

いのそれが、清めたばかりの肌にぬるりと、水滴以外のものをこすりつける。

「真次が食べたい」

「ど、どう、ぞ」

視線でさんざん訴えられていたことを口にされ、こくこくとうなずいた。とたん、腰から持ちあげられて大理石の洗面台に持ちあげられる。尻が冷たくないようにという配慮なのか、タオルは腰のしたに敷いたままだ。

「あっ、あっ、あっ」

すぐにはしたない声をあげたのは、じんじんしている乳首をいきなり吸われたからだ。グイードが日々いじり倒したせいで、最初のころよりも赤く、大きくなった気がする。そして最近では、キスをするだけですぐにかたくなる。唇のふれていないほうはほったらかしになっていたけれど、ぐいと太腿を割られたと同時に強くひねられ、濡れたグイードの髪をかき乱しながら「ひん！」と声をあげてしまった。

「もうそんな声をだして、どうするつもり」

ちりっとした痛みを与えた男は、唾液を吸って腫れたようになった片方を指の腹でこねまわし、つねったほうをなだめるようになんどもキスをする。真次はどきどきしていた。たっぷり濡らされたほうと同じくらいに、そっちもいじってほしい。

「左にもキスをしてほしい？」

「う……」

望んでいたことを言いあてられ、恥ずかしくて声がでず、こくこくとうなずく。けれどグイードは「だめだよ」と言って指も離してしまった。

「こっちにさきにキスがしたい」

「あ、あ、だめ……」

顔をおろされて、たくましい肩が脚の間にはいりこむ。だめ、だめ、とうわごとのように繰りかえすくせに、力のはいらない両腿を大きな手に摑まれ、限界までひらかされても逆らえない。そして感じすぎて苦しい場所が、あたたかく濡れたものに包まれる。

「あっあっあっ、あ！　あ！」

じらすつもりはないのか、最初からグイードは激しく舌を使ってきた。根元のまんなかにあるくぼみを親指で押さえ、ふくらみを指でいじりながら強く吸われると、真次の細い腰が勝手に前後しそうになる。だがその動きすら、脚を摑んだグイードに調整されてしまった。もどかしく、心地よく、不安で怖くて嬉しい。しゃくりあげるように呼吸を乱しながら、大理石の台の端を真次は摑んだ。じんじんと爪さきが痺れ、身体は火照《ほて》り、汗が噴きだす。剝きだしになった先端を舌裏で撫でられ、切れこみに添って動かされると悲鳴があがった。

たらたらと体液があふれ、グイードの口が受けとめきれないそれがさらに奥を濡らしていく。きょうの準備は、真次ではなくグイードの手でされた。まだつつましく口を閉じているけれど、いまではちょっと指でつつくだけでほころぶ、彼のためのセックスの場所だ。

「ふぁ」

親指の腹で、ちいさな入口を揉み撫でられた。ふくっとそこがふくらみ、おずおず口を開きかける。強引に踏みこんでくることはないまま、もどかしく呼吸するのを指で感じられていて、それも恥ずかしかった。

「落ち……落ちちゃう……」

ずるずるとすべった身体は頼りなく崩れきり、グイードの肩に載せられた脚でどうにかバランスをとっているような有様だった。ぴんと伸ばされた足さきが空を掻き、広い洗面台のうえに上半身の一部を載せただけの真次は、仰《の》け反ったとたん真後ろの鏡に映ったものをぼうっと眺める。

（……なに）

とろんとした目をして、いやらしく火照った肌をさらしている。グイードの頭が動くたび、瀕死《ひんし》の魚のようにびくりびくりと肌を震わせ、いまできる精一杯で快楽を貪《むさぼ》ろうと細い腰をよじる。しばらく、淫猥《いんわい》すぎるそれを自分だと認識できずにいたが、ひときわ強く吸われた瞬間「あああ」と声をあげた口が同じかたちにひらいて、やっと理解した。

「ああ、やっ、グイード、グイード……！」

「うん？」

急に腰をこわばらせ、指をのむようにあの場所が蠢《うごめ》いた。反応に訝しんだグイードが顔をあげ、真次がなにに羞《は》じらったのかを知ると、くすりと笑った。そしてじたばたしている身体を簡単に抱きあげ、今度は膝から台のうえに乗るように仕向ける。さすがに怖くて鏡に手をつくと、グイードが突きだした尻の片方に口づけてきた。

「や、や、なんですかっ……？」

「支えているからだいじょうぶ。そのまま」

まるみに嚙みつき、おとなしくしなさいと命じたグイードが、びくついている脚をひらかせる。真次は、もうこれ以上ないと思っていたのに、また身体が熱くなるのを感じた。鏡に額をつけ、薄く目をひらいて見おろすと、はしたないことになった自分の全身が見える。そしてうしろにいる彼には、鏡に映った前面も、浅く開閉するうしろもぜんぶ見えている。

「これ、いや、です」

「だめだよ真次、きれいなのだからすべて見せなさい」

「でもっ……あ、いや、あ！」

それはいや、といつも言うのにやめてくれない深い口づけが、うしろの奥にほどこされた。指もいっしょにはいってくる。なかが濡れていくのは、唾液もあるだろうけれど指にまとわりつくあの粘液のせいだ。

「ああ、ああいや、や、だめ、だめ……っ」

鏡を力なく引っ掻いた真次は、泣きながら腰を震わせるしかできない。敏感な粘膜を捏ねられ、抜き差しがはじまった。音が、こんな場所でたつには卑猥《ひわい》すぎる粘ついた音が、ふだんの何倍も響いてたまらない。

（やだ、やだ、怖い）

いつものようにシーツに受けとめられることもなく、滑り落ちるかもしれない台のうえというシチュエーションが恐怖と不安を倍増させる。

「グイード、怖い、怖い、たすけてグイード、グイードグイード……っ」

泣きじゃくって中止を請う。声に本気を感じたグイードが、苦笑して背中に口づけてくる。

「いや？」

「いや、怖い……落ちる……」

全身を震わせている真次を軽く抱えおろす。しがみつくように首に腕をまわすと、ちいさな声で「Scusa.《ごめん》」とつぶやき、額とこめかみにキスを落とされる。

「楽しくて夢中になってしまった」

「おれは、楽しく、なかった……」

洟をすすって腕のなかから睨むと、髪にも口づけたグイードが真次の身体をちらりと見おろす。

「こんななのに？」

萎えきれない身体が憎らしい。首に噛みつくと、グイードは声をあげて笑った。

（ずるい）

屈託のないそれは、はじめてちいさな携帯の画面で見たのと同じ笑顔だ。きゅんと胸が疼いて、真次はあまえるように肩口に顔を埋める。望みを察したグイードが、ようやく寝室のほうへと歩きだす。それなりの重さはあると思うのに、真次ひとり抱えてもどうということはなさそうな表情で、ちょっと同じ男として悔しいけれど、預けられる安心感のほうが勝っている。

「真次が〝おれ〟と言うのが、わたしは好きだよ。敬語が崩れる瞬間も」

「そう、なの？」

「礼儀正しいのも好ましいけれど、本音を聞かせてくれたとわかるから」

ふんわりとおろされたのは、シーツを剝がしたベッドだ。上質なスプリングが身体を受けとめ、そのうえからすぐにグイードがのしかかってくる。無駄のない身体に覆いつくされて、くらくらしながら腕を伸ばすとすぐに抱きしめられた。

「もっと剝きだしになって、なにもとりつくろわなくなるくらいに乱したい」

髪をかきあげ、耳を舐めながらそんなことを言われて、びくっと真次の身体が跳ねた。身じろぐと、どろどろにされた身体のなかをいやでも意識する。

「みっともない、ことは、見せたくない」

「それも知っているけれど、見たい」

「……あなたに軽蔑されたくない」

グリーンの目が冷たくなると、色まで薄くなったように思える。湖水を思わせる翡翠色が凍った宝石に変わる瞬間、真次の魂までしんと冷えて怖くなる。

「軽蔑されそうだと思うほど、はしたなくなってくれるのか？」

「ちが……」

からかわれ、反らしていた顔を戻すと唇がふさがれた。額と顎を捕らえられ、逃げ場がないまま貪られる。膝で脚を割られ、軽く身体をゆすってうながされると、もう逆らえなかった。ふれられた場所すべてから、ちりちりと電流が流れ、脳がスパークしそうになる。

「ん……んんっ、うんっ！」

ひらききった奥へと押しあてられたものが、すこしゆすられただけではいりこんでくる。手を添えてもいないのにグイードはかたく力強くて、真次をどんどん浸食した。薄い唇と裏腹の肉厚な舌で口のなかもいっぱいにされて、知らず涙がにじんだ。

「真次、気持ちがいい？」

「や、言えない」

「言いなさい。きらわれたくないんだろう？」

ずるい、と睨んだら、目尻を指さきで拭われ、雫をおいしそうにグイードが舐める。ぐず、と赤くなった鼻をすすった真次は、両手の拳で目を覆い、声を絞りだした。

「気持ちいい……」

「顔を隠さないで、もういちど」

「あ、やっ、ゆすったら、はいっちゃう」

両手を掴まれ、乗馬の手綱でも操るようにしながら腰を送りこんでくるグイードに、しばらくの間言葉にならないままあえがされた。

「ああ、ん、あん、きも、ちいいっ」

「目を閉じないで、こっちを見る」

「無理っ、やっ、あああ、いやっそれっいやっ」

かぶりを振りながら、どんどん奥にくる彼を拒めない。どころか無意識に脚をつっぱり、腰をあげて迎えいれているのは真次の身体のほうだ。これが好きなくせにと笑われたら否定できない。グイードとするセックスがよくないなんて、嘘でも口にできないくらい、いい。

「真次、いやではないだろう」

「うう……」

「ちゃんと言わないと、やめてしまうよ」

笑いながら脅かされ、「やだ」と真次はすすり泣いた。そして内側にいる脈動をきゅうっと粘膜で握りしめ、囚《とら》われたままの手首をもがかせる。

「やめないで、もっと……気持ちいいから、これ、す、きだから」

お願い、と不自由な指でグイードの手にふれる。彼はくっと低い声で笑った。

「Vedi come sono pazzo di te? Gattino mio.」

「え、なに……えっ、え、あ！」

ぐいと腰を抱きあげられ、脚を投げだしたグイードのうえに座らされる。目をまるくしていると、そのままましたから激しく突きあげられ、悲鳴をあげた真次は彼の首にかじりついた。

短い爪をたて、鼻を鳴らして快楽に耐えていると、グイードがその痛みにまた笑う。

「んやっ、あっ、なに？　あ、なんて、言っ……」

「いいから、口を閉じていないと噛《か》んでしまう」

頬に口づけ、痙攣《けいれん》する背中を撫でおろしながら感じる場所ばかり責めたててくる。真次の中心でたちあがったものは、律動にあわせてきれいに割れた腹筋にこすりつけられ、身体を支える長い指は敏感な乳首をかすめるような位置にある。揺さぶられるたび、かすかな刺激が走ってたまらない。

「おし、教えて……」

「聞いたら、また恥ずかしがるだろう？」

「んん！」

ぐっと押しこまれ、背中を反らす。頭のなかがどろどろになっているようで、思考も目もかすみがちだった。それでも知りたいと真次はかぶりを振る。

「グイードが、言ったこと、聞き逃したくない、です」

あえぎあえぎ言うと、めずらしく一瞬ぐっとつまったグイードが強く抱きよせて、激しくキスをしてくる。感じている声も唾液も息もぜんぶ吸われ、身体のなかのうえもしたも両方、めちゃくちゃにかき混ぜるようにされた真次がまた泣きだすと、グイードはようやく唇をほどいて、言った。

「きみにどれだけ夢中か、わかっているのか？　わたしの子猫」

一瞬ぽかんとして、それがさきほどのささやきの意味だと知ったとたん、真次は本当に全身を真っ赤に染めた。そしてきゅううと絞られた心臓と同時に、あの場所も嬉しげな痙攣を繰りかえす。

「……っ、や、うあ、あん！」

「ほら、だから言ったのに。真次は恥ずかしくなると、もっと感じる」

「いや、や、やー……っ」

半分、わざとやったくせにと言いたかった。真次の好奇心も知識欲もわかったうえで、グイードはからかう。息も絶え絶えになりながら、また背中に爪を立てた。そしてキスをする。

腕が、脚が絡まりあう。上下が入れかわり、考えてもみないようなかたちで愛され、声をあげて震える。

「も、だめ、もう……っ」

泣きながら手の甲で口を覆うと、そっと払われて指を食《は》まされた。歯の間にはさんだせいで、鼻にかかった声が勝手にあふれていく。

身体のなかで育った強烈な快楽と思慕と愛情が、切り離せないまま彼に向かい、また真次へ返される。

（ああ、もう）

ひときわ強く抱きしめられたとき、あまいあまい天国が、見えた。


長い時間をかけて絡まりあったあと、真次は枕を頭に載せて、うつぶせた背中を撫でつづける男の攻撃に耐えていた。

「Non posso fare a meno di amarti.　これは、〝愛さずにいられない〟」

「も……もう、意味、聞かないから」

最中にしつこく意味を聞いたあと、恥ずかしがった真次がおもしろかったのだろう。片肘をついたグイードは上機嫌で、ずっとこの調子だった。

「Ti voglio bene.　大切に想ってる。Ho bisogno di te.　きみが必要だ」

顔を隠すように腕で覆っているのに、どうしようもなかった。自分の肌から、グイードのにおいがする。香水と、彼の汗とがまじった、蠱惑《こわく》的なにおいだ。もう染みついてしまって、離れないような気がする。

「Sei la mia unica ragione di vita. きみはわたしの人生のすべてだ。Senza te potrei morire. きみなしではわたしは死んでしまう」

「聞きませんって言ってるじゃないか、いいったら！」

半分笑っているグイードの言葉の意味はわからなくても、とろけそうな声の響きだけで、愛の言葉だとわかる。そのあとに続くたっぷりと吐息をまぜた声での解説は、あまりに情熱的で、身にあまるようなものばかりだ。

「Ti amo da morire. 死ぬほど愛してる。Mi fai impazzire. きみに夢中でどうにかなりそうだ」

「ベッドのイタリア語講座はいりません！　もういい！」

噛みついたり引っ掻いたりして、真次は抗議する。それでもグイードは笑いながらささやき続け、ついには真っ赤になって枕で耳をふさいだ。

「では、最後にこれだけ」

ぽんぽんと背中をたたかれ、枕から顔をだした真次は、にやついているグイードの顔を見るなり手にしたものをぶつけようとして止められた。くすくすと笑っていた彼は真次の手からやわらかいそれを奪うと、そっと抱きよせてくる。

「……Sono felice di averti incontrato.」

いままでの、からかうような響きとは違う、どこか敬虔《けいけん》な声にどきりとした。おとなしく抱きしめられながら、真次は問いかける。

「それは、どんな意味ですか？」

「きみと出会えてよかった」

かすかに潤んでいるグイードの目に、心臓が痛いくらいに高鳴った。とっさになにか言おうとして、でも言えずに口をつぐむと、彼が自分の唇をとんとんと指でたたく。おずおずと近づき、キスをする直前に真次はたどたどしく、有名なイタリア語をひとことだけ言った。

「……Ti amo.」

次の瞬間、愛の国で生まれた男の情熱的な抱擁《ほうよう》と口づけに見舞われて、もういちど真次はなにもわからなくされてしまった。

＊　＊　＊

事件を起こしてからほどなく、トラブルメーカーだったティナ、及びジュリアスは、アレッシオの配下に監視されたまま無事に帰国した。

ティナは今回の件が父親のジュゼッペに知られ、娘をあまやかし放題だった父親も、さす

がに犯罪まがいにひとをだまそうとしたことにたいそうなご立腹だったらしい。

「でもいままで、あまやかし放題だったんでしょう？　どうして急に」

顛末を説明してくれるグイードに問いかけると、彼はこともなげに言った。

「ティナに一部始終を白状させたときの様子を録画しておいて、ジュゼッペに送りつけた」

（わあ、えげつない……）

長年いつくしんできた愛娘《まなむすめ》の〝いいこぶり〟が、すべて演技だと知ったジュゼッペは最初にショックを受けたらしいが、その後、後妻として迎えたアンナベッラへもちょこちょこといやがらせしていたことまで白状するにいたり、沸点を超えたらしい。

グイードに睨まれてはたまらないという保身もあっただろうが、自分のつれてきた五十すぎのスコットランドの貴族と強引に結婚させることに決まった。むろんそのまえに、しかるべき施設で薬物治療を終えたのちのことだが、それがいつになるのかわからないため、式だけはさっさとあげてしまうのだそうだ。

「本人の意思は無視だし、ちょっとかわいそうな気も……」

真次が言うと、グイードをはじめとした面々は「どこが」とかぶりを振る。

「相手が金持ちだと知ったら、ノリノリで結婚決めたのはティナのほうだったみたいですよ。まったく現金だったら」

シエラの容赦のない評価に、寒気がした。見ず知らずの結婚相手に幸多かれ、と祈るばかりだった真次だが、グイードがにやりとしているのに気づいた。

「……まだ、なにかある？」

「そうあまくはないということさ。結婚相手の家もあちらの貴族だが、お堅い家柄でね。いままでの放蕩三昧《ほうとうざんまい》の件も知ったうえで引き受けてくれたそうだから、厳しい監視下におかれるだろう」

「え……」

「ティナはおそらく、子どもを産むまでほとんど家からでられないだろうな。おまけに一族郎党の住まいは昔ながらの城だ。それもかなりの奥地にある。遊び場などどこにもないよ」

やっぱりちょっと同情する、と眉を寄せれば、「真次は本当にやさしい」とグイードが頭を撫でてくる。

『もう、ティナの話はいいわよ。それよりもきょうはお祝いでしょ？』

『あ、そうだったね、ごめん』

あわてて、ふくれたパオラをなだめる。そして大きなケーキのうえに書かれたプレートに目をやり、真次はちいさく微笑んだ。

【アンジェロちゃん、１／２さい　おめでとう】

あえて日本語で書かれたチョコレートの文字のとおり、本日はアンジェロの生後半年と、はじめての歯が生えてきたお祝いだ。

「それじゃ切りわけますね。真次さん、プレートとってくださいな」

仕切りのうまいシエラが言って、アシスタントをつとめながら、真次はこっそりとソファの隣同士に座っているパオラとアレッシオを盗み見た。

このところ真次の身に危険がなくなったため、アレッシオはもとどおり、パオラメインの警護に戻っていた。裕真を忘れられないだけでなく、しつこく絡んできていたというジュリアスの件などもあり、パオラはまだ新しい恋をする気はないだろうけれど、やっぱりとてもお似合いな気がするのだ。

（いい感じだと思うんだけどな）

じつはこっそりグイードに、パオラとアレッシオについて身分違いとかは気にならないのかと問えば「あれほど安心な男もいないだろう」とうなずいていた。

考えてみればグイードと小学生のころに知りあったということは、パオラが幼児のころから見守ってきたということになる。そんなアレッシオの愛情は本物で、深く濃い。

「そのうちに、パオラも幸せになってくれたらいいと思うけれどね。アレッシオはわたしと違って気長な男だから、のんびりかまえているだろう」

誰が気短で手がはやかったのかは言うまでもなく、ひっそりと真次は赤くなる。そして、切りわけたケーキを彼に運べば、当然のように膝のうえをたたかれたので、ちょっとだけ反抗して隣に腰かける。

ぜいたくすぎるスイートルームは、やっぱりちょっと落ちつかない。もう転々とする必要もなくなったので、そのうちにコンシェルジュつきのマンションに引っ越すとグイードは言っている。むろん真次の部屋もあって、お手伝いさんなんかもいて、正直このホテルと状況はあまり大差はないけれど、本当に日本に腰を据える気なのだと知れて嬉しかった。

「……グイードは本当に、結婚しないでいいんですか？」

それでも心配で問いかければ、どうにも考えの摑めない男は不穏なことをつぶやいた。

「だったら、スペインに移って真次と結婚してもいいけれど」

「え」

「そうでなくとも、方法はいろいろある。いずれ兄にも紹介するつもりだ」

「え……」

ものすごいカタブツだという彼の兄は、はたして男の恋人を容認してくれるのだろうか。そんなおとぎ話のような結末はあるのか——と一瞬不安になったが、強引な彼は大きな手で夢のような現実を引き寄せ、摑みとるに違いないとも思えてくる。

「真次が好きなかたちでいい。きみが望むなら、なんでもかまわないよ」

「……えっと、すこし、考えます」

いささか怖くなりながら、どこまでもついていくと破天荒な天使に誓うしかない。

どうしたものか、と迷っていると、インターホンが鳴った。

この日のお祝いには、友人を呼んでいいと言われていたので、仁紀を招いている。これまた違うベクトルで破天荒な彼とは、あまりにあわただしくてずっと、連絡をとれていなかった。

さてあのお騒がせな友は、今夜はどんな服装で訪れるだろう。

すこしだけグイードの度肝を抜いてみたい気もして、わくわくしながら真次は出迎えに立ちあがった。

トルタ・パラディーゾ

あまりにいまさらなその質問は、ふっとした瞬間に真次《まつぐ》の口からこぼれた。

「グイードって、なんでこんな日本語話せるんですか？」

「うん？」

急にどうした、というように目をくるりと動かされる。ちょっと茶目っ気のあるその表情は好きだな、とちいさく胸をときめかせつつ、本題から脱線しないように真次は質問を続けた。

「ジュリアスは日系だったし、シエラは日本育ちですよね。だからあのひとたちがネイティブに話せるのはわかるんですけど、グイードはどうしてなのかなって」

国際共通語ともいえる英語や、欧米諸国のたとえば仏語、独語ならあまり驚かなかった気がするけれど、真次の認識からすると日本語をここまでマスターしている外国人というのはそう多くない。話せても海外なまりが強いひとが多いのに、グイードは発音まで完璧だ。

ここまでマスターしきっているというのは、よほどのことではないかと思ったのだが、グイードは「興味があったからね」と広い肩をすくめてみせた。

「イタリアでも近年、紅葉を眺めるのが人気でね。日本の山深い旅館や山荘をモデルにしたロッジだとかホテルも、かなり増えてきている」

「そうなんですか？」

「ああ。ランドルフィのレストランでも、食事メインのプチホテルはある。そのデザインには紅葉のある庭をとりいれたりしているよ」

なるほどと感心しながら、「でもそれって、最近のことなんですよね」と真次はやっぱり首をかしげた。

「数年勉強しただけで、そんなにじょうずに……あっ」

つつ、と背中に指を這わされて、言葉が途切れる。思わず睨《にら》んださき、いつもはきっちりしている髪を乱したグイードが、くくっと腹筋を震わせた。

「真次の肌はすぐ赤くなる。紅葉と同じだ」

「……そういう恥ずかしいのは、だから、いいですから」

一時期は母国語であれこれささやいては真次をからかったグイードだったが、最近は日本語で言うほうがさらに恥ずかしがるということを覚えたらしい。おかげで真次は毎日のように赤くなったりうろたえたりする羽目になっている。

のしかかってきた端整な顔を手のひらで押し返すけれど、腰を抱いた腕は離れていこうとしない。手の甲をはたくと、またおもしろそうに笑った。

「わたしの恋人は、本当につれない」

照れた真次のこういうぞんざいな扱いを、高貴で優雅な男は案外楽しんでいるようで、しらっとすました顔でそんなことを言う。むくれて睨んだ頬に唇を押しあて、けっきょくは抵抗をものともせずに抱きこまれた。

（やめてほしいのに）

夕食のあとからベッドでむつみあって二時間ほど。この夜いちどめのセックスがオーラルで終わってからは三十分程度。まだ、身体はじんわりと熱い。指と舌でいじめられただけのうしろに、いま腿にあたっている萎えきれていないものをもらっていないせいだ。

最近慣れてきたせいか、よほどの無茶をしなければ身体をつなげる頻度はあがっている。それでも挿入されたら最後、腰ががくがくするまでほしがってしまう自覚があるから、どうしても真次は渋るし、恥ずかしがる。

こうして合間に会話をするのも、無駄な引き延ばしでしかない。わかっていてのんびりつきあってくれる大人の恋人――やっとこの単語に慣れてきた――には、感謝してもいるけれど、そうそうあまいばかりの男でないのもまた、事実だ。

「で、どうしてそんなにじょうずなんですか」

「なにが？　セックス？」

「グイード！」

今度こそ真っ赤になって顔をしかめた真次の唇に、キスのうまい男はすかさず食らいつく。

もがいてじたばたするけれど、いつの間にか両手は指をすべて絡めて握られ、ちからの抜けた脚はすらりとした膝に割られてのしかかられ、ぐちゃぐちゃに絡まったシーツのなかで身体が深く密着する。

舌をいれられて口腔《こうこう》を犯され、感触にも、そのだしいれする動きが示唆するものにも感じさせられて、真次は無意識に腰を突きあげる。狙いすましたように膝を掬《すく》いあげたグイードが、ぴったりと腰を押しあててきた。熱くてかたい感触に、ぶるっと全身が震える。

「そんなにわたしがほしい？」

「違う……」

「違わないだろう。真次がごはんを食べるときと同じようになっているくせに」

食いしんぼうさん、と笑われて、両手で顔を覆う。彼のものがつついているそこは、たしかに咀嚼《そしゃく》するかのような動きで震え、つつかれるたびに大きくうねっている。身体《からだ》の制御がきかなくて、物欲しげに揺れる腰のしたに手をすべらせたグイードが、肉がたわむような力で片方の尻をぎゅっと握った。狭間が開き、大きなものが長さまで思い知らせるようにスライドする。ごくん、と喉が波打つ。

「に、日本語、どこで習ったの……」

「まだその話をするのかい」

強情だね、と笑いながら、グイードがぐっと腰を進めた。ひゅ、と真次の喉が鳴る。ゆっくり揺すりながら、とっくにほころんで滴るほど濡れていた内部を、グイードが侵食する。

「ふぁ、ん、あ、あっあっ」

「気持ちいいよ、真次。しっとりして潤んで、必死に抱きつかれているみたいだ」

「や――……っ」

言葉のチョイスこそ品がいいけれど、言っている内容は最悪だ。ぎゅうぎゅう締めつけて離すまいとしている身体のことなど、誰より自分がわかっている。薄い避妊具をとおしてもわかる威容に、あともうすこし乱暴に揺すられたら真次は壊れる。

（だめだ。これすっごく気持ちいい。動かれたら変になる……）

過度の快楽は怖くて、でもほしい。相反するそれに震えていると、顔を隠していた両腕のうえにグイードが口づけた。「顔をみせて」とささやかれ、やさしい言いかたに逆らえないままおずおず腕をおろすと、濃い森のような色になった目がまっすぐに真次を見ていた。いとしげに微笑《ほほえ》んで、汗に湿った髪を撫でてくる。ため息がこぼれると、それを吸いとるようなキスが続いて、真次は空いた腕をグイードの背中にまわした。

キスの音、それに似た、けれどもうすこし淫靡《いんび》な音が下肢の奥から聞こえてくる。

「あ……うっ、ん、んっ」

ゆらゆら、とベッドが揺れた。上質なスプリングは軋《きし》むような音など立てない。その分しっかりと振動を受けとめるから、グイードの動きすべては真次の身体に吸いこまれていく。

（だめ、だめ、気持ちいい……）

大きくてかたくて、気持ちいい。なかをくすぐられて気持ちいい。いじめるみたいに激しく乱暴に突かれるのもぐるりと腰をまわされるのも、溶けてなくなりそうなくらい、いい。頭のなかがいやらしいことでいっぱいになる。見透かすように額に口づけたグイードが、

「もっとだよ」とささやきながら両胸の疼《うず》く部分をきゅんとつまんだ。

「うぁん！　あ、あ、やぁあ、あ……っ！」

「自分でも動いて。そう……こうやって、ほら」

腰に手をあてられ、うながすように力をこめられた。目のなかに星が飛ぶほど感じる部分にグイードの先端がふれて、ぱちんと真次のなかのヒューズが飛ぶ。がくがく、と腿が痙攣《けいれん》し、したくないのにうねうねと腰を振ってしまう。

「あっ、やだっ、腰、うご、動いちゃうっ……」

「……っ、それでいい。もっとだ、怖がらないで」

一瞬だけグイードが眉を寄せ、目を伏せたまま笑った。なにかをこらえるような表情に、心臓がきゅうんと痛くなる。余裕ばかり見せつける男の呼吸を自分が乱した、それが嬉しくてたまらずに、真次はよじれた身体をさらに彼に絡みつかせた。

「グイード、気持ちいい……？」

「こら、真次」

「おれで、いい？　いい、ですか？」

彼以外なにも知らない身体で、本当に愉しませているのかいつも不安だ。だからちょっとでも気にいってくれるなら、なんでもする。そう思って見あげると、苦笑した彼が「いけない子だ」と低くつぶやいて両膝を持ちあげた。

「あ、えっ？　あっ、あっあっあっ……！」

「わたしを翻弄しようなんて、まだはやいよ」

「ちが、違ぁう、や、や……んっ」

そしていままでのあれでも手かげんしていたのだと知れる腰遣いで、快楽を深く掘り下げてくる。肉のぶつかる音がするほど激しくされて、もうまともにものが考えられない。気持ちいい、いきたい、だしたい、グイードに、ぐちゃぐちゃにされたい。脳まで痺れて、閉じることを忘れた唇からあえぎをまき散らしながら真次は全身を淫らにくねらせた。

「！　あぁだめ、それ、だめっ」

「どうして？　さわってほしそうなのに」

突かれるたび、ふらふらしていた真次のペニスをグイードの指がいじる。それもしっかり握ってくれるわけではなく、軽く手を添え、あとは腰の律動のせいで勝手にこすれるだけ。半端な刺激だが、敏感すぎる真次にはいちばんきつい。あま痒《がゆ》くてものたりず、さらに腰をグラインドさせ、もっともっとと求める羽目になるからだ。

「う……うぇ……っあぁ、んっ、あっ、グイード、グイード……っ」

たすけて、と手を伸ばす。握りしめられた指を引き寄せられ、膝のうえに抱かれたせいでもっと奥まで彼のペニスに犯される。肩にかじりつきながら、もう止まらない身体を揺すった真次は無我夢中で泣きじゃくった。いかせて。いかせて。もっといじって、ぐちゃぐちゃにして。もう頭のなかも口にだしていることも大差がなくなって、髪を振り乱しながら大きな身体にしがみつき、両手でちいさな尻をもみくちゃにされながら上下に揺すられる。

「あ、も、いっちゃ、いっちゃう……っ」

「もう?」

「ん、ん、きも、ちいい」

泣き濡れた目で見つめ「いってもいい?」とねだった答えは、舌が抜かれそうなくらいの激しいキスと、いままででいちばん強い突きあげだった。絶頂の悲鳴はすべてグイードに吸いこまれ、許してという言葉もむろん告げられないまま、それからしばらく揺さぶられる。グイードの乱れた髪に手をいれ、もっと乱したいと思いながら、体内のものの変化に気づく。

(あ、グイード、いくんだ)

朦朧《もうろう》としながら、筋肉質な背中のこわばりを手のひらに感じた。真次の身体はもう力もはいらないのに、勝手にグイードのそれをしゃぶるように動いている。射精した身体は濡れているのに、ときどき訪れる〝このさき〟の感覚が、怖くて、待ち遠しい。

ぐ、とグイードが息をつめた。びくっと震える身体にすがりつきながら、真次はゆっくり背中を反らせる。

「ふあ、は……んっ！」

とろけきった声がこぼれた瞬間、身体の奥に放たれた。避妊具に受けとめられ、行き場のないものを舐めたときの感触が口のなかによみがえり、真次は唇を舐める。無意識の淫蕩《いんとう》な仕種《しぐさ》に、荒い息をついたグイードが噛《か》みついてきた。

くらくらしながら口づけを交わし、舌を吸う。びくびく震えて落ちつかない身体を手のひらになだめられて、のぼりつめた高みからゆっくりと真次は降りていく。

「……それで、どこで日本語勉強したんですか？」

キスを終えた最初の言葉がそれで、グイードは目をまるくし、それから顔を仰《の》け反らせて、めずらしく大声をあげて笑った。

「寄宿舎に日本育ちで日独ハーフの、諏訪《すわ》という友人がいたんだよ。そのころ、いろいろ日本の文化を教えてもらったのがきっかけだ」

引っぱるだけ引っぱった質問の答えは、案外ありきたりなものだった。だったらさっさと教えてくれればいいのに、と真次が顔をしかめると「知りたがりなのがかわいくてね」と額にキスをされる。彼曰く紅葉に似た顔色になりながら、真次はちょっと不安になった。

「あの、そのひとって、その……」

「悪しき習慣の相手だったかと聞きたいのかな？」

さきまわりした男に拗《す》ねそうになりながらうなずく。グイードは「わたしと同じ程度の体格の男にはさすがに食指は動かなかったよ」と、真次の髪を撫でながら言った。

「彼のほうがお盛んでね、完全にゲイの自覚もあったようだ。あれこれと下級生に手をつけては問題を起こしていたから、ラテンの男よりタチが悪いと言われていた」

「いまもおつきあいはあるんですか？」

「あるにはあるが……」

言いかけて、ふとグイードは顔をしかめる。どうしたの、と真次が覗きこむと「今度彼と会う予定になっているんだが、真次に会わせるのは不安だな」と彼は言った。意外に嫉妬《しっと》深い恋人に、真次は苦笑した。

「なにも心配いらないですよ。どうせぼくは、あなたしか見えてませんから」

とたん、グイードはなぜか目をしばたたかせる。そして「ああ」と困ったように笑って、真次をきつく抱きしめてきた。「わ」と声をあげると、楽しそうに身体を揺らされる。

「恥ずかしがりのくせに、殺し文句だけは上手だね、わたしの真次」

「な、なにが？」

わからないならいいよ、と上機嫌に笑ったグイードは、真次が追及する気もなくすほどの長いキスで答えを回避した。

あとがき

今回は初チャレンジのテーマに取り組んでみました。イタリア貴族。とか。あんま貴族っぽくないキャラっていうか出自がそれってだけにはなりましたが、一応貴族です、はい。

タイトルの「アイソポス」とはイソップ寓話のイソップのことです。ギリシャ古語読みだとアイソポス。ちょっと不思議でおとぎ話的なイメージでつけました。

ここ数年ロマンス小説にはまり、洋画ドラマなども好きで、金髪美形いいなあ……とずっと練り練り考えていたのですが、このたび穂波先生に挿画を描いていただけることになり、ここはいっそ！　とロマンス小説オマージュ的にはなやかなネタに挑戦してみたわけです。

めったに外国人のでてくる話は書かないというか、これでやっと二作目なわけなのですが、比較的リアリティを追求した前作（他社刊の「しじまの夜に浮かぶ月」という本です）に比べ、今回はいわゆるカテゴリーロマンスを突っ走る、ロマンス小説的なネタをあえて派手にやらかす、というのが自分的な決めごとでした。

イタリアにいったこともなければイタリア語もわからないわたしでしたが、むずかしいことはさておいて、貴族とか愛人とかいいね！　ライバルの意地悪美女とかでてくると楽しいかもネ！　などとうきうきとりかかり、ふだんとは違う雰囲気に多少びびり、四苦八苦したりして。それでも楽しく書いたわけですが。

結果としては……プロットだけは当初のとおりだったんですが、キャラが大幅になにか、間違った方向にいったなあというか。書いている途中、真次が挙手して「愛人やります！」と言っちゃったあたりから、なんとなく「あれっ」と思っていました。

そして蓋を開けてみたらけっきょく、スイートルームでみそ汁すすっていて、ワタシのお話にしかなり得なかったなあ、的な……うんまあ、それでもがんばったと、思います。

ただ、実作にはいるあたりで連続して体調不良を起こし、ただでさえ今年はいろいろと予定が狂っていたのにくわえ、数年ぶりに再発した腰痛などで今作も刊行延期となり、進行に関しては関係者の皆様に大変なご迷惑をかけることとなりました。

デビューしてからこっち、したことのなかった延期を今年は二度もする羽目となり、いろいろと考えこみもしましたが、なんとか来年は立て直していきたいと思っております。

穂波先生、初のお仕事で大変なご迷惑をおかけすることになりましたが、本当に美麗なイラストをありがとうございました！　以前から素敵な絵を描かれる方だなあ……と憧れていただけに、このていたらくがなんとも……という気持ちになりましたが、グイードも真次も本当に本当に素敵でした。ありがとうございました……！

担当さま、もろもろ波状攻撃でやってくる各種の進行、ご迷惑をおかけしてすみません。もう毎回これればかりで恐縮です……。

チェック協力Rさん、橘さん、感謝。身体のケアをしてくれるKちゃん、深夜にネットや電話でつきあってくれる友人諸氏、毎回ごはん提供の弟、母も空も、ありがとう。

また主役の真次という名前ですが、以前読者さんから「よかったら使ってください」とご提案いただいたものだったりします。某さま、その節はありがとうございました。また、イタリア語監修についてご協力いただいたＲｉｏさん、ｍさんも、ありがとうございました。

今回もいろんな方に助けられての一作となりました。読んだ方には、肩の力を抜いて気楽に愉しんで頂ければ、幸いです。

来年はデビュー十五周年、いろいろ企画中。そちらもがんばります。よろしくどうぞ。

※作中のイタリア語については後述の参考文献のほか、インターネットの記事などを参考にして作成したのち『DYS:Translations』社に監修をお願いいたしました。

参考文献「すぐに役立つイタリア語　会話・フレーズ」Ｇａｋｋｅｎ
「すぐに使えるイタリア語会話」ＵＮＩＣＯＭ　Ｉｎｃ．
「イタリア語会話パーフェクトブック」ベレ出版
本書の内容と参考文献に関しては、なんら関係はございません。

✦初出　アイソポスのひそかごと……………書き下ろし
トルタ・パラディーゾ………………書き下ろし

崎谷はるひ先生、穂波ゆきね先生へのお便り、本作品に関するご意見、ご感想などは
〒151-0051 東京都渋谷区千駄ヶ谷 4-9-7
幻冬舎コミックス　ルチル文庫「アイソポスのひそかごと」係まで。

幻冬舎ルチル文庫

アイソポスのひそかごと

2012年12月20日　第1刷発行

✦著者　崎谷はるひ　さきや はるひ

✦発行人　伊藤嘉彦

✦発行元　株式会社 幻冬舎コミックス
〒151-0051 東京都渋谷区千駄ヶ谷 4-9-7
電話 03(5411)6432[編集]

✦発売元　株式会社 幻冬舎
〒151-0051 東京都渋谷区千駄ヶ谷 4-9-7
電話 03(5411)6222[営業]
振替 00120-8-767643

✦印刷・製本所　中央精版印刷株式会社

✦検印廃止

ISBN978-4-344-82669-4　C0193　Printed in Japan